LOS RELATOS POLICÍACOS DE REBECA OLSEN

RAÚL GARBANTES

Redes sociales del autor:

goodreads.com/raulgarbantes
instagram.com/raulgarbantes
facebook.com/autorraulgarbantes
twitter.com/rgarbantes

Obtén una copia digital GRATIS de *Los desaparecidos* y mantente informado sobre futuras publicaciones de Raúl Garbantes. Suscríbete en este enlace: https://raulgarbantes.com/losdesaparecidos

ÍNDICE

NO CONFIARÉ

REBECA OLSEN Nº 1

PARTE I

La calle estaba desierta.

El tacón de una de sus botas tropezó con una losa rota, pero Melissa maniobró con fugaces reflejos. No quería caerse, porque su amigo Thomas debía de estarla mirando aún, aunque ya estuviese lejos. Todo le había salido bien aquella noche. A última hora decidió acompañar al grupo al cine, fue una de esas cosas que se resuelven sin pensarlo mucho por el simple hecho de haber escuchado a alguien elogiar la película.

Después del traspié sin consecuencias, continuó caminando hacia la boca del metro cuando la señal del paso de peatones cambió a verde.

Se cerró el abrigo al sentir una ráfaga de viento helado en el momento en que unas luces la iluminaron con violencia; provenían de un auto que se acercaba.

—¿No has visto la señal de *stop*? —preguntó Melissa en voz alta.

Luego pensó que sería alguien insensato que frenaría de forma brusca al tenerla más cerca. A pesar de que el vehículo continuaba acercándose, Melissa siguió caminando. De pronto, otra oleada gélida le pegó en la cara y escuchó que el automóvil aceleró. Era como si el conductor tuviese la intención de acabar con ella; entonces, el creciente ruido del motor la puso nerviosa. Se detuvo por un instante. Lo hizo sin razonar que quedarse paralizada era peor. Luego, en una fracción de segundo, pensó en volver atrás, pero no lo hizo. Corrió hacia adelante y de nuevo la bota le jugó una mala pasada y cayó en la mitad de la vía. A esas alturas ya sabía que la iban a atropellar, y sus pulmones se quedaron sin aire por la impresión que esa idea le causaba.

El auto venía a toda velocidad y pasó sobre ella. Se oyeron gritos a lo lejos.

Alguien repetía: «la ha matado», «es una asesina»; mientras tanto, el cuerpo de Melissa yacía inmóvil sobre el pavimento.

Dentro del auto que acabó con la vida de Melissa Coleman se escuchaba la radio a todo volumen. Pero luego —cuando atravesaba el puente sobre el río Potomac— la conductora la apagó y llamó a alguien para decirle dos palabras:

—Está hecho.

Después cortó, puso el celular en la guantera y sonrió. Estaba calculando cuánto crecerían sus ahorros. Volvió a encender la radio porque quedaban unas cuantas horas de camino y no quería dormirse.

2

Algunas veces es difícil pensar en el principio. Sin embargo, podría decir que todo empezó en el justo momento en que le escuché decir al veterano periodista Norman Jackson aquellas palabras en la cena del cumpleaños de Anita Lansbury.

—Una conversación casual puede ser determinante… —había dicho mientras se acomodaba en la silla del comedor.

Me sentía bien estando con ambos, y a solas. Era una celebración para tres; Anita, quien además de haber sido mi profesora ahora era una buena amiga, el periodista del Washington Post y yo. A Jackson acababa de conocerlo y lo había imaginado diferente, puede que más viejo. Resultó ser un hombre menudo, de abundante pelo negro, ojos verdes y el rostro muy tostado por el sol. Anita aquella noche en su casa estaba como siempre; arreglada y desenvuelta, vistiendo un traje verde oscuro que resaltaba su bonito pelo rubio y luciendo un prendedor ovalado de marfil que me llamó la atención. Recuerdo que esa noche terminamos hablando de los escándalos políticos que habían sacudido a Washington y confesé —después de varias copas— que tenía en el estudio de casa un cartel que yo misma ideé con la lista de todos ellos. Desde los escándalos sexuales hasta los de evasiones fiscales, pasando por los de corrupción, mal manejo de recursos y contrabando de armas. Aquellos eran de mis temas preferidos y sabía que también eran los de Norman Jackson.

Lo supe antes de conocerlo porque había revisado su historial en el Washington Post y, si uno investigaba bien, siempre salía a relucir su nombre tras los rumores de los delitos de cuello blanco. Aunque yo trabajara en la revista Polis escribiendo artículos sobre política que nada tenían que ver con tales sucesos, siempre intenté mantenerme al tanto de lo que se «cocía» en las altas esferas del Senado y de los ministerios porque desde adolescente he sabido que las cosas que suceden en la ciudad capital casi nunca son lo que parecen, y que muchos accidentes, crímenes y siniestros tienen una conexión común: las manos ocultas de los poderosos que mueven los hilos.

Fue esa noche de la cena cuando conocí lo que Jackson llamaba la Black Key: una pavorosa red criminal que utilizaba información para extorsionar a varias personalidades y organizaciones políticas.

Lo que él estaba diciendo era grave porque tocaba el propio corazón del Gobierno de los EE. UU. Los informes de WikiLeaks alertaban de la existencia de una filtración en la agencia llamada Kramer Team, la empresa privada de inteligencia más importante, filtración que a juicio de Jackson había dotado a un grupo anónimo de delincuentes de cuello blanco de información clave que utilizaban para «orientar» las decisiones políticas y económicas de gran envergadura a su favor, o en función de lo que pagaran sus «clientes». En otras palabras, Black Key se trataba de un grupo de alto nivel operativo y sin escrúpulos ligado al Gobierno que vendía información a grupos poderosos, que extorsionaba a lavadores de dinero y a grandes corporaciones que cometían delitos de todo tipo. Jackson lo había bautizado con ese nombre porque era como una llave maestra que abría todas las puertas usando los peores secretos que la gente es capaz de guardar.

No pude quedarme tranquila después de aquel perturbador encuentro con el amigo de Anita y construí mi propia teoría sobre el asunto durante los meses siguientes. Recuerdo que me pareció extraño el repentino silencio de Jackson y llegué a pensar que a él también lo habían extorsionado, ya que no solo no volvió a escribir del tema en ninguna otra investigación, sino que se desdijo, y afirmó que no había sido muy responsable al momento de hablar de la Black Key. Eso me había dicho Anita varios días después de su cumpleaños.

—Querida Rebeca, la pasé muy bien en casa contigo y con Norman, y quería agradecerte. Aunque ha pasado algo realmente interesante. Jackson me ha llamado justo ahora para decirme que lo excuse contigo, que olvides la conversación que sostuvimos porque estaba borracho y no sabía lo que decía. ¿Te imaginas? Creo que le están pegando los años…

Cuando corté la llamada con Anita, recuerdo que pensé que la Black Key lograba callar a cualquiera, y lo peor era que no se sabía quién la dirigía.

Confirmé mis sospechas aquella mañana de la conferencia de Anita, seis meses después de la cena de su cumpleaños, cuando Katya —mi amiga del *Times*— me llamó para hablarme de la repentina muerte de Melissa Coleman.

3

—¿Cómo sabías que le iba a pasar algo malo al asesor Benjamín Coleman? Agradece que no te presto mucha atención después de varios *gin* y que no soy del FBI, porque ahora mismo serías la primera sospechosa. No sé cómo pudiste vaticinar lo que...

—¿De qué estás hablando, Katya? —le pregunté, parándome en seco junto a los bancos del caminito que conducía al edificio donde tendría lugar la conferencia de Anita, en el campus universitario.

—¿No recuerdas lo que me dijiste hace un par de noches cuando visité Washington? Me refiero a lo de tu teoría conspirativa. Me burlé de ti, pero ahora no lo hago. Antes de irte del bar te acercaste y me dijiste al oído: «Algo va a pasarle a Benjamín Coleman». Y tenías razón, algo le pasó. Nos acaba de llegar la noticia al periódico de que atropellaron a su hija anoche y murió, así que tenemos que hablar por videollamada...

—Está bien, Katya —la interrumpí, siguiéndole la

corriente y todavía asombrada por lo que contaba—. Ahora no, pero en cuanto pueda te llamo —le prometí y corté.

Katya dice que siempre quiero ver los «hilos ocultos» que en realidad no existen porque me niego a aceptar que la realidad es muy aburrida. Pero la muerte de la hija del asesor clave de la Comisión me daba la razón y necesitaba que alguien me tomara en serio. No podía contar con Norman Jackson. Muchos decían que algo grave le había pasado, pero nadie sabía con certeza qué. Había pedido un permiso y ni siquiera estaba en la ciudad.

Pensé que la red de soporte a actividades ilícitas de la que me habló ahora estaba atacando a quienes podían denunciar malos manejos de la información privada de los ciudadanos. No tenía ninguna prueba, pero no podía negarse que era muy extraño que al miembro más importante de la Comisión Asesora para la Seguridad de la Información se le viera envuelto en una tragedia. Ya le había pasado a la asesora anterior, a Deborah Clayton, quien casi muere en un incendio nocturno inexplicable en su propia casa. Una serie de accidentes inusuales habían venido sucediéndoles a personas cercanas a los miembros de esa comisión gubernamental y por ello vaticiné que algo le pasaría a Coleman.

Recuerdo que metí el celular en el pequeño morral negro que cargaba, pero lo hice de manera automática. En realidad, pensaba en mi hermana Rose. Ella me hubiese dicho que no expresara todo lo que sabía de un solo golpe —o algo así— porque solía ser peligroso. No recordaba haberle contado a Katya nada sobre Coleman, pero era cierto que había tomado algún trago de más aquella noche y estaba particularmente habladora.

Sentí un escalofrío y todo mi cuerpo se movió con un espasmo sin quererlo. Una chica que caminaba a mi lado en la calle me miró, dibujó una sonrisa burlona y luego apresuró el paso.

Me detuve y me quedé mirándola alejarse, y al hacerlo escuché un ruido muy cerca de mí. Otra persona, hasta ese momento silenciosa, venía pisándome los talones. No me fijé en su cara ni en su cuerpo, solo vi unos *jeans* negros moverse y pasar de largo. No me gusta sentir que alguien camina detrás, tan cerca, como si me estuviese persiguiendo y me fuese a atacar.

La verdad es que llevaba varias semanas creyendo que me vigilaban y ese día lo había sentido más que nunca.

4

A los pocos minutos llegué al edificio. Crucé la puerta y busqué la antesala del salón de conferencias. Me recibió un afiche con la cara sonriente de Anita. En un fondo azul claro ella vestía de negro y tenía los brazos cruzados. Siempre tuvo buena imagen, pero la veía envejecida. Me pareció que su rostro mostraba ojeras maquilladas.

Pasaron varias personas que hablaban y reían. Como esperaba, la antesala estaba llena de alumnos de los primeros años de la carrera de periodismo, a juzgar por su apariencia. En medio de aquel movimiento pude divisar la mesa de inscripción. Allí estaba sentada una chica que vestía una blusa blanca que parecía nueva y usaba unos lentes rojos que terminaban en puntas hacia arriba. Me acerqué a ella y noté (no sé por qué) que de una de sus orejas colgaba un pendiente plateado en forma de lazo, pero en la otra no había nada. De inmediato, y sin quererlo, miré hacia abajo y vi en su cuello la cinta azul que sostenía la identificación de «organizador». Entonces supe lo que pasó: al ponerse la cinta se había desprendido el pendiente, y como de seguro era la primera vez

13

que participaba como organizadora de una conferencia, estaba nerviosa y ni siquiera notó la caída. Imaginé que debía estar cerca, así que miré la superficie de la mesa, llena de carpetas, bolígrafos y hojas, y también hacia el piso. Allí, junto a la pata negra de la silla que ocupaba vi el otro pendiente. Por cosas así es que siento que mi hermana Rose siempre está junto a mí aunque no la haya visto en dieciséis años. Porque de ella aprendí ese razonamiento deductivo que nunca me abandona.

—Hola. ¿Va a inscribirse? —preguntó con una voz bastante aguda que parecía provenir de una niña y no de una chica de veintitantos. Noté que el flequillo rojo caía sobre sus cejas y amenazaba con llegar hasta sus ojos azules, bajo los lentes. Involuntariamente aparté un poco algunos mechones de mi frente.

—Sí —le respondí mientras flexionaba mis rodillas y recogía lo que se le cayó.

—¡Ahhh, gracias!... de verdad. No me había dado cuenta. Es que he tenido mucho trabajo y debí de botarlo por acci- dente. Ya no sé ni dónde tengo la cabeza. La profesora Ana Lansbury debía buscarme anoche para ultimar unos detalles, pero nunca apareció y hemos tenido que hacerlo todo hoy mismo...

—Soy Rebeca Olsen, de la revista Polis —la interrumpí.

—Ese nombre me suena. Creo que la profesora la ha incluido en la lista de asistentes especiales —me dijo mientras revisaba la pantalla de la computadora portátil que tenía sobre la mesita de inscripción—. ¡Así es! Aquí está en la lista. Le voy a decir a Amanda para que la conduzca a su asiento reservado. Deben darse prisa porque ya la conferencia va a comenzar.

Volví a asentir, y aproveché de sacar el celular del morral

para buscar la noticia de la hija de Coleman mientras llegaban por mí.

A las nueve y media de la noche de ayer domingo, a la salida del Pastrami Café, un auto atropelló a Melissa, la hija del asesor Benjamín Coleman, y luego se dio a la fuga. Melissa, de quince años, salía del cine con varios amigos y decidió ir andando a la boca del metro de Dupont Circle, por lo cual se despidió del grupo, y cuando cruzó la avenida Connecticut fue atropellada...

Sentí otro escalofrío. Había una razón por la cual esa pobre chica había muerto, y yo la sabía.

—Me acompaña al salón, por favor —me dijo una muchacha alta de ojos negros y pestañas rizadas que se había acercado sin que me diera cuenta, y que me miraba como si notara que yo estaba aterrada.

Entonces observé mi propio reflejo en uno de los ventanales. El brillo de mis lentes pequeños y redondos me hacía ver como si tuviera ojos de gato, pero me sentía más bien como un ratón atrapado. Me asusté todavía más porque detrás de mi imagen advertí la de un hombre mirándome.

5

La sala estaba llena de gente.

La chica me condujo hasta una silla en la segunda fila. Entonces volteé hacia la entrada y lo vi. Era el hombre que me estaba observando desde hace un rato. Se comenzó a acercar. Pensé que no podía hacerme nada malo allí con tantos testigos. Me quedé expectante y ni siquiera el antipático pitido del micrófono que inundó la sala me sacó de mi estado de alerta. Los segundos me parecieron eternos hasta que el sujeto vestido de traje y corbata, y que portaba una identificación en la solapa, llegó a mi lado, junto a otro que venía detrás, más delgado, vestido de la misma manera y un poco mayor.

—¿Es usted Rebeca Olsen?

—Sí. ¿Por qué me ha…?

—Debe acompañarnos afuera, ya que acá no podemos hablar. Se trata de su hermana.

—¿De Rose? —pregunté incrédula.

—Salga con nosotros, por favor.

Caminé tras ellos como hipnotizada. Recuerdo las caras de varios de los que estaban sentados en los primeros asientos de las filas, mirándome como si yo fuese una delincuente. Tal vez se figuraban que ellos eran policías y me estaban deteniendo. Mi profusa imaginación, nacida de los disparatados juegos que jugué con Rose, me hacía sentir culpable de no sé qué cosa, sin serlo.

¿Qué podrían decirme ellos de Rose?

Mis padres no se encontraban en el país y tal vez era yo la única persona a quien ella podría recurrir. Al menos había dado mis señas, y eso significaba que la razón por la cual el vínculo con nosotros se rompió ya no importaba. Me emocioné porque tal vez volvería a ver a mi hermana dieciséis años después de su huida, y esa imagen de ella, espigada, inteligente y cariñosa, me inundó y hasta unas lágrimas pretendieron salir de mis ojos. Las contuve, pero todos los recuerdos se aceleraron en mi memoria; mi hermana riendo y acompañándome, nuestros juegos de los asesinatos ficticios haciendo ella de detective y luego yo, las tristes horas cuando se enteró de la muerte de su novio John, su posterior silencio, su llanto nocturno y luego su desaparición, y mi amargura…

No veía la hora de salir del edificio y preguntarles a esos hombres qué era lo que pasaba.

Cuando llegamos afuera el más alto tomó la palabra.

—Sentimos informarle que su hermana Rose Emily Olsen ha muerto en un accidente de tránsito.

¡No podía ser! Me negaba a aceptarlo. Parecía que los años sin verla me habían hecho quererla más. Muchas veces jugamos a que las noticias de las muertes eran un ardid, que servían para cambiar de identidad y poder seguir haciendo de espías en la casa del abuelo y en el patio donde cultivaba miel. Recordé los panales y a las abejas zumbándome alrededor y Rose diciendo que no tuviera miedo…

—¿Dónde? ¿Cuándo? —pregunté con una entonación diferente, con una voz que no parecía mía.

—En Georgia, en la carretera cerca de Charlotte. Anoche.

—¿Atlanta? —pregunté con sorpresa.

—¿No sabía usted que su hermana vivía allí?

—Hace mucho tiempo que no sé nada de mi hermana —respondí.

El más bajo me miró con interés, como sospechando algo malo sobre mí.

La muchacha del pendiente salió y me dijo desde cerca de la puerta que Anita Lansbury preguntaba por mí. Me parecía que hacía un siglo que me había presentado ante ella. Algo se rompió en mi sentido del tiempo con la muerte de Rose y me sentí completamente sola.

6

—¿Quiénes son ustedes? —pregunté.

—Soy el agente Foster y él, el agente Palfrey. Somos del FBI.

—¿Qué tiene que ver el accidente de mi hermana con ustedes?

—Eso es lo que queremos saber —me respondió el más bajo, el llamado Palfrey.

—Creemos que su hermana estaba implicada en actos delictivos. Poseemos algunas pruebas que la señalan como la responsable de la muerte de Melissa Coleman.

Pensé que me iba a desmayar, pero esa sensación de desvanecimiento desapareció de inmediato para dar paso a una enorme incredulidad.

—No saben lo que dicen, mi hermana jamás podría haber estado implicada en ninguna actividad que no fuera legal y menos en un asesinato —les dije elevando la voz.

Creo que lo hacía para convencerme a mí misma. Después de todo, yo podía haberla idealizado y no saber nada sobre ella, ni sobre su actuación en los últimos años.

—¿Por qué ha calificado la muerte de Melissa Coleman como un asesinato y no como producto de un accidente? ¿De dónde saca que la conductora del vehículo tenía la intención de matarla? ¿Eso es lo que ha dicho? —me preguntó Foster.

—De ninguna parte. Lo haya querido o no, quien la atropelló la mató —respondí ocultándoles lo que pensaba sobre esa muerte.

—¿Cuánto tiempo tenía sin hablar con su hermana? —me preguntó el tal Palfrey.

—Dieciséis años. Ella se fue de casa a los veinticuatro años, cuando yo tenía quince —respondí lentamente y miré hacia el piso.

Escuché un murmullo. Palfrey dijo algo, pero no logré entenderlo.

—Creemos que su hermana formaba parte de una organización que algunos llaman la Black Key. ¿Ha oído hablar de ella?

—No. Nunca —mentí porque era precisamente la existencia de esa organización la que me obsesionaba desde aquella extraña cena. Era absurdo que el FBI estuviese implicando a mi hermana. Intenté mantener la calma y, sobre todo, no dejar al descubierto lo que pensaba.

—Hemos encontrado en poder de su hermana un teléfono celular que contiene mensajes que nos llevan a pensar que tuvo que ver con el atropello de la hija del asesor del ministro de Información, Alex Richmond. Además, la triangulación del aparato la ubica en el lugar y a la hora en la cual arrollaron a la chica. Creemos que su hermana cometió ese acto y luego salió del estado en dirección a Atlanta, y en la vía tuvo el accidente en horas de la madrugada.

Mientras Foster hablaba, la cabeza me daba vueltas y sentí ganas de vomitar. Nada de lo que dijera iba a convencerme de que ella tenía algo que ver con un asesinato. El otro hombre, el agente Palfrey, estaba nervioso y eso me pareció inusual en un miembro del FBI. Cuando pasaba algún estudiante por nuestro lado lo miraba entrecerrando los ojos, como si tuviese que afinar la vista y la memoria por si acaso después tuviera que recordarlo.

—Quiero saber cómo fue el accidente de mi hermana. ¿Qué pasó? ¿Cómo murió? —pregunté con voz quebrada y con unas ganas enormes de llorar.

—Colisionó con un vehículo. La otra conductora también murió.

Foster tosió y me miró como si yo tuviese que responderle, como si fuera vital para él escuchar lo que tuviera que decir.

—¿Entonces no tiene idea de la razón por la cual su hermana envió un mensaje de texto a un número desconocido, escribiendo que solo le faltaba acabar lo suyo?

—¿Acabar qué? —pregunté confundida.

—«Solo falta acabar lo de Rebeca M. O.».

Rebeca Marie Olsen es mi nombre.

7

ME PIDIERON que viajara a Atlanta para hacer el reconocimiento del cuerpo de mi hermana y buscar sus pertenencias. Luego debía reunirme con otra agente del FBI de Georgia llamada Brandy Willows.

Nunca había viajado de esa forma, tan silente. Recuerdo solo algunas imágenes en medio de momentos difusos: el chico del mostrador pidiendo mi identificación para venderme el boleto aéreo en el aeropuerto Washington Dulles, el espejo del baño que me lanzaba la imagen de una mujer de treinta años demacrada, despeinada y sin una gota de maquillaje; la silla azul vacía frente a la puerta de abordaje y el llanto de un niño muy pequeño que me alteraba aún más mientras esperábamos para entrar al avión. Busqué en mi teléfono noticias de accidentes en la autopista 85 Sur, pero no apareció nada.

Muchas dudas me explotaban en la cabeza. En primer lugar era imposible que Rose fuese una asesina y formara parte de ese grupo de delincuentes, de la Black Key. Yo conocía su sentido de la justicia porque lo había visto desde niña. Y también su obsesiva inclinación por la verdad.

Pero lo peor era la tristeza que me asfixiaba. Haber comprobado que estaba viva y que durante todos estos años no quiso saber nada más de nosotros, de mis padres y sobre todo de mí. Eso me parecía todavía más espantoso. Esperaba que su muerte no hubiese sido dolorosa. Los agentes me informaron que también había muerto la persona que conducía el otro auto, pero no cómo había sido la colisión ni quién la produjo. Todo era tan trágico y a la vez tan vertiginoso, como una caída al vacío, y tenía la sensación de que ese accidente iba a cambiarme la vida. Pero necesitaba que no fuera Rose la muerta. Me aferraba a la idea de que el cadáver no fuese suyo.

Con esa convicción aterricé por fin en el aeropuerto Hartsfield-Jackson de Atlanta. Allí me esperaba una mujer de unos cuarenta años, de rostro agradable y contextura gruesa. Se presentó y me pidió que camináramos hacia el estacionamiento. No sé por qué me sentí mejor con ella que con los agentes del FBI de Washington, aunque con ellos también había intentado tranquilizarme. ¿Quién iba a querer hacerme algo malo? Nadie conocía mis sospechas sobre la Black Key, ni mi acertada presunción de que al asesor de la Comisión Asesora para la Seguridad de la Información del senador Alex Richmond le pasaría algo. Creía no habérselo dicho a nadie, excepto a Katya…

Llegamos al auto. Era un Chrysler color negro con las fundas interiores grises y las alfombrillas azules llenas de polvo. Olía a plástico o a algún químico de fragancia potente y desagradable. Sin decirme una palabra comenzó a manejar. Me fijé que sus brazos eran fuertes, musculosos, y sus manos grandes. Una voz interior —muy parecida a la de mi hermana— me decía lo mismo que cuando jugábamos en el jardín junto a las abejas:

—No confíes en nadie.

El sonido de un celular que estaba en la guantera me hizo brincar.

—Ya está conmigo —dijo la agente con un tono de satisfacción tan incómodo que me hizo pensar que yo había caído en una trampa. Era diferente al que se emplea cuando se está cumpliendo una misión en un trabajo; tenía unas sutiles notas siniestras.

Cortó la llamada y puso el teléfono en la guantera.

—¿A dónde vamos? —le pregunté intentando parecer tranquila.

—A la morgue de la comisaría. Debes reconocer el cuerpo de tu hermana. Luego iremos a mi oficina en Chamblee. Allí debes hacer una declaración.

La sensación de seguridad que me había dado antes ya era historia. Ahora me parecía que no era confiable y casi extrañaba la mirada inquisidora de Foster cuando me sacó de la conferencia en la mañana.

Intenté acallar mi inquietud y volví a aferrarme a la esperanza de que el cadáver no fuera de Rose. Me abracé a esa ilusión en parte para soportar los minutos que restaban para llegar, y para controlar la exacerbada imaginación paranoica que había crecido en mí.

Tenía que ser un malentendido eso de culparla de estar implicada en lo de Coleman. Y también que estuviese muerta. ¿Cuántas Rose Emily Olsen podía haber en el país, en el mundo?

Vino a mi recuerdo su bonito pelo fino castaño oscuro y sus dedos alargados moviéndose para despistarme, para que perdiera la noción del lugar donde se encontraba la pelotita roja, debajo de cuál de los conos azules. Era uno de los juegos preferidos de Rose para distraerme cuando ella tenía quince, y yo, seis. Sobre una mesa empolvada en el patio de los abuelos ponía sus tres conos azules y debajo de uno de ellos la pelotita, pero era muy rápida y siempre se las ingeniaba para que me equivocara. Decía que me confundía porque no consideraba el efecto «duplicado».

—Mira, Beca, te dejas engañar porque pongo dos de los conos muy cerca. Así. ¿Lo ves? Y el otro un poco más lejos. La mente nos juega malas pasadas, y podemos esconder lo que queramos cerca de una cosa idéntica cuando construimos duplicados —me decía.

No podía tratarse de ella…

Las lágrimas salieron sin que esta vez pudiese detenerlas.

Entonces hubo un frenazo brusco. Vi la silueta de un hombre junto al vehículo y pensé que iba a abrir la puerta, pero no lo hizo. Un chico en una bicicleta se había atravesado frente al auto y la agente Willows, que era de reflejos rápidos, se detuvo a tiempo antes de atropellarlo. El chico salió corriendo con la bici. Me hubiese gustado hacer lo mismo que él porque me sentía como si me llevaran al matadero. Pero al mismo tiempo sabía que era mejor salir de ese trámite de una vez. Y si el cuerpo era el de Rose, lo mejor era saberlo.

8

—Es mi hermana —le dije a Willows, quien se había quedado de pie tras de mí en el salón frío de la morgue.

—Lo lamento —me respondió.

Dije que era Rose, pero no estaba segura de que lo fuera. No obtuve ninguna certeza al ver aquel cadáver desfigurado. La cara mostraba varias contusiones que transformaban los rasgos. Sus labios eran parecidos y también la nariz. La línea del pelo me parecía diferente, pero tal vez no lo fuera. La condición del rostro era espantosa. Soy de sangre fría, pero no pude dejar de sentir náuseas.

Un hombre calvo que vestía bata blanca y guantes cubrió la cara del cadáver al tiempo que alguien, creo que otro trabajador forense, me dijo que traería el bolso con las pertenencias de mi hermana.

Me quedé parada sin saber qué hacer. En el fondo sentía que podrían darse cuenta de que no estaba todo lo afectada que se supone debía estarlo alguien convencido de que se trataba de un ser querido. Por eso creo que comencé a mirar al vacío y a fingir que me estaba sintiendo peor. Uno de ellos

—el hombre calvo— se dio cuenta y me pidió que saliera al cuarto contiguo, donde me llevarían agua y café. También dijo que me entregarían allí los formularios que debía firmar.

Yo solo era capaz de preguntarme una y otra vez si sería Rose, y la mayoría de las veces me respondía que podía no serlo. El rostro estaba bastante desfigurado. Era cierto que tenía la contextura y la altura de mi hermana…

Sentí la mano helada de Willows. Me tocó el brazo para llevarme al saloncito. No sabía si agradecerle o ponerme en guardia, en contra de ella. Era buena conductora, pudo haber atropellado a Melissa Coleman, podía formar parte de una confabulación para culpar a la mujer que ahora estaba en la morgue, fuera o no fuera Rose. No sabía qué pensar porque tal vez la paranoia me estaba volviendo loca. Pero no podía sacarme de la cabeza a la Black Key y la explicación que sobre ella dio Norman Jackson y que yo me creía por completo. Parecía una ironía del destino que ahora culparan a Rose de estar metida en eso. Precisamente a Rose…

Cruzamos un corredor desolado, aunque podían escucharse conversaciones y palabras sueltas que provenían de gente en las oficinas cercanas. Entramos en una habitación vacía de paredes claras y sillas de madera blanca.

En ese momento pensé que lo mejor sería salir del Departamento Forense lo más rápido posible y contarle todo, en cuanto pudiera, a Anita. Ella podría ayudarme. Tenía la suficiente claridad mental para analizar mi situación con una perspectiva adecuada. Fue en ese momento cuando me di cuenta de que yo podía ser la causa de todo lo que estaba pasando, y tuve una idea espantosa:

¿Y si habían asesinado e inculpado a Rose para alertarme, para que dejara de investigar? Tal vez sabían que me había reunido con Norman Jackson aunque fuera de manera fortuita y luego descubrieron que empecé a hacer seguimiento a los accidentes de los miembros de la Comisión, que hablé con los testigos del incendio de la casa de la comisionada Deborah Clayton antes de lo de Coleman, y hasta supieron que le dije a Katya que algo le pasaría al asesor. Tal vez tenían control sobre mi uso de la Internet porque precisamente eso era lo que investigaba Coleman: la violación de la confidencialidad de los datos de los ciudadanos.

Si era así, la que yacía en la cama era mi querida Rose y su muerte no había sido un accidente.

—Tengo que salir a fumar. ¿Podría avisarme cuando traigan…?

—No hay problema —me respondió la agente Willows.

Me dirigí al exterior del edificio. Busqué dónde acomodarme y lo hice junto a unos árboles, en un pequeño parque a pocos metros del estacionamiento.

Me senté y tomé, de manera mecánica, de mi cartera un cigarrillo y el encendedor. No quería salir para fumar, sino para pensar, y ese era mi pretexto. Si lo de «Rose» no había sido un accidente, tenía que averiguarlo, y, con lo poco que contaba, debía empezar. Tenía que descubrir la verdadera causa del choque e investigar a los agentes del FBI que me habían buscado, quienes se empeñaban en culpar a mi hermana. También a los policías que cubrían la zona a la hora en que murió Melissa porque me parecía extraño que no hubiesen atrapado a la conductora. No solo debía aclarar lo sucedido en la interestatal, sino, y sobre todo, lo del accidente en Dupont Circle. Tenía mucho que hacer, pero lo mejor era que utilizara computadoras públicas. Ahora, más que nunca, debía usar la cabeza.

Mi mano derecha temblaba y no podía evitarlo. Aplasté el cigarro con la punta de mi zapato y permanecí sentada mirando al vacío.

Un hombre se me aproximó. Portaba un uniforme policial que lucía nuevo. Se quitó la gorra y se sentó a mi lado.

—Lamento lo de su hermana —me dijo con una voz que me sonó dulce y fuerte a la vez.

—Gracias —le respondí y lo miré a la cara.

Tenía el pelo rubio y corto, y los ojos de un bonito color miel. Transmitía seguridad y te dejaba una sensación de que las cosas estaban en orden a su lado.

—¿Cómo se llama? —me preguntó y puso sus brazos hacia arriba, como si necesitara estirar los músculos.

—Rebeca Olsen.

—La llamarán «Beca» las personas que la quieren, supongo… —dijo recostándose en el banco.

—Algunas —le respondí, pensando en que así me llamaba Rose.

Me pareció que estaba enloqueciendo. La verdad era que me sentía atraída por aquel policía desconocido y no podía pensar en una peor situación para ello.

—Creo que la buscan en el edificio. ¿No le parece que esa comisaría tiene un aire misterioso, como si fuera algo distinto a lo que aparenta? —me dijo, dando unas palmadas a sus piernas y levantándose.

No supe qué responderle y también me levanté.

Comenzamos a caminar en dirección a la puerta del Departamento. Cuando llegamos, pensé que iba a acompañarme a entrar, pero se fue. Antes me entregó una tarjeta con un número de teléfono, sin nombre.

A LA MEDIA hora salíamos del Departamento Forense la agente Willows y yo.

En mis manos llevaba la cartera de Rose con sus pertenencias y en mi cabeza había grabado la dirección de su apartamento porque quería ir a verlo. Le pedí a la agente que me dejase en él, que luego yo me iría a la sede del FBI a la hora que acordáramos.

Aunque ya sabía lo que había en la cartera de Rose, volví a abrirla mientras ella conducía. Un lápiz labial color rosa, un espejo, un pequeño portacarné de modelo antiguo y de cuero negro, donde estaba la licencia de conducir, su identificación, algo de dinero suelto y un papel rasgado y en blanco. En la cartera también estaban las llaves. Eran cuatro y ninguna se veía nueva. Me quedé mirando la foto en la identificación de Rose y entonces lo supe. El cadáver no era de ella. La línea del pelo era diferente. A pesar de que el rostro de la mujer del accidente estaba desfigurado, podía verse que poseía el llamado «pico de la viuda» y Rose no contaba con esa forma en la línea de nacimiento del pelo. Ahora lo confirmaba y la recordaba mejor, viendo la fotografía. Tal vez sí tenía un pequeño pico, pero no tan marcado como la muerta. Habría que conocerla para estar segura tal como yo lo estaba. Los agentes no debieron de notarlo. Mi intuición me decía que continuara afirmando que el cadáver era de Rose porque las autoridades la acusaban de asesinato. Era mejor que siguieran pensando que se trataba del cuerpo de mi hermana.

¿Por qué un papel en blanco? ¿Quién guardaría algo así? Y si fuera posible… recordé uno de los trucos preferidos de Rose, el que incluía un papel que aparentemente no contenía ninguna escritura. ¡No podía esperar! Tenía que comprobarlo. Guardé el papel en mi cartera y miré por la ventanilla. Allí cerca estaba la solución: Jeffrey Hamburguesas.

—Estoy mareada. Con todo esto, no he comido nada. Podría dejarme allí. —Señalé el local—. O si quiere, viene conmigo. Debo comer algo aunque no quiera.

—Me parece bien. La acompaño y luego la dejo en el apartamento de su hermana —respondió.

Entramos en Jeffrey y la agente Willows me dijo que iría al baño. Asentí y me dirigí a una de las mesas mientras ella caminaba al servicio. Me senté y pedí algo a la chica que atendía, pero una vez que perdí de vista a la agente le dije que necesitaba descubrir un enigma que mi hija me había cifrado. Que si podía ir con ella a la cocina para poner calor sobre un papelito que «Vicky» (me inventé ese nombre) me había dado. No pareció sorprenderse. Creo que cosas más raras le debían haber pedido. Entonces, vigilando que la agente no volviera aún, seguí a la chica y una vez dentro de la cocina saqué el papelito y lo puse sobre la llama de uno de los fogones. Esperé, sintiendo que las gotas de sudor me bañaban la frente.

Fueron apareciendo las letras:

«¡Viva N. C. E. N.!».

Metí el papel en mi mano y lo arrugué lo más que pude,

volviéndolo una pequeña pelotita. Le di las gracias a la chica y salí corriendo de la cocina. Ya Willows me estaba esperando sentada a la mesa. Miraba a todos lados con preocupación. Se tranquilizó cuando me vio caminar hacia ella. Mientras daba cada paso, pensaba en qué decirle si me preguntaba a dónde había ido.

—No confíes en nadie —me repetí en voz baja porque eso significaban las letras de la nota. Esa era una de las frases favoritas de Rose y ella sabía que yo comprendería aquellas iniciales.

La Policía, el Senado, el FBI, los ministerios, en todos lados había infiltrados de la Black Key y su brazo asesino podía estar concentrado justamente en organizaciones como la Policía y el FBI. Había muchos intereses económicos de por medio para permitir que alguien pudiera develar los secretos que conocían y que usufructuaban, y por eso, si sabían que yo estaba al tanto, mi vida estaría en peligro. La misma Brandy Willows podría estar en la red, o Foster y Palfrey. O quienes estaban en la morgue y el policía que fue a buscarme al banco junto al estacionamiento. Cualquiera.

Lo importante era que mi hermana continuaba con vida.

¿Dónde estaba? ¿Por qué la culpaban de algo que había hecho la Black Key? ¿Qué clase de vida llevó todos estos años?

Había un hombre en la cafetería que, me pareció, no nos quitaba la mirada de encima. No podía estar segura porque llevaba puestos unos lentes de sol. Se había sentado en una mesa libre frente a nosotras.

Terminamos de comer y volvimos al auto. Luego de pocos minutos de camino estuvimos frente a un edificio de dos plantas, color salmón.

—Aquí es. Supongo que esas llaves que tienes en la cartera de tu hermana abren la puerta de su apartamento. Es el 1B. Quedamos a las tres en la oficina, en la calle Flowers número 3000.

—Está bien —le respondí.

Cuando me iba a bajar del auto, recordé algo que quería preguntarle.

—¿Usted sabe dónde fue el lugar exacto donde mi hermana murió?

—¿Por qué quiere saber eso? Es una pregunta extraña —dijo y de inmediato agregó—. En una carretera secundaria en la entrada del lado contrario a Pine Road, creo.

—¿Qué es Pine Road?

—Una casa de campo en las afueras de Charlotte.

Le agradecí y bajé del vehículo pensando que no me dejarían sin vigilancia.

Esperé a que el auto de Willows desapareciera en la esquina y me dirigí a la puerta del edificio. Abrí la cartera de Rose y tanteé buscando las llaves. Miré a ambos lados de la calle y a unos cuantos metros observé un auto estacionado y la silueta de dos cabezas dentro. Tal como había pensado.

Saqué las llaves y con una de ellas abrí la puerta. Pasé junto a los buzones y noté que en el de Rose no había ninguna carta, pero el de junto estaba repleto. Luego subí las angostas escaleras y busqué el apartamento identificado con el rótulo 1B. Pero entonces, súbitamente, me dirigí al apartamento 1A. ¿Existe una mejor manera de ocultarse que al lado de a donde todos esperan encontrarte? Así dispondrías de un lugar para guardar lo que no quieres que encuentren. Tienes un apartamento junto que es tu verdadero centro de operaciones, el que nadie conoce ni imagina. Por eso había cuatro llaves: la de la puerta de la calle, el garaje, las puertas del 1B y la del 1A. Y también por ello el buzón de al lado de Rose estaría lleno de cartas, porque de seguro había olvidado vaciarlo, puesto que allí no vivía nadie en realidad. Podría ser. Ese era su truco preferido, el de acercar el cono con la pelotita al otro para que mi propia mirada me engañase. Yo sabía que Rose era buena en lo que hacía y entonces pensé que tal vez trabajara a la sombra para descubrir a la Black Key, lo cual sería consistente con su obsesión por la justicia, que era igual a la mía.

Uno no sabe en qué momento puede recordar cosas importantes. En ese instante vino a mí el recuerdo del padre del novio de Rose, y la difusa imagen de que era un hombre importante para la política de Washington. Lo vi solo una vez en el entierro del chico. Él se llamaba Robert «algo» Patterson y entonces caí en la cuenta de que podía ser de los famosos Patterson del ahora partido de oposición. ¿Por qué no había pensado en eso antes? Quizá porque en casa no se podía hablar de mi hermana, ya que era un tema doloroso. Ahora todo iba encajando en mi cabeza.

No perdía nada con intentar lo del apartamento contiguo.

Me aseguré de que nadie me viese y me dirigí a la puerta blanca con el rótulo 1A. Tomé una de las llaves e intenté abrir con ella. Nada. Me sentí estúpida, demasiado imaginativa. Sin embargo, traté con la otra y lo logré.

Escuché el tic de la llave al liberar el seguro.

Hubo un ruido en la primera planta y me quedé paralizada. No sonó nada más, así que terminé de abrir y me metí rápido en el apartamento, cerrando con cuidado. Una vez adentro descansé la espalda sobre la madera de la puerta y me quedé inmóvil unos segundos más, atenta. Si escuchaba pasos subir la escalera, iba a meterme en problemas.

Cuando me convencí de que nadie me había seguido, me concentré en la búsqueda de algo importante en ese lugar. Caminé por un pequeño corredor de dos metros que se abría ante una sala que contenía una mesa en el medio y varias cajas llenas de papeles. No había nada más. Era evidente que nadie vivía allí. Tal vez alguien llegara haciendo las veces de que lo hacía, lo suficiente para no levantar sospechas.

Me acerqué a la mesa y miré los papeles. Eran expedientes de sujetos fichados. Me llamó la atención uno de ellos. Pertenecía a una mujer rubia de pelo muy corto. No podía quedarme mucho tiempo, así que decidí llevarme los papeles, pero algo me detuvo. Me estaban vigilando y tendría que ir a las oficinas del FBI. Era posible que revisaran mi cartera, entonces era mejor no tomar nada. Con el celular saqué fotos de las primeras páginas de los expedientes y las envié a mi *email*. Luego las borré del teléfono. Imaginaba que los expedientes pertenecían al grupo de delincuentes que se manchaban las manos de sangre, contratados por la Black Key. Porque esta red, además de manejar información, debía de funcionar como una especie de aseguradora del crimen. Junto con las extorsiones, quizá ofrecía servicios de protección a los extorsionados si es que pagaban, y cuando el Estado, mediante alguna de sus instituciones, estuviese a punto de descubrir los delitos, entonces activaban el brazo violento de la red y los matones contratados hacían de las suyas para acabar con el problema. Eso debía ser lo que le había pasado a Benjamín Coleman. Que la Black Key tuvo que actuar para callarlo y que dejara de investigar, y para ello debió haber contratado a uno de estos hombres para que asesinara a su hija. ¿Y si fue la mujer? ¿Y si Rose la perseguía y fue ella quien murió en el otro auto? Tenía que saber la identidad de la segunda víctima del choque.

Di una vuelta por las otras habitaciones del apartamento. Todo estaba vacío. Crucé la cocina y abrí la refrigeradora. Había agua y una botella congelada de vodka Tanqueray. La misma marca que le gustaba a Rose.

Entonces escuché un ruido y estuve segura de que la puerta se abría. Alguien estaba entrando. Miré alrededor, pero no tenía ningún lugar para esconderme. Esos expedientes revelaban una información peligrosa porque a través de ellos se podría llegar a las cabezas de la Black Key. Haberlos encontrado era mi sentencia de muerte.

Los pasos se acercaban, así que sin pensarlo más decidí que debía escapar. En la cocina había una puerta de servicio. Me dirigí hacia ella corriendo y la abrí. Conducía a una escalera auxiliar, angosta y oscura. Cerré con cuidado de no hacer ruido. Parecía que había logrado escabullirme, pero entonces la puerta se abrió. Ni siquiera lo vi. Aunque corrí todo lo que pude bajando las escaleras, igual lo sentía a mis espaldas, percibía su paso cortando el aire detrás de mí En el descanso de la escalera me agarró por el cuello.

PARTE II

1

La chica caminaba hacia la boca del metro cuando la mujer aceleró. La conductora sintió el impacto en la parte delantera del auto, el golpe seco y luego el silencio. No se detuvo y continuó por la avenida Rhode Island pasando frente a la iglesia de San Mateo Apóstol. Miró la imagen del santo encerrado en la semiluna color rosa y sonrió. No tenía miedo porque estaba protegida por gente poderosa y nadie la seguía. Eso acordó con la jefatura de Policía de la calle Leroy. Los primeros agentes en llegar la dejarían seguir por la calle 17 hacia el noroeste, y luego cruzar el río Potomac sin inconvenientes. Después solo tendría que continuar conduciendo hasta Charlotte. Eran unas cuantas horas de camino, pero valdría la pena. No le pesaba la interestatal de noche, al contrario, le parecía fantástica. Lo sentía por la muchacha, pero trabajo era trabajo.

Cuando la asesina cruzó el río Potomac no notó que un auto la seguía.

Lo conducía otra mujer. Si todo salía como esta había planeado, aquella noche lograrían algo importante. No solo detendría a una asesina, sino que descubrirían el lugar donde guardaban las pruebas de la mayoría de los delitos cometidos por la Black Key. Pero sobre todo podría vengarse, tal como lo había hablado con su mentor, Robert Smith Patterson.

El sobrino de Robert era un joven y brillante abogado llamado John que había sido víctima de la Black Key cuando apenas empezaba a constituirse, al descubrir sin querer una red de tráfico de armas hacia México, derivada de una filtración del programa militar en la llamada operación ilegal Walking Carbine. El chico lo hizo por casualidad una tarde que estaba en casa de un compañero de estudios llamado Freddy Kelly y había escuchado a su padre, Albert Kelly, decir unas palabras que le inquietaron. Se lo contó a su novia, una chica voluntariosa y excepcional llamada Rose Olsen. Contrario a lo que ella le había recomendado, John encaró a Albert Kelly y este negó todo. Luego de ello, John sufrió un accidente mientras escalaba solo en Ohio, muriendo en el acto.

Rose Olsen era la conductora del vehículo que seguía a la asesina. Su vida cambió por completo cuando murió John, pues sabía que no había sido un accidente. Se fue de casa y se refugió junto con Robert para fraguar su venganza. Formó parte de la organización que buscaba erradicar a la incipiente Black Key. Eso era lo único que le daba sentido a continuar con vida. Gracias a sus investigaciones habían detenido a varios de los delincuentes contratados por la organización, pero ahora estaban cerca de conocer el pulmón de la Black Key: el lugar de resguardo de los archivos que mantenían en estado físico en alguna parte de la interestatal 85, cerca de Charlotte. Sospechaban que el ahora senador Albert Kelly era el jefe, pero no habían podido demostrarlo. Desde Charlotte hasta Atlanta el senador Kelly contaba con poderosos aliados que le informaban todo lo que sucedía; tenía el control territorial por completo de la zona. Patterson y Rose estaban convencidos de que la mujer que acababa de atropellar a la hija de Coleman se dirigía al lugar en donde ocultaban las pruebas de sus delitos, y por ello era vital que la siguiera en una operación solitaria, sin que pudiera filtrarse la persecución, porque no sabían quién de las autoridades policiales podría ser informante.

Cuando la asesina llegó a la bifurcación que conducía a Charlotte, ya sabía que había un auto siguiéndola. En una maniobra arriesgada giró de manera violenta a la izquierda para tomar un camino que se perdía en el bosque y, sin quererlo, atropelló a alguien.

Rose intentó mantener el control para no impactar al auto de la asesina, que había quedado volteado en la vía, pero no lo logró. Sintió un golpe en la cabeza, en la mandíbula y en las costillas. Percibió el olor de la sangre en la nariz y la idea de que iba a morir se apoderó de ella. Recordó en una milésima de segundo a su novio John y su bella sonrisa cuando subía las montañas, y también a Beca, su hermana menor que la adoraba… Un fuerte dolor de cabeza le nubló el pensamiento.

Pero aquel no fue su final. A los pocos minutos despertó. Con dificultad desabrochó el cinturón y salió del auto. Tomó el arma que guardaba en la cintura y se acercó al otro vehículo en busca de la asesina. Vio a una mujer muerta junto al auto. Miró a lo lejos y recordó, cuando estudiaron la zona en busca del posible refugio de la Black Key, haber identificado una instalación abandonada que últimamente servía de guarida para drogadictos que se refugiaban del frío porque la supervisión policial en la zona era muy pobre. Supuso que la caminante era uno de ellos, una mujer sin dolientes.

Cuando encontró a la conductora se dio cuenta de que también estaba muerta. Era una mujer rubia de pelo muy corto y tenía dislocado el cuello. Debía revisar sus bolsillos, la guantera, cada rincón del auto si fuera necesario. Debía haber algo, tal vez en el celular.

Pero resultó que la asesina no llevaba nada consigo, solo un teléfono, un Nokia modelo viejo. Rose miró los mensajes dirigidos a un número desconocido.

«Solo falta acabar lo de Rebeca M. O.».

Rebeca Marie… ¡Era su hermana! ¡Alguien iba a hacerle daño a Beca!

Ella sabía que había estudiado Periodismo, que trabajaba en una revista de temas políticos y que era feliz. Entonces Rose se sintió culpable porque su hermana estaba en peligro en parte por su culpa, porque la influyó en demasía cuando eran niñas y alentó su imaginación para el crimen y las conspiraciones…

Llamó a Robert desesperada. Entre los dos diseñaron el plan. Fingirían la muerte de Rose, reemplazándola en el asiento del conductor de su auto por la caminante atropellada y destrozada en medio de la noche en la interestatal. Por suerte tenía la misma contextura que ella y quedaba muy poco de su rostro. Además, dejarían junto al cadáver el celular con el mensaje que menciona a su hermana. Era arriesgado, pero la única salida para llegar a Rebeca. Las autoridades captadas por la red criminal cubrirían la identidad de la verdadera asesina divulgando que Rose era quien había matado a la hija de Coleman. Ensuciarían su nombre para cubrir la verdad, pero lo más importante era que pensarían que estaba muerta.

Ella, aunque lejos, sabía todo de su familia y estaba enterada de que sus padres se encontraban en Europa. Rebeca tendría que ir a reconocer el cadáver y ella debía aprovechar ese momento para dejarle un mensaje. Tenía que pensar rápido. Recordó ese juego de su niñez, el del limón o la leche para crear tinta invisible. Debía buscar cerca. No tenía ni lo uno ni lo otro.

Vio unas luces en la autopista. Dio gracias a Dios de que el choque se produjo dentro del camino del bosque. Podría ser que el auto pasara y no la viera.

Eso fue lo que ocurrió.

Percibió un olor que provenía de la vegetación que la rodeaba. Recordó que las plantas en su interior contienen un líquido parecido a la leche. Tal vez sirviera. Algunas de ellas despiden una sustancia blanquecina, por lo general, ácida. Eso le dictaban sus recuerdos en casa del abuelo.

Buscó su cartera y dentro de ella, un papel donde había hecho unas anotaciones. Lo rasgó y se quedó con la parte en blanco. Acercó el cadáver al auto y luego comenzó a partir varias ramas de los árboles más cercanos. Logró que uno de ellos mojara sus manos. Esperaba que funcionara la tinta invisible. Con una ramita muy fina untó el líquido y escribió unas letras, luego sopló. No podía comunicarse con Rebeca de ninguna otra manera porque debían estarla siguiendo, y los infiltrados en la Policía y en el FBI llegarían pronto, y se quedarían con sus pertenencias antes que su hermana.

—Tiene que funcionar…, tiene que funcionar —se repetía viendo sus manos temblorosas.

Sabía que la Black Key era un monstruo de mil cabezas y la mayoría de ellas estaban disfrazadas de legalidad.

—No confíes en nadie, querida Beca, hasta que volvamos a encontrarnos…

2

Me estaba asfixiando, pero no dejaba de resistirme. Intentaba mover los brazos hacia atrás para apartar las manos que bordeaban mi cuello. Probé golpear su cara con el codo izquierdo y logré pegarle dos veces. Me solté y caí hacia adelante en la escalera. Me golpeé las rodillas y las manos. Otra vez venía sobre mí, pero ahora lo hacía de frente y logré verle la cara. Era el mismo hombre de la cafetería, esta vez sin lentes. Y también uno de los rostros que acababa de ver en el piso duplicado de Rose. Grité como loca. Cuando se abalanzaba sobre mí, comencé a patearlo. Lanzó una exclamación que no entendí y sacó un arma.

—Cállate o te mato aquí mismo —me dijo con rabia.

Comprendí que por el momento debía mostrar docilidad.

Me pidió que me levantara y que caminara delante de él, callada.

Mi esperanza era que en algún momento debíamos salir a la calle, y entonces algo podría hacer. A menos que nos dirigiéramos al estacionamiento. Siendo así me sería más difícil obtener ayuda porque de seguro habría menos gente. Pero no era momento para ser pesimista, me dije.

Bajamos las escaleras; él me agarraba un brazo con una mano y con la otra me apuntaba. Pero ocultaba el arma tras mi espalda, muy cerca. Eso significaba que en algún momento preveía que nos cruzaríamos con alguien y que tenía que ocultar la pistola. Entonces pensé que saldríamos por la puerta principal, y que al menos por un corto espacio de tiempo tendría una posibilidad de escapar, de que alguien notara que estaba con él en contra de mi voluntad. También pensé que no tenía intención de matarme dentro del edificio.

Llegamos al mismo recibidor que recorrí antes, donde estaban los buzones. Tres chicos entraban al edificio en ese momento y se cruzaron con nosotros. No pude pedir ayuda porque no me miraron a la cara. Sentía que se esfumaba la esperanza de salvarme cuando los vi subir los escalones de dos en dos, tan tranquilos y sin sospechar que estaba en peligro mi vida.

El hombre me apretó más fuerte el brazo. Cuando salimos del edificio me obligó a cruzar a la derecha. Su intención era que entráramos en el pequeño callejón de junto, para alejarnos de la calle. Entonces comprendí que allí era donde iba a dispararme, así que, si entrábamos en él, estaba perdida. No había nadie caminando por allí en ese momento, pero algunos autos transitaban por la vía. ¡No podía ser que nadie se fijara que me llevaban contra mi voluntad!

De pronto escuché el sonido de una motocicleta. Era el momento de intentar algo. Aunque me disparara, de cualquier manera iba a hacerlo en el callejón, así que debía arriesgarme. Aprovechando el justo instante en que el motorizado pasó por nuestro lado, me moví con rapidez y me solté, y comencé a correr.

El hombre disparó. Me refiero al motorizado. Era el

policía que conocí a las afueras del Departamento Forense quien estaba atacando a mi agresor, quien recibió un impacto de bala en la pierna; gritó de dolor, pero intentó correr.

Lo perdí de vista cuando se metió en el callejón donde, estoy segura, planeaba asesinarme.

—¿Estás bien…? —me preguntó.

—¿Lo dejarás irse? —le interrumpí al policía, incrédula.

—No va a llegar lejos. Está herido. Además, dos de los nuestros lo esperan del otro lado. Los demás están lejos porque estamos finalizando la operación en contra de la red criminal de Kelly, en el lugar a donde se dirigía Mary Talcott después de asesinar a Melissa Coleman. ¿Pero qué hacías en el apartamento 1A?

—Es el de mi hermana Rose… —dije, aparentando estar confundida y sin dejar de mirar su arma.

—Sabes que no lo es. No sé cómo has logrado dar con ese lugar. Ahora está en mayor peligro que antes, como has podido comprobar. Ese hombre no te mató allí adentro porque supiste defenderte. Debemos salir de aquí lo más rápido posible, ya que esto no es seguro. Hay infiltrados en la Policía, que llegarán de un momento a otro.

—¿Y qué hago? ¿Ir a la cita con la agente Brandy Willows como si no hubiera pasado nada?

—No. Debes desaparecer y venir conmigo. Se supone que

eres lista, eso nos ha dicho Rose. Aunque no sabe cómo demonios te pusiste en peligro…

—¿Rose? ¿Has visto a Rose? ¿Está bien? ¿Vamos a encontrarnos con ella?

—Después.

Cuando iba a subirme a la moto con él, me detuvo. La estacionó y bajó. Luego me pidió que caminara tranquila a su lado. Lo hice en silencio, aunque me moría por preguntarle muchas cosas.

Miré hacia adelante. Estaba el auto con los ocupantes que se supone me vigilarían y que no parecían haberse enterado del peligro que acababa de pasar. Se habían desplazado del lugar inicial donde los vi, frente a la puerta de entrada del edificio, y ahora estaban estacionados en la calle lateral. En ese momento pensé que tal vez ni siquiera eran policías, sino aliados del hombre que me atacó, y que estarían esperando que este apareciera, luego de asesinarme. Debía recordar que no podía confiar en nadie, aunque llevara uniforme.

Llegamos a un Mini Cooper amarillo estacionado al cruzar. Me pidió que subiera y que me pusiera unos lentes de sol que estaban en la guantera y también la chaqueta que descansaba en el asiento trasero. Yo obedecía, pero no dejaba de temblar.

—¿Cómo te llamas? —le pregunté.

Me miró un segundo, sus ojos eran de color miel, muy claros y vivos.

—Gary.

—¿A dónde vamos?

—Lejos —respondió él.

—¿A Pine Road? —pregunté.

—¿De dónde has sacado ese nombre? —me preguntó quitando la vista de la vía.

Me pareció violento.

—Fue allí donde me dijo Brandy Willows que había sido el accidente en el cual «murió» Rose.

—¿Estás segura de eso? —volvió a preguntar, ahora con la vista fija hacia adelante y con un leve temblor en la comisura de los labios.

—Sí. Le pregunté el lugar exacto y eso fue lo que dijo.

—Eso lo cambia todo —respondió y luego hizo silencio.

—¿Eres policía de verdad? Porque cuando me abordaste noté que no quisiste entrar en el edificio conmigo. Y ahora creo que tal vez…

No pude seguir hablando. Él se movió más rápido que yo. Solo sentí un pinchazo breve en el brazo. Después un silencio de muerte se apoderó de mí.

Recuerdo que al final, antes de perder el conocimiento, me dije que el problema fue que no me había parecido un hombre peligroso, porque no deseaba que lo fuera.

4

Cuando desperté sentí calambres en los brazos y las piernas. Estaba adolorida, como si tuviese pesas sobre mí. Abrí los ojos y todo lo vi borroso. Había una mujer y dos hombres cerca. Alguien alertó que me había despertado.

Hice un esfuerzo por mirar bien. Al menos debía saber quiénes eran mis captores. Y no podía creer lo que veía. ¡No podía ser! Era Anita Lansbury.

—Rebeca, por fin has despertado. Gary ha sentido mucho haberte sedado con un tranquilizante, pero el tiempo apremiaba y era peligroso para nosotros que continuaras haciendo preguntas, dada tu natural indocilidad.

Recuerdo que intenté hablar, pero apenas si abrí los labios. Cuando logré despegarlos, me hice daño. Estaban resecos, agrietados.

Un vaso de agua apareció a mi lado izquierdo. Me lo ofrecía Gary. Ahora no vestía de policía.

El otro hombre era mayor. Me recordó a alguien del pasado.

—Nos has ayudado mucho, Beca. Faltaba una pieza, lo intuíamos y estábamos cerca, pero algunas veces se necesita una nueva perspectiva, o que el enemigo baje la guardia frente a alguien que no valora del todo o a quien piensa eliminar pronto —dijo el hombre mayor mientras se acercaba a la cama.

Entonces escuché una voz que conocía. Ronca y profunda. Era Norman Jackson, que acababa de entrar a la habitación.

—Se lo dije a Anita desde que te vi la noche de su cumpleaños. Eras buena para esto, estabas lo suficientemente loca como para perseguir a la gente poderosa que hace daño. Tan obsesiva como Rose. No sé qué les hicieron en casa de los Olsen, pero la búsqueda de la verdad para ustedes es como un único alimento. Creo que tal vez haber pasado las vacaciones en la casa de las abejas las hizo así, inmunes al peligro. Tu hermana nos ha contado muchas cosas sobre esos días, aunque no me ha perdonado que te haya hablado de la Black Key en aquella cena; dice que te planté la inquietud.

—¿Dónde está Rose? ¿Está bien? —alcancé a preguntar a pesar de que me sentía muy mal y no comprendía lo que estaba pasando.

—Gracias a ti hemos dado un golpe certero. Por asociación de ideas y debido a un grave desliz de parte de Willows, que no hubiese cometido con nadie más, los tenemos. Fue cuando te habló de Pine Road. Eso nos condujo a saber la identidad del jefe de la Black Key. Y no era Kelly, como creíamos. Había alguien por encima de él y era nada menos que el propio senador Alex Richmond, quien había encargado la investigación a la Comisión, y el mismo que había buscado a Coleman para que la presidiera, intentando disimular. También simuló su indignación por la filtración de la información en la agencia Kramer Team. Y lo supimos porque el senador tiene unas tierras llamadas Pine Road, pero se ubican en Maryland, no en Charlotte. Estábamos equivocados. Debían de sentirse perseguidos, y por medio de sus operarios orientaron nuestras sospechas a la propiedad de Kelly en los linderos de la interestatal 85, donde no había nada comprometedor. Que Mary Talcott haya tomado esa vía también fue un engaño. Sabía que la perseguiríamos. El lugar clave estaba en sentido contrario y más cerca de Washington, en la propia casa del senador. Willows sufrió un lapsus y confundió el nombre de la propiedad, y sin quererlo nos dio la pista sobre su jefe mayor. ¿Por qué iba a decir el nombre de Pine Road si no era porque había estado en la casa del senador, quien era el verdadero jefe de la organización? Eso nos puso en alerta y lo descubrimos todo —continuó diciendo el desconocido.

Parecía que necesitaba aclararme con lujo de detalles lo sucedido. Debía imaginar mi desconcierto.

—¿Patterson? —pregunté despacio.

—Sí. Soy Robert Smith Patterson y mi sobrino era John, el novio de tu hermana Rose.

Recordé dónde había visto esa cara; en el entierro de John, a donde me empeñé en ir para acompañarla. Solo entonces comprendí que estaba entre los buenos, pero me encontraba también en medio de una organización tan secreta como la propia Black Key, solo que era su antagonista y la única que podía frenarla en medio de un pantano de complicidades que había atacado como un cáncer a la cúpula política del país.

—Cuando puedas, lee los periódicos para que veas el tamaño del tsunami que hemos levantado. Ahora podrás agregar a tu lista de escándalos políticos uno nuevo —me dijo Jackson riendo.

Entonces Gary me tendió su teléfono.

Era una videollamada de Rose.

—Hola, Beca. Todo ha salido bien. Me encantaría abrazarte, pero no puedo hacerlo por ahora. Estás a salvo con ellos. Siempre he sabido de ti, y de papá y mamá. Nunca los he abandonado. Pedí a Anita que te guiara en la universidad, que te acompañara todos estos años. Guardo conmigo fotos tuyas que ella me enviaba con frecuencia. Sabes, Beca, con la muerte de John dejé de ser la persona que conociste y ahora soy otra, con un sentido claro de lo que quiere. Robert me apoyó y me entrenó. Soy peligrosa, pero te amo. Eres lo que más quiero en la vida. Te aseguro que pronto nos veremos. Siempre estaré cerca de ti aunque no me veas. Mantente alerta. No confíes en nadie —terminó diciendo y levantando el dedo pulgar de su mano izquierda, imitando el gesto que hacíamos ambas de niñas.

Cuando iba a responderle, cortó la llamada. Las lágrimas corrían incontenibles por mi cara.

Anita Lansbury me apretó la mano y salió de la habitación. Patterson y Jackson fueron tras ella.

Gary se quedó de pie, mirándome.

—¿Por qué Rose tuvo que huir otra vez y no se quedó conmigo? —pregunté en voz alta.

Enseguida pensé que, a pesar de eso, de alguna manera había recuperado a mi hermana. Que ella había logrado recomponer los pedazos que estallaron cuando murió su novio y que era imposible pedirle que dejara de hacer lo que hacía. Que habían dado un golpe mortal a la red de corrupción y, aunque quedara mucho por hacer, esta batalla la ganaron. La «habíamos» ganado.

Gary sonrió. Parecía estar dentro de mi cabeza.

—No soy policía —dijo y se movió con destreza hasta llegar a la silla que había junto a la puerta Allí se sentó y recostó su cuerpo hacia atrás, tal como hizo cuando lo conocí. Sabía que iba a alzar los brazos y estirarlos otra vez.

Recordé el inicio de todo, en aquella cena de cumpleaños. Era cierto lo que había dicho Jackson. Una conversación casual fue determinante para cambiarme la vida.

NO LO PERMITIRÉ

REBECA OLSEN Nº 2

PARTE I

1

15 DE DICIEMBRE de 2018

Louise Simons quería que ese día fuera especial. Si lograba la mejor foto del faro nevado, la vendería y podría comprar un regalo a su hija Dottie. Con esa idea en la cabeza, se subió —apenas amaneció— al autobús que la dejaría en la estación de Milwaukee y de allí tomaría otro hacia la estación de la Unión. Por último, subiría al tren rápido que la llevaría hasta su destino final: el famoso faro de Saint Joseph en el lago Michigan.

Era un viaje largo, pero no le importaba. Podría decirle a Dottie que se había convertido en la princesa Elsa de *Frozen*, porque le enviaría a su amiga Jacqueline la primera foto que tomara del faro, para que se la enseñara a su pequeña hija. Las imágenes que su amigo virtual Jesse Miller le había enseñado eran alucinantes; mostraban las crestas del lago irrumpiendo en forma de olas gigantescas y la estructura vestida de múltiples velos de nieve.

Tenía que agradecerle a Jesse por el dato y que además se ofreciera a buscar comprador para las fotos que tomase aquel día. Eso convencería al padre de Dottie de que no se la llevara a Ontario con él. No quería perderla, pero no tenía dinero para mantenerla ni nadie más a quien acudir en el país.

La movía una creciente ilusión cuando llegó al faro y ni siquiera estaba cansada. Cubría sus manos con unos guantes negros que no eran de su talla, pero que cumplían la función de protegerlas del frío. Las plumas de su vieja chaqueta se movían violentas debido a las ráfagas del viento. Sintió los ojos fríos y secos. Sacó del bolsillo externo del morral una pequeña barrita humectante marca ChapStick clásica —de las de cubierta blanca y negra— y se puso un poco en los labios.

Notó que dos personas caminaban detrás de ella, pero no les prestó atención.

Después vio a un hombre que parecía trabajar en la edificación del muelle. Este soltó una última bocanada de humo y entró en una de las casetas que supuso eran oficinas.

Ella continuó caminando, pero el mismo hombre que fumaba volvió a salir y le gritó.

—¿A dónde va con este tiempo?

Ella volteó y sonrió.

—Solo a tomar unas fotos del lago y del faro —dijo mientras le mostraba la cámara que sacaba del morral.

El hombre resopló y emitió unas palabras que ella no entendió, y volvió a entrar.

Louise continuó caminando hacia el lago y, cuando estuvo a cinco metros de la caseta de techo rojo —que aún podía verse porque la nieve no la cubría del todo—, se deshizo de los guantes y se tomó una selfi con el celular. Podía intuirse al ver esa imagen, incluso meses después, que en aquel momento estaba feliz.

Envió la foto al celular de su amiga Jacqueline, quien

cuidaría de Dottie el fin de semana, y continuó avanzando. Quería llegar a la orilla del lago, que ahora más que nunca parecía un mar helado sacado de un cuento.

Estaba tan ensimismada en su objetivo que no se dio cuenta de que los dos hombres que venían detrás se le acercaban con rapidez, aprovechando que no había nadie más en aquel momento. Cuando comprendió que iban a atacarla fue muy tarde, y supo que moriría. Intentó gritar, pero fue imposible. Uno de ellos le golpeó con un madero oscuro en la cabeza.

Y Louise Simons no volvió a despertar.

2

---

14 DE SEPTIEMBRE de 2019

Por la mañana de aquel día estaba tomándome una taza de café en la cocina de la casa de Gary. Estaba frustrada porque ya habían pasado dos meses desde que vi a mi hermana en la videollamada y no había sabido nada más de ella.

Por supuesto, no esperaba que Norman Jackson ni Anita o Robert Smith Patterson me dijeran dónde estaba, pero dado que mi relación con Gary Buck se había tornado íntima, esperaba que él me ayudara a saberlo.

Nos enamoramos apenas nos conocimos. Pero resultó ser tan obstinado como yo, y decía que Rose lo mataría si se enteraba de que por su culpa me había puesto en peligro por seguir su rastro.

—¿Por qué no me lo dices? —le pregunté a Gary por enésima vez.

—No sigas con eso, Beca. Sabes que Rose no me lo perdonaría.

—¿No ves que ese secreto sobre su paradero o lo que hace me está afectando? —le reclamé, levantándome de la silla y dirigiéndome al lavaplatos.

—No importa que te afecte, porque así lo quiere tu hermana —me respondió.

Cuando dijo eso me molesté todavía más.

—Debes entender…

—Lo entiendo —lo interrumpí y, al hacerlo, sin querer golpeé la taza con el grifo y esta se partió.

Él se acercó y me rodeó con los brazos. Apoyó el mentón y la nariz sobre mi hombro. La verdad es que Gary sabía cómo calmarme casi siempre, pero en esa oportunidad no fue así.

Le dije que me iría porque tenía algunas cosas que hacer y que nos volveríamos a ver en la noche. Salí de casa de Gary y me encaminé al apartamento que había rentado cuando decidí quedarme en Atlanta hacía siete semanas, y que quedaba solo a cuatro cuadras de allí.

Era verdad lo que le había dicho a Gary sobre que debía hacer algo: continuar con mis pesquisas ocultas.

Como no encontraba apoyo de ellos para incluirme en la organización de Rose, entonces en las últimas semanas y por mis propios medios había comenzado una investigación de la cual no les había hablado.

Yo también les estaba ocultando cosas y había logrado avances que ellos ni siquiera imaginaban.

3

Todo empezó porque una vez Gary me dijo que para descubrir los delitos de la Black Key había que contar con «las fuentes de información adecuadas».

Al principio no entendí, pero luego me di cuenta de que ellos también poseían información filtrada de la agencia de inteligencia Kramer Team. Gary me habló de un ingeniero que trabajaba en esa agencia y que conocía de los manejos que Albert Kelly y el senador Alex Richmond hacían en la Black Key. Este hombre misterioso ahora les ayudaba a diseñar las estrategias de análisis de redes para anticiparse a las acciones de la organización.

Con todas esas ideas en mi cabeza construí un organigrama de los delincuentes de poca monta que se describían en los expedientes del apartamento que Rose usaba como escondite. Lo hice analizando las redes sociales y creando mi propia base de datos. Por suerte, las páginas que fotografié aquel día que casi me asesinan contaban con algunos datos relevantes.

Me hice pasar por varias personas, y abrí cerca de veinticinco perfiles de mujeres y hombres ficticios para entablar conversaciones virtuales con una centena de individuos que podrían estar relacionados con esos delincuentes. La mayoría de ellas no me conducía a nada, pero sí que logré, por ejemplo, descubrir que Mary Talcott, la asesina de Melissa Coleman, tenía un historial inusual en el mundo delictivo. Había estudiado unos años en la Universidad de Florida y era una joven inteligente, ajena a la ilegalidad. ¿Por qué se convirtió en una asesina desalmada? ¿Cómo hizo la Black Key para reclutarla? Su historia me desconcertaba y por eso me hice amiga virtual de su hermana Wendy. Me fue bastante sencillo; solo estudié su mundo de intereses a través de su Facebook y dejé colar algún comentario en Twitter para despertar su curiosidad. De inmediato picó el anzuelo. Ahora compartimos algunos pódcast sobre series y música. Todavía no he sacado nada en claro sobre los inicios de Mary Talcott en el mundo delictivo, pero al menos ya tengo la confianza de su hermana.

El nombre que utilicé con ella fue Helen Combs, que es mi identidad favorita. Lo escogí porque me recuerda la casa de los abuelos y las abejas, ya que ese nombre es un juego de palabras que se parece a *honeycomb*. Me he convertido en una experta produciendo pódcast, incorporando contenidos atractivos sobre quienes he identificado dentro del mundo de relaciones de los cinco delincuentes, cuyos expedientes fotografié.

Desde el principio me di cuenta de que los sujetos de los expedientes tenían algunas cosas en común. Todos habían crecido en Washington D. C. o en las afueras de esa ciudad. Luego, días después, hice un descubrimiento más importante: todos habían sido defendidos por la misma firma de abogados: la Bristol Criminal Defense Attorney. Lo supe porque el hermano de Frank Winters —uno de los delincuentes— estuvo metido en un asunto de drogas y en su perfil de Instagram aparecía en una foto en cuya leyenda agradecía a Cyrille Bristol, su defensa. Eso me alertó sobre esa firma de abogados defensores. Luego encontré que otro de los sujetos se había salvado de una sentencia condenatoria por un error procesal y que la misma firma de abogados lo defendió. Estuve segura de que era un banco de criminales que surtía a la Black Key.

Si era capaz de descubrir cosas como esas con mis estrategias, tendrían que calcular de lo que sería capaz si me dieran acceso a toda la información que hoy me negaban. Sobre todo, podría mostrarme ante Robert, Norman, Anita y Rose como alguien de utilidad.

Esa mañana iba a contarle mis hallazgos a Gary, pero me molestó tanto su negativa a darme información sobre mi hermana que lo pospuse.

Luego, más calmada, decidí contarle al menos lo de la firma de abogados durante la cena.

Fue cuando surgió algo que me descontroló a tal punto que cambió por completo mis planes.

4

14 DE SEPTIEMBRE DE 2019, por la noche.

Cuando terminamos de cenar Gary se quedó lavando los platos y yo me fui a la sala.

Recuerdo que cargaba en las manos las dos copas con el vino tinto que comenzamos a tomar durante la comida. Las puse en la mesita de la sala y me senté en el sofá. Iba a esperar que Gary terminara de ordenar los platos para que luego se sentara junto a mí, y planeaba continuar mi ataque para que me contara algo sobre Rose. Pero entonces pensé en decirle de una vez lo de la firma de abogados, así que me levanté del sofá en silencio y caminé hasta la cocina. Fue cuando lo vi de espaldas, hablando por el teléfono fijo y anotando algo en una pequeña libretita que tenía junto a él.

¿Por qué no usaría el celular?, me pregunté.

Me respondí que debía ser porque consideraba más segura esa vía tradicional de comunicación. O por pensar que si hablaba desde la cocina yo no me daría cuenta.

Podría ser que estuviese hablando con Rose, me dije para mis adentros.

Lo que oí a continuación me sacó de la duda.

—Tu hermana está bien. Está aquí conmigo. La vigilo constantemente, así que quédate tranquila —le dijo Gary a su interlocutor.

Luego hizo silencio, supuse que para escuchar lo que ella decía.

—¿Novica Beechey hará la entrega? —preguntó y volvió a callarse.

Yo me quedé impávida, porque deseaba seguir oyendo. Si hacía el más mínimo ruido, perdería la oportunidad de saber algo más.

Terminó de anotar en la libreta con un bolígrafo y colgó el auricular. Arrancó el cuadrado de papel donde hizo la anotación y lo guardó en el bolsillo izquierdo del pantalón, y dejó el bolígrafo junto al teléfono. Volvió al fregadero sin voltearse. Yo hice como que llegaba a acompañarlo y entonces olvidé por completo hablarle de Mary Talcott, del hermano de Frank Winters y de los abogados. Mi único interés gravitaba sobre el papel que acababa de guardarse.

Pensé de inmediato que no podría quitárselo fácilmente; pero entonces algo me hizo mirar la libreta. Había una posibilidad en ella, sobre todo si Gary había hecho los trazos con fuerza.

Él me miraba en ese momento mientras secaba sus manos con la toallita blanca de rayas azules.

—La verdad es que hoy la lasaña te quedó increíble —le dije intentando no sonar superficial.

—Lo sé —respondió él con picardía.

—¿Te provoca ver alguna película? Hay una nueva serie que promete… —propuse.

—Perfecto. Voy al baño y vuelvo contigo.

Yo solo necesitaba unos segundos. Tal vez más tiempo, porque tenía que hacerme con un lápiz.

Encontré un pequeño lápiz de madera blanca y punta roma —casi inexistente—, pero era el único que había. Volví a la cocina y rayé con suavidad la hoja más superficial de la libreta. Es difícil hacer cosas con sutileza cuando el tiempo apremia y la necesidad por descubrir algo nos hace temblar.

«Edith McNamara. Island Ligthline 16/09».

Esas fueron las palabras que aparecieron ante mí después de aplicar el truco del sombreado del lápiz.

¿Quién era Edith McNamara?

¿Qué significaba Island Ligthline?

El 16/09 era dentro de dos días…

5

Arranqué la página de inmediato. No sabía qué hacer con ella. Gary no debía verme con eso en la mano.

Allí estaba el fregadero, así que fui directo hacia él y moví la llave del grifo en el justo momento en que él llegaba. La idea era que pensara que estaba lavando algo. Por casualidad, en la taza del fregadero se había quedado una cuchara.

—Has olvidado lavar a esta pequeña —le dije, levantando la cucharilla con la mayor naturalidad que pude.

—La he dejado a propósito para que no sepas que soy perfecto —dijo, divertido.

Yo no lo miraba, solo oía su voz acercándose y veía el papel mojándose y reduciéndose. Tenía el lápiz oculto en mi mano izquierda.

—Deberíamos abrir otra botella. ¿Por qué no lo haces de una vez? —le pregunté.

—Está bien —me respondió y cambió la dirección de sus pasos hacia el gabinete donde guardaba el vino.

Aproveché para tomar el papel mojado y botarlo en el cesto de la basura. Y dejé el lápiz sobre el borde de la madera de la ventana, frente al fregadero, porque pensé que allí no llamaría su atención.

La noche transcurrió sin que sospechara nada de mi descubrimiento.

A las doce y media le dije que quería irme a casa porque necesitaba descansar. Le pareció extraño, pero no cuestionó mi decisión. Le di un beso y salí de su apartamento.

Necesitaba pensar.

¿Quiénes eran Edith McNamara y Novica Beechey? No sabía por qué ese segundo nombre me sonaba tan conocido.

Atravesé muy distraída el parque situado al lado de casa. Me detuve antes de cruzar el paso de peatones y escribí en el buscador de Google, en mi celular, las palabras «Island Ligthline». Descubrí que se trataba de una compañía que hacía travesías diarias entre el pequeño pueblo de Cooper Harbor y la isla Royale, en el Lago Superior de Michigan. A eso tenía que referirse la nota porque era la única información que me aparecía en la Red con ese nombre.

Algo pasaría en esa travesía el día 16 de septiembre; una entrega que haría la tal Novica Beechey según había dicho Gary. Y yo solo contaba con dos días. Tenía el tiempo justo para llegar a Copper Harbor en Michigan y tomar ese ferri.

Lo siguiente que hice apenas entré en mi apartamento fue comprar el boleto y buscar el vuelo a Michigan para salir en la mañana. No le contaría a nadie lo que estaba a punto de hacer. Mucho menos a Gary.

6

15 de septiembre de 2019

Al iniciar el viaje, me sentía como Rose, huyendo de casa. No podía negar que era emocionante.

Aterricé en el aeropuerto Houghton County Memorial de Michigan, a la una de la tarde. Llevaba conmigo un morralito con la computadora portátil y el celular apagado, además de mi pequeña maleta. No quería que me localizaran cuando Gary se diera cuenta de que no estaba en mi apartamento de Atlanta.

Mientras esperaba que la pequeña maleta apareciera en la cinta número cinco, recordé que había metido en ella el cuchillo de supervivencia. Gary intentó convencerme de que aprendiera a disparar y de que me comprara un arma, pero aún no lo había hecho. Por ahora solo contaba con mi cuchillo Stanley para defenderme si las cosas se ponían feas. Sentí pena por Gary porque sabía que se preocuparía, pero era necesario continuar, para que comenzaran a dejarme espacio de maniobra en la organización. Algunas veces es necesario tomar medidas drásticas.

Renté un Ford Focus en el aeropuerto y comencé el camino hacia Copper Harbor. Eran solo ochenta kilómetros. Allí me hospedaría en un motel de carretera y estaría puntual a las ocho de la mañana del otro día en el muelle para abordar el ferri.

En casa, y luego en el avión, había adelantado mis pesquisas sobre Edith McNamara y Novica Beechey. Sobre la primera sabía bastante, pero sobre la segunda, nada. Era invisible en las redes sociales y eso me pareció sospechoso.

En cuanto a Edith McNamara, se trataba de una empresaria de cincuenta años, originaria de Michigan, que había diversificado sus negocios de una manera exitosa y que hacía muy poco abrió una agencia inmobiliaria en la zona. Eran de su propiedad varias agencias de *personal shopper y coaching*, tiendas de ropa de bajo costo y una agencia de modelaje en Miami. Recientemente había viajado a Serbia, según ella misma publicaba en sus redes. Parecía una mujer feliz, que mostraba una gran sonrisa en su Twitter, junto con un golden y un gato negro. Había participado en varias campañas ambientales y de resguardo de los animales en extinción, sobre todo en Michigan. A simple vista no encontraba nada sospechoso en el perfil de McNamara. Pero si algo había aprendido era que las personas peligrosas podían contar con una inmejorable imagen pública.

De Novica no descubrí nada. Recuerdo que se me ocurrió en ese momento que su nombre era de origen serbio.

Cuando llevaba algunos minutos de camino y calculaba que me faltaba la mitad del trayecto para llegar al motel, me detuve en una cafetería al borde de la carretera. Quería empaparme del espíritu local y observar a la gente. Esa fórmula me había funcionado en mi trabajo anterior y me continuaría funcionando en esta investigación.

Me bajé del auto y entré en el local. Estaba prácticamente desierto. Solo dos mujeres uniformadas con faldas negras y blusas rosas conversaban en una mesa situada en uno de los rincones del salón. Y un hombre de unos treinta años, a varios metros de distancia de la puerta, miraba algo en un iPod. Llegué hasta el mostrador y me senté en uno de los taburetes. Me quedé mirando la máquina humeante de café que tenía enfrente. Pensé que una gran taza me ayudaría a continuar el trabajo de investigación cuando llegase al motel Bella Vista, que según el GPS del auto estaba a veinte minutos.

Tomé el azucarero que estaba en la barra y vi que junto a él había un volante con la foto de una chica sonriendo.

«Desaparecida Louise Simons».

7

LLA IMAGEN MOSTRABA a una joven en un paisaje helado de fondo, junto a una estructura de hierro cubierta de hielo. Extendí el dedo índice y acerqué la hoja hacia mí. Una mujer de mediana edad y nariz enrojecida apareció y me atendió desde detrás del mostrador. Le pedí una taza de café y agua mineral con gas.

Volví a mirar la cara sonriente de la chica de la imagen. Tenía unos bonitos ojos y su sonrisa hacía que dos agujeros aparecieran en sus mejillas. Era muy joven.

La mujer me trajo la taza y la botellita de agua, y al hacerlo se dio cuenta de que el volante había llamado mi atención. Caminó hacia la máquina de café y agarró una copa de helado que consideraría fuera de lugar, pero luego, como si hubiese decidido comunicarme algo, se acercó otra vez.

—Desapareció el año pasado, en invierno. Era de aquí, de Michigan. Parece que era una buena chica. A su hija se la llevaron los familiares del padre a Canadá. La pobre chica no tenía familia. Todavía su amiga reparte esto. —Señaló la hoja—. Aunque no sirva de nada. Dicen que esa era su apariencia cuando desapareció. Ese invierno el faro de Saint Joseph se cubrió de nieve como nunca y mucha gente vino para fotografiarlo. Tal vez estaría muy solo ese lugar cuando ella fue, por el clima, y alguien la atacó... El asunto es que nunca volvió.

—Es terrible que pasen cosas así —le respondí con pesar.

—La Policía no parece hacer nada, como si no le importara. ¿Quiere algo más? —me preguntó.

Su nombre era Nancy Brown, por lo que pude ver en la identificación que colgaba en su pecho. También me fijé que llevaba una pulsera de plástico de las que ofrecen las empresas para promocionar sus productos. Esta era de color mora y ponía en letras blancas «Salvemos la isla Royale».

Se dio cuenta de que me quedé mirando la pulsera. Era buena observadora.

—Esto es por lo de los lobos que han repoblado la isla. Son necesarios aunque no lo parezca —dijo y me miró como queriendo traducir lo que yo estaba pensando.

Solo entonces me di cuenta de que en la pared frente al mostrador, arriba de la máquina, colgaba la cornamenta de un alce. Recordé el asunto de que esos animales se habían quedado, hasta ahora, sin depredadores en la isla.

La mujer continuaba hablándome.

—El primer lobo que llegó a la isla debió de ser muy inteligente. Vio el puente de hielo y se dio cuenta de que era un camino corto y en línea recta para llegar a otro lugar que podría colonizar —sentenció reflexiva.

Esas mismas palabras, o muy similares, había leído hacía pocas horas como parte de un discurso de Edith McNamara. La empresaria financiaba esa campaña de repoblamiento. Iba a preguntarle a Nancy Brown sobre ella, pero algo me hizo callar.

Hice un recorrido visual mirando a un lado y a otro, buscando no sé qué cosa, y también me volteé, como queriendo llevarme una impresión general del lugar. Para ese momento habían entrado algunas otras personas.

—Gracias por contarme lo de los lobos, es un tema que me interesa. Si no te importa, ¿cuánto es la cuenta?

—Tres dólares con cincuenta.

—¿Esta chica de la foto desapareció cerca de aquí? —le pregunté mientras buscaba las monedas en mi morral.

—¡Qué va! A unas cuantas horas de camino. En la ribera del lago, pero mucho más al sur. Algunas veces la gente viaja creyendo en fantasías y lo que encuentra es la muerte. ¿No cree?

Iba a responderle, pero el tono estruendoso de un celular con la canción de Ava Max *Sweet but Psycho* interrumpió mi intención. Fue tan repentino que creo que brinqué. Volteé, asombrada, a la izquierda, al lugar donde provenía la música porque no había visto a nadie aproximarse a la barra. Se trataba de un chico robusto que llevaba unos vaqueros y una camiseta desteñida negra y gris con la imagen de Guns N' Roses. Una sección de la tela donde se veían las palabras del logo de la banda de *hard rock* estaba manchada.

La mujer de la cafetería lo miró y luego hizo con los ojos una expresión de hastío.

Terminé de sacar las monedas y me despedí.

Cuando llegué a la puerta, me volteé. El chico ya no hablaba por teléfono y me miraba con seriedad. Me pareció mayor a lo que pretendía aparentar.

8

Llegué al motel Bella Vista en la 180 Sixth Street. Era tal como lo esperaba. Una hilera de seis pequeñas cabañas pintadas de rojo. La que había rentado era la número dos, que se encontraba detrás de un pino.

Cuando entré en la habitación, con solo mi morral y mi pequeña maleta, la encontré bien. Lo que necesitaba era que estuviera cerca del muelle y que tuviese wifi. Y cumplía las dos condiciones. De hecho, las cabañas estaban muy cerca del lago.

La verdad era que estaba inquieta. Recordé a Gary diciéndome que esto no era un juego de niños y a Nancy de la cafetería alertándome sobre que algunas veces el final de los viajes era la muerte. Vino a mi mente la sonrisa de la chica del faro con sus hoyuelos y pensé que lo más seguro era que estuviese muerta. De pronto recordé al chico de la llamada estridente, tan exagerado, y su camiseta de Guns N' Roses…

—¡Fui una idiota! ¡Rose me estaría intentando enviar un mensaje! —exclamé en voz alta.

Salí al exterior de la cabaña y caminé hasta el anuncio del

motel. Allí me detuve y miré hacia la carretera. Varios autos pasaron sin detenerse y continuaron hacia el lago.

—Si me estás vigilando, Rose, aquí estoy esperando que aparezcas —dije un poco al aire, un poco a mí misma.

Regresé a la cabaña.

A Rose le gustaba esa banda. Además, la camiseta tenía ese nombre y el sujeto hizo lo propio para que lo observara, tanto que la mujer de la cafetería me miró con desprecio. Y ahora que lo recordaba, la palabra «Roses» de la camiseta mostraba un manchón bajo las primeras cuatro letras. ¿Y si Gary vio el lápiz en el borde de la ventana y también el papel sombreado en el basurero y sacó las conclusiones adecuadas? Pudo haber avisado a Rose y ella, alarmada, envió a ese sujeto para que me vigilara.

Me quedé pensando que lo más probable era que Edith McNamara fuera como Albert Kelly, poderosa en la zona, y de ser así podría estar implicada en la Black Key de Michigan. El lugar podría estar plagado de informantes de ella como Nancy Brown, la encargada de la cafetería. Y por ello el «enviado de Rose» no pudo hablarme claramente delante de la empleada y solo pudo llamar mi atención y mostrarme en su camiseta el nombre de mi hermana.

No era tan disparatado que Rose me estuviera cuidando. Esperaba de todo corazón que así fuera. Contar con la vigilancia de mi hermana era un alivio, sobre todo porque no tenía idea de lo que estaba buscando, pero sabía que era peligroso.

Estuve las siguientes horas encerrada en la habitación investigando, pero no pude descubrir nada más en relación con McNamara.

Cuando sentí hambre, a las ocho de la noche, me levanté de la cama, donde estaba trabajando con la computadora, tomé el morral y me dirigí a la cabaña de mayor tamaño, ubicada en el medio de la hilera. Supuse que habría alguna máquina expendedora.

Llegué hasta ella y abrí la puerta. Me encontré en una sala con un mostrador de recepción vacío, una máquina expendedora de sándwiches fríos y refrescos, y otra de cigarrillos. Comenzó a parecerme extraña esa soledad.

En un ejercicio de memoria recordé cómo había dado con este motel. Fue el primero que me apareció cuando escribí las palabras en la computadora: «motel cercano al muelle de Copper Harbor».

Pero fue decisión mía reservar en este y no en otro. Así que no podía ser una trampa que me encontrase allí. ¿O sí?

9

CLARO QUE PODRÍA SERLO. Se trataba de gente que podía averiguarlo todo. Era una señal de que yo podía ser inconveniente para ellos que me quedase en Atlanta en lugar de volver a Washington, que anduviera con Gary, a quien seguro tenían fichado, y que fuese hermana de Rose aunque creyeran que estaba muerta. Y desde entonces podrían estarme vigilando. Me refiero a la Black Key…

Intenté despojarme de esas ideas inquietantes, saqué unas monedas del morral y compré un sándwich de lechuga, mostaza y trucha ahumada, y una Coca Cola Light. También dos botellitas de agua y un café frío. Cuando volví a la habitación, me di cuenta de que el único auto que estaba en el motel era el mío. Entonces lo vi, puesto sobre el cristal y sostenido por el limpiaparabrisas. Había un papel.

Me acerqué. En tinta azul decía:

«Vete a casa».

Sabía que era un mensaje de Rose, que habían descubierto dónde estaba y no quería que corriera peligro, pero esta vez no le haría caso y continuaría adelante. Ya debían saber que había viajado a Michigan, ataron cabos y por eso me alertaban, pero no pensaba irme hasta descubrir cuál era el misterio en torno a Edith McNamara, a Novica Beechey y a la llamada «entrega». ¿Se trataría de documentos escritos o de un chip? Me desesperaba saber tan poco…

Volví a la habitación. Un par de horas después, me acosté e intenté descansar un poco. Dormí tres horas, a lo sumo.

10

16 de septiembre de 2019

Al amanecer me bañé y me vestí con prisa, me puse la muda que había traído, me acomodé el morral en la espalda y me dirigí al auto. En cinco minutos estaría en el muelle.

Al llegar al embarcadero de la Island Ligthline, la empresa del ferri, estacioné y me dirigí al mostrador. Enseñé mi *ticket* y mi identificación al chico que atendía, y luego me situé de manera estratégica muy cerca de este, para estudiar a los otros pasajeros que llegarían. Yo había sido la primera en hacerlo.

Comenzaron a aparecer los viajeros. No vi por ningún lado a Edith McNamara. Me había grabado muy bien sus rasgos y estaba segura de que no estaba entre los quince pasajeros que harían la travesía junto conmigo.

Había dos grupos de jóvenes mochileros que contaban nueve chicos en total. Una pareja de mediana edad con pinta de exploradores extranjeros —alemanes o ingleses— y un par de hombres que viajaban solos. Uno de ellos era rubio, usaba el pelo largo recogido en una cola, llevaba barba y una gorra azul. También un morral Thule en la espalda. Parecía estar acostumbrado a viajar a parajes como aquel: llevaba pantalones cortos color caqui, una camiseta manga larga y botas de excursión.

El otro era moreno y más alto. Iba con vaqueros y camiseta gris. También llevaba un morral y la cabeza descubierta. Tenía el pelo negro cortado al estilo militar y su mirada era esquiva. Noté que estaba tostado por el sol. Se veía en mejor forma que el primero. Los dos me inquietaban.

Luego me quedé mirando a la chica que era mi candidata a ser Novica, tal vez porque se asemejaba a la idea que me había hecho de una chica serbia, pero luego me reprendí a mí misma por esa infantil presunción. Resultó ser demasiado joven y miembro de una de las tropas de los mochileros. La llamaban Keity.

El grupo lo completaba una niña simpática de ojos grises y pelo rizado, quien iba con su madre, una mujer que lucía tímida, vestida de una manera inadecuada para aquella excursión. Llevaba un vestido estampado con flores de hibiscos más acorde con una tarde de paseo en la ciudad.

Esos eran quienes integraban la expedición a la isla Royale.

¿Alguno de ellos sería un criminal? ¿O, al contrario, se trataba de alguien que operaba del lado de la organización de Rose?

Me inclinaba más por lo primero. Si era cierto lo que pensaba, alguien entregaría algo a otra persona, con disimulo. Ese alguien tendría que ser Novica Beechey. Y esa entrega tenía relación con Edith McNamara. Era posible que la misma hubiese costado la vida de personas inocentes, o fuera a hacerlo en el futuro. Entendía que para Rose era importante obtener información de lo que allí pasaría. Eso era lo que me había figurado contando con tan pocos datos. Aunque no tuviese claro el panorama, ni quién era quién ni de qué lado estaba, lo que tenía que hacer por el momento era mantener los ojos muy abiertos.

11

El capitán Donald Kipper se presentó ante nosotros, una vez que todos estuvimos a punto de embarcar. Era un hombre anguloso y bastante alto que tenía —en contraste— una voz de falsete. Anunciaba la salida del muelle a las ocho en punto de la mañana.

Subimos al ferri, que era de más o menos treinta metros de longitud y de poca altura, yo diría que como máximo de cinco metros y unos tres en la parte donde desembarcaríamos. Podría trasladar más pasajeros, pero el mes de septiembre era conocido por atraer pocos viajeros. De hecho, durante la espera me enteré por el chico del mostrador que ese sería el último viaje del año.

La embarcación comenzó a moverse. Yo me quedé en cubierta, en un punto donde podría mirar a través del cristal de la cabina a todo el grupo.

La pareja de extranjeros salió a mirar el lago al poco tiempo de haber iniciado la travesía. A los quince minutos volvieron a la cabina, sin interactuar con nadie. Los dos hombres que viajaban solos también salieron a cubierta al mismo tiempo. Cada uno se ubicó a un lado de la borda. El de la barba y la gorra miraba el horizonte y el otro se volteó para mirar hacia donde estaba yo.

Los chicos salieron en grupo y me hicieron compañía a pocos metros. Tuve que alejarme un poco para poder mantener en mi campo visual a la pareja que se había quedado adentro, y a la mujer y la niña.

Los hombres estuvieron afuera por espacio de una hora o algo más. Entonces el de la barba entró a la cabina y el otro comenzó a caminar como si también fuera a hacerlo, pero luego se detuvo y regresó al mismo lugar donde estaba, junto a la barandilla. No se hablaron entre ellos, ni siquiera se acercaron.

Los chicos vociferaban y reían. Se tomaban selfis y gritaban tocando la barandilla, como si fuesen a lanzarse al agua.

—Han visto un barco fantasma en este lago. ¿Lo sabías? —escuché a uno de ellos preguntar.

—¿Qué dices? La gente que vive por aquí ha aclarado que se trata de una ilusión óptica producto de la atmósfera y la luz. ¿No creerás en eso? —respondió otro con aires de seguridad.

—Mi tío Jesse me ha dicho que es cierto. Es la imagen de un barco. Él ha traído a los McNamara en el yate y lo ha visto. Tiene un Carver 445 que es genial…

—Los Kipper, que navegan este barco, tienen años viajando por aquí y nunca han visto nada, así que son mentiras.

La chica llamada Keity se molestó, creo que porque la discusión le pareció tonta, y se metió a la cabina. El hombre de aspecto militar también lo hizo y se sentó lejos de quienes estaban adentro.

En ese momento vi pasar una lancha rápida, que parecía llevar el mismo destino que nosotros.

La verdad, aquello era una inmensidad de agua por todos lados. La entrega que nombró Gary podría tener que ver con el transporte de mercancía ilegal en medio de esas aguas. Además, la frontera con Canadá se hallaba cerca y, si se controlaba a las autoridades policiales y portuarias, sería fácil usar la zona como puente para el delito. Hasta el tío del chico que acababa de hablar servía a los McNamara…

Comencé a divisar la isla. A los pocos instantes noté que la embarcación disminuía la marcha. Ya nos acercábamos para desembarcar.

De nuevo el hombre de la barba salió y comenzó a mirarme sin disimulo. Tuve la sensación de que me encontraba muy apartada del resto del mundo, y recordé a los lobos, los alces y aquel «Salvemos la isla Royale» de la pulsera. Era como si todo formara parte de una densa telaraña y podría apostar lo que fuera a que Edith McNamara era su tejedora. Ella no estaba allí, pero sí podría estar alguno de sus aliados. ¿El hombre que no me quitaba la vista de encima? ¿El otro que parecía haber sido entrenado por militares?

Entonces, de repente, pensé en la pareja de extranjeros. A simple vista parecían turistas, pero era cierto que no se trataba de la mejor época para navegar por allí. También que cuando encasillamos a alguien, como por ejemplo de «turista», dejamos de prestarle atención. Ni siquiera yo, que pretendía estar alerta, los había mirado con detenimiento tal como había hecho con los dos hombres.

Alguien me tocó la pierna. La niña de los rizos negros había corrido hacia afuera y se había parado a mi lado. Tendría cuatro años, a lo sumo, y su cara me pareció familiar, pero eso era explicable. Había pasado el último mes mirando miles de rostros en mi investigación en las redes y últimamente todo el mundo se me parecía a alguien.

Detrás venía su madre.

—Querida, no te me escapes así, mira que ya vamos a llegar —dijo la mujer con reprobación, con la cara llena de protector solar y sosteniéndose un sombrero de ala ancha que se había puesto mientras estaba en la cabina. Luego me miró y sonrió, tímida, tomándole la mano a la pequeña.

Sonó la sirena, indicando que atracaríamos.

Me sentí derrotada, ya que nadie había entregado nada. Podría ser una pérdida de tiempo. Solo faltaba llegar a algún lugar de la isla, donde comeríamos y disfrutaríamos del paisaje por espacio de un par de horas, y luego volveríamos a Copper Harbor. De seguro me había equivocado al traducir los trazos marcados en la libreta de Gary, o los números significaban otra cosa y no una fecha.

Pero ya no había vuelta atrás, debía desembarcar y terminar lo iniciado. Pensé que sería buena idea esperar a que todos bajaran y husmear un poco en el ferri. Podría ser que alguien hubiese dejado algo antes y que, por ejemplo, alguno de los chicos quedase en tomarlo y llevarlo a otra persona por unos cuantos dólares, puede que sin saber ni siquiera qué era. La nota que descubrí de Gary contenía el nombre de esa empresa, estaba segura, así que no renunciaría aún a que algo se entregara en ese ferri.

Como un efecto retardado, mi cerebro me alertó. Una cosa no cuadraba en la relación entre esa niña y esa mujer. Ella se cuidaba del sol, pero a la chica no le cubría la cabeza ni la cara. Eso no estaba bien. Parecía estar representando el papel de mamá…

El hombre alto de aspecto militar volvió a salir. El otro me observaba, recostado en la baranda al otro lado de la borda.

Ninguno de los dos me gustaba. Pero esa mujer tampoco.

¿No era acaso el mejor disfraz llevar un niño pequeño a cuestas para parecer inofensivo?

Podría ser que ni siquiera fuera su hija, y eso explicaría la falta de cuidado.

Entonces pensé que había descubierto quién era Novica Beechey y que en ese momento solo tenía que vigilarla.

—¿Pero qué iba a entregar? —me pregunté en voz baja.

1 3

La embarcación se detuvo en el muelle grande del lago, había otro muelle más pequeño que supongo serviría para el desembarco de lanchas y botes, pero solo podía divisarlo parcialmente desde el muelle donde ya estábamos. El capitán Donald Kipper salió a cubierta para dar unas indicaciones. Dijo que separaría los grupos para el desembarque porque quienes contaban con el permiso para pasar la noche en la isla saldrían primero, ya que tendrían que tomar otro sendero desde el muelle. Parecía tener premura por separarnos de ellos. Luego entró en la cabina, creo que para comunicar lo mismo a los chicos. Desde las ventanillas de cristal podía mirarlo. También debió pedir a la pareja de extranjeros que saliera de la embarcación, porque luego de hablarles noté que la mujer agarró un gran bolso con unos dibujos de palmeras que había llevado, lo colgó de su hombro y siguieron al capitán.

Salieron del ferri todos los chicos en fila, cruzaron la angosta plataforma de madera y luego llegaron al suelo sobre la rampa. De allí continuaron un sendero que se abría paso entre los árboles. La pareja iba detrás, algo rezagada. Eso inquietaba al capitán. En varias oportunidades se detuvo a esperarlos.

Nos quedamos en la cubierta del ferri los dos hombres, la niña, la mujer y yo. No hablamos entre nosotros y así pasaron varios minutos. Transcurría demasiado tiempo y no comprendía por qué no podíamos desembarcar de una vez.

Entonces, la lancha que había visto antes en el lago se aproximó y atracó en el otro muelle más pequeño un poco distante de nosotros. Dos hombres portando armas largas bajaron de ella. Ambos llevaban sus armas a un lado y corrían con velocidad.

—¿Qué está pasando…? —preguntó la mujer.

—Debe ser un simulacro de alguna operación. Debemos quedarnos tranquilos —dijo el de barba.

El hombre moreno continuaba callado e inmóvil, observando. Pero no se veía asustado.

—¿Quiénes son? —preguntó la niña.

Todo se aclaró en mi cabeza. Venían por ella. Era espantoso, pero tuve la convicción de que así era. Ella era «la entrega» y comprendí todo el plan. La sacarían en esa embarcación rápida y cruzarían la frontera con Canadá. Allí debían contar con la complicidad necesaria para continuar la trayectoria del rapto hasta el punto final. Todos los negocios de McNamara podrían apuntar en esa dirección y yo no lo había sabido ver antes. Era la proveedora de niñas y jóvenes en una red de trata de personas, tal vez de prostitución y pederastia.

No sentía aire en mis pulmones; creo que el pánico que me producía la idea de ese negocio sucio, allí tan cerca de mí, a punto de poner sus garras sobre esa bonita niña me hacía sentir náuseas. Y en lugar de quedarme mirando cómo eso pasaba tenía que hacer algo de inmediato para salvarla.

Lo que alcancé a ver desde el ferri fue que los hombres se

metieron por un sendero que iba hacia el bosque cerca a la orilla, pasando por un descampado junto al pequeño muelle. Por un segundo creí que el tipo de barba tenía razón y no estábamos en peligro. Pero al cabo de un rato otra vez los vi; salían de otra parte visible del bosque y ahora sí se dirigían a nuestra embarcación.

—Parece que vienen hacia acá... —dijo la mujer con voz quebrada.

Sin pensarlo más, tomé la decisión. Todos estaban distraídos, así que tenía que aprovechar el momento. El lugar de la cubierta donde yo estaba parada junto a la barandilla se encontraba del lado de la plataforma y no del agua. Cuando viera subir al ferri a los secuestradores, tendría unos cinco segundos hasta que estuviesen en la borda para hacer lo que estaba pensando. Era arriesgado, pero no tenía opción. Sentí que el corazón iba a estallarme y esos segundos fueron eternos. Por fin llegaron los hombres al ferri y subieron a él. Esperé uno, dos, tres pasos, entonces cargué a la niña y me lancé.

Caímos en las tablas de madera del muelle. Al caer, ella no se hizo daño. Yo me lastimé un poco las rodillas y los codos, pero no me detuve. Volví a cargarla y corrí todo lo que pude. Escuché gritos y un disparo. Luego, el silencio.

PARTE II

Edith McNamara llegaba a La Casa, situada entre las montañas al este de Copper Harbor.

Mientras miraba como las hojas de hierro enarbolado de la puerta de entrada se abrían, tomó el teléfono y llamó a Cyrille Bristol.

—Todo va bien, no te preocupes —le dijo con voz chillona.

—No me preocupo, porque con esta gente no es posible fallar. La quieren de una vez. Han pagado para que no haya problema hasta que llegue a los Balcanes. Darko Nikolic no es de las personas que te gustaría tener como enemigo, ni a mí —respondió el dueño de la firma de abogados Bristol Criminal Defense Attorney.

—No quedará como nuestro enemigo. La entrega se dará tal como acordamos. Hemos invertido trabajo en esta, más que de costumbre, así que vamos a cobrar… Creo que habrá que hablar con alguien para que silencie a la amiga de la madre. Sigue repartiendo volantes. Alguien me dijo que una chica estuvo haciendo preguntas. Parece que va en el ferri, pero no tiene posibilidades de interferir en la operación. Nuestro hombre allí dice que todo irá bien.

—Eso espero. No me gusta esa coincidencia despúes del error con la otra intermediaria —dijo el hombre, cortante, mientras miraba hacia abajo el lujoso vestíbulo de sus nuevas oficinas en Washington D. C.

—Te dejo Cyrille. Llegué a La Casa. Parece que logramos negociar otra entrega. Te dije que ubicar la agencia en Miami nos traería mejores dividendos.

Edith cortó la comunicación y entró en la propiedad. Se trataba de una enorme casa rodeada de extensos jardines. Llegó junto a una fuente, enfrente de la escalera de la entrada de la edificación, y estacionó el BMW.

Arriba, en el segundo piso, una chica joven miraba por la ventana. Estaba cautiva, y era la mayor de los doce menores que habían sido secuestrados.

2

CONTINUÉ CORRIENDO hasta llegar a una zona cubierta de árboles. Allí me detuve a esperar.

—Nos vamos a quedar aquí, quietecitas —le dije a la niña mientras la ponía en el suelo.

Pasaron unos minutos. Concluí que nadie nos seguía. Escuché el ruido de la lancha y pensé que estaban huyendo. ¿Habrían raptado a alguien más? ¿A la otra chica del grupo, a Keity? Enseguida me dije que no podía ser porque ella no estaba en el ferri y lo que sea que quisieran se encontraba en la embarcación.

No sabía si debía salir de allí o esperar un poco más. Entonces, alguien apareció junto a nosotras, alguien que supo llegar silente a nuestras espaldas. Era el hombre moreno, el de corte militar. Tenía un arma en su mano y ahora poseía una actitud diferente, retadora.

Detrás de él reconocí varias voces. La del capitán Kipper y la de la mujer. También vi venir al hombre de la barba.

—Soy el agente Nolan Hard del FBI —dijo el hombre moreno.

El de la barba, al llegar, también se presentó.

—Agente Patrick Townsend, FBI. Ha sido muy valiente y arriesgada —me dijo.

Yo estaba temblando. Sentía la sangre caliente moviéndose dentro de mi cara. Soy de las que atraviesa una situación peligrosa y me comporto con serenidad, pero luego toda la tensión me cae encima. La cabeza en ese momento iba a estallarme.

La niña me tocó la pierna otra vez. Quería decirme algo al oído, así que me puse a su altura.

—Me llamo Dorothy Simons y no Dolly, como quiere ella que me llamen —dijo, señalando a la mujer que había fingido ser su madre y que iba acercándose con rapidez.

—¿Tu mamá se llama Louise? ¿Louise Simons? —le pregunté al oído en voz apenas perceptible, y temiendo lo peor.

—Sí. Louise —respondió moviendo la cara hacia un lado y mirando al vacío, como cuando uno se acuerda de algo entre imágenes confusas.

—Mi niña pequeña… ¿Estás bien? —preguntó la mujer, quien ya había llegado junto al capitán y hacía una buena actuación.

Mi impulso era arrebatarle a la niña y contarles mis sospechas a esos hombres del FBI, pero algo me dijo que no debía hacerlo aún. Había cosas que no me cuadraban del todo y que tenían que ver con uno de ellos dos. Le hice una señal de asentimiento a Dorothy, moví la cabeza hacia abajo y le guiñé un ojo. Quería transmitirle la idea de que teníamos que seguir el juego. Ella me entendió y se comportó de manera ejemplar.

—No se preocupe. Su hija está bien —me obligué a decir.

—Estamos detrás de una banda que se dedica a la trata de menores, y suponemos que tienen un centro de operaciones cerca de esta zona. Lamento que se hayan visto mezcladas en esto. Hemos agarrado a uno de los hombres. Le he disparado, pero vivirá y hablará. Menos mal que estaba usted aquí —manifestó el que dijo llamarse Townsend, mirándome con una expresión indescifrable.

—Ha sido solo suerte —respondí.

—Nos temíamos algo y, aunque no estábamos seguros, en conjunto con la Policía local vigilábamos la isla desde embarcaciones ocultas, pero nos mantuvimos en la cara noroeste para no ser vistos, hasta que el agente Hard, quien dirige la operación, diera la señal. Luego hubo un problema de comunicación…

—Supimos que una de las personas que opera en esta zona se hace llamar Novica Beechey. Ya hemos activado la alerta —lo interrumpió el que se presentó como el agente Nolan Hard.

—¿Saben qué apariencia tiene? —pregunté mientras quien para mí era Novica Beechey, y se hacía pasar por madre de la niña, la apartaba de mi lado.

—Aún no. Pero estamos por recibir un archivo con su foto —me respondió Hard con voz grave.

Me pareció que la falsa madre mostraba un destello de terror en la mirada cuando escuchó eso.

3

Salimos del bosque y nos dirigimos al área descampada junto al pequeño muelle. Allí nos reunimos con las demás personas que estuvieron en el ferri.

Comenzaron a llegar un par de lanchas con hombres que pertenecían al FBI y a la Policía.

El grupo de chicos estaba acompañado de la pareja de extranjeros, un poco más lejos de donde yo me encontraba. Algunos se sentaron sobre el césped y se mostraban más callados que antes. Dorothy estaba con su falsa madre a unos metros de mí. La mujer hablaba con el capitán del ferri. No podía dejar que se fuera con ella. Tenía que pensar en algo.

El agente Hard se apartó de mi lado y se fue a recibir a los hombres que acababan de atracar. Se trataba de cinco sujetos uniformados y armados. El agente Townsend permaneció junto a mí.

Miré a los hombres que llegaron, y los vi caminar por la estructura de madera del muelle. Luego se detuvieron en medio de ella para hablar con Hard. Uno de ellos mostraba algo en el celular, el otro miró hacia donde estaba yo. Los seis hablaron y resolvieron algo. Podía traducirse eso por la rapidez de sus movimientos. ¿Por qué me miraban a mí? ¡Oh, no!, la foto de Novica Beechey podría haber sido trucada. ¿Sería mi foto la que les llegó? Iban a desenfundar sus armas, pero Hard detuvo el brazo de quien iba a hacerlo primero. Uno de los hombres tomó un radio que portaba y habló mediante él.

Supe lo que pasaba.

Como una avalancha, cayó sobre mí el recuerdo de los captores. Recordé el trayecto que esos hombres que pretendían secuestrar a Dorothy siguieron al bajar de la lancha. Casualmente, la lancha de ellos y el de estos agentes habían atracado en el pequeño muelle. Entonces, ahora que estoy en el descampado, pude comprobar que hay un camino más corto al desembarcar e ir a atacarnos en el ferr. Pero los captores no lo siguieron y ahora estos policías sí lo hicieron. ¿Por qué los secuestradores continuaron hasta el inicio del bosque luego de desembarcar en el pequeño muelle? ¿Por qué dar esa vuelta innecesaria y perder tiempo en la operación del secuestro de la niña? Recordé las palabras de Nancy Brown elogiando la inteligencia del lobo, que supo seguir el puente de hielo por el trayecto más corto… Definitivamente aquella no era la vía más rápida para los secuestradores, así que lo que buscaban era otra cosa.

Se me ocurrió una solución que me aclaraba esas preguntas y todas las otras que me había hecho: ¿por qué el capitán estaba empeñado en separar al grupo de visitantes?, ¿por qué ni Townsend ni Hard actuaron con rapidez en cubierta para proteger a Dorothy?, ¿por qué hubo un problema de comunicación según el agente Townsend?, ¿y por qué ahora estaban a punto de detenerme y culparme de ser una criminal?

Todo encajaba y debía adelantarme. Comprendí de inmediato la aterradora dimensión del poder de aquellos a quienes nos enfrentábamos. Jugaban con la identidad de las personas a placer para continuar cometiendo sus delitos. Para lograr eso solo tendrían que culparme a mí, identificarme como Novica Beechey y después tal vez ¡asesinarme!

Yo era una de las pocas personas que podía intentar aclarar que el agente del FBI Nolan Hard estaba metido en la organización criminal de Edith McNamara.

4

Townsend estaba a menos de dos metros de mí. Dorothy y Novica, a seis metros, junto al capitán. Miré a este último con detenimiento y concluí que no estaba armado. Los chicos y la pareja de extranjeros yacían a diez o doce metros. Los hombres que hablaban con Hard comenzaron a caminar despacio en dirección hacia donde me encontraba.

Me quité el morral de la espalda, me senté y lo puse delante de mis pies. Hice como si estuviese buscando algo, tal vez un cigarrillo, pero lo que hice fue desenfundar mi cuchillo.

—Agente Townsend, puede acercarse un poco, quiero que vea esto…

El agente se agachó.

Cuando lo hizo, con rapidez, saqué el arma del morral y lo abracé por el lado que tenía el cuchillo, le puse el filo en el cuello. Él se quedó inmóvil. Pero yo me puse de pie, obligándolo a quedarnos de frente a quienes estaban armados. De esa forma parecería convincente mi intención de hacer daño a Townsend en caso de que quisieran dispararme.

Cuando vieron lo que hacía, los hombres continuaron

corriendo hacia mí, pero luego se detuvieron. Alguien pidió a la falsa madre de Dorothy que se alejara y se replegara junto a los jóvenes y los turistas.

—Novica Beechey, no empeore las cosas y deje el cuchillo —me dijo Nolan Hard, quien se había detenido junto a los otros hombres armados.

—Sabía que iban a culparme a mí. No soy Novica. Es ella. Esa mujer que se hace pasar por la madre de la niña, quien es hija de Louise Simons, la chica que desapareció hace unos meses. Se trata de una organización especializada en buscar menores con características particulares para venderlos. La jefa de todo eso es la conocida empresaria Edith McNamara.

Me callé para tomar aire y escuché un murmullo, continué presionando con el cuchillo el cuello de Townsend.

—Podemos hablar de eso, pero primero baje el arma —insistió Hard.

—No voy a bajar el arma y le aseguro que sé usarla —respondí.

—Tranquila. Quédate tranquila —me dijo Townsend moviendo las manos hacia abajo.

—Puede que todo esto que he dicho ya lo sepas, pero lo que no sabes es que hoy tú has debido morir —le dije a Townsend—. Si te acercas, le corto el cuello —grité a Hard, que estaba ya a cinco metros de donde me encontraba.

—Quédate allí, Nolan y no disparen —le pidió Townsend.

Hard se detuvo. Supe que contaba con unos segundos más para seguir hablando antes de que hubiese un fatal desenlace.

—Townsend, ¿no te has preguntado por qué hubo «ese problema de comunicación» con Hard en esta operación? ¿Por qué los agentes estaban del otro lado de la isla? ¿Y por qué los hombres que venían dispuestos a secuestrar a Dorothy tomaron el camino del bosque? Yo voy a decírtelo: desde el ferri parece la única forma de llegar hasta nosotros. Pero desde aquí veo que pudieron ir a atacarnos usando una vía más corta, sin entrar en el bosque. Dibujaron ese trayecto para que quedara en la mente de los testigos, en este caso, yo, y luego, cuando tú y el otro agente siguieran a los sujetos y a la niña para evitar que la sacaran de la isla, no pareciera extraño que Hard tomara el camino hacia el bosque. Tenía que ser ese el lugar de la persecución para que cuando tú estuvieras allí, tu propio compañero, Nolan Hard, te asesinara sin ser visto. Luego diría que fue uno de los captores. Tal vez hasta se hiriera a sí mismo para evitar alguna duda sobre lo sucedido. Con mi intervención en la cubierta, al salir corriendo con la niña, tuvieron que cambiar el plan.

—¡¿Qué tonterías dice esta mujer?! —espeta Hard.

—Piénsalo bien, Townsend, fue mi maniobra la que te brindó la oportunidad de actuar, sacar el arma porque ya la niña no estaba tan cerca del peligro, y disparar porque fuiste tú quien hirió al secuestrador y no Hard. Él iba a dejar que se llevaran a Dorothy y luego, al estar fuera del campo visual de todos, iba a matarte. Debes haber sido una piedra en el zapato para sus planes. Porque él, tu jefe, forma parte de la organización de Edith McNamara.

5

—Está loca. Mira todo lo que inventa, Patrick… —dijo Hard nervioso.

—Quédate allí, justo donde estás, Nolan —ordenó Townsend con firmeza.

—Si es así, ¿por qué no me disparó en cubierta y luego te atrapaba a ti y a la niña, te asesinaba y continuaban el plan? —me preguntó.

—Quizá porque vino alguien al oír tu disparo —respondí sin soltar ni un ápice la presión sobre su cuello.

—Yo lo hice. Me llamo Frank Polanski, y cuando usted le disparó al hombre, me encontraba volviendo al ferri porque Juliet dejó el protector solar —gritó el extranjero desde donde estaba parado. Noté que él y los chicos se habían acercado hacia mi posición con el afán de enterarse de todo lo que pasaba.

—Lo ves. Tengo razón. Y el capitán Donald Kipper es cómplice de todo esto. No notaste que estaba muy interesado en que el grupo se separara del ferri y en dejar un testigo a bordo. Tenía que ser uno solo, alguien que creyeron inofensivo, impresionable: yo. Me pareció extraño ese empeño por separar al grupo y ese énfasis en vigilar que la pareja de turistas fuera con los chicos. Estaba segura de que ellos no se quedarían en la isla durante la noche, así que lo que había dicho en cubierta era mentira. ¿Por qué decir una mentira tan innecesaria? Es conveniente pagarle grandes sumas de dinero a los dueños de la única empresa que navega hasta la isla para controlar esta zona. Tiene sentido. ¿No lo ves? —le pregunté a Townsend.

No dijo nada y comprendí por su silencio que estaba empezando a creer en mis palabras.

—La idea era fingir un rapto con un testigo que luego dijera a todos los demás que los secuestradores habían acabado contigo, Patrick. Por ello idearon la entrega de Dorothy en estas fechas, cuando casi nadie viene a la isla. De seguro cuando me vieron entre los viajeros el mismo Donald Kipper me escogió como la potencial testigo, o usted mismo, agente Hard —dije mirándolo.

—¿Pero cuál mejor testigo que la propia madre de la niña? —preguntó Townsend.

—Esa mujer no es su madre. ¡Está con ellos! Debe actuar como madre de los niños que entrega cuando la operación se concreta. Ella solo tiene que cambiar un poco su aspecto cuando hace la travesía para no levantar sospechas, y además cuenta con la complicidad de Kipper. Debe tener varias identificaciones en su poder. Ella es la verdadera Novica. No yo.

—¡Ya está bien de tonterías! Lo que está diciendo es muy grave. Y más lo que está haciendo, amenazando de muerte a un agente del FBI —dijo Nolan Hard.

—Piensa todo lo que te he dicho —pedí a Patrick Townsend.

Hard dio un nuevo paso. Ahora estaba más cerca de mí. Yo continuaba rozando con el filo del cuchillo el cuello de

Townsend y creo que le herí un poco. Los otros cinco hombres me apuntaban con sus armas, pero no se movían. Todos los demás estaban replegados lejos de nosotros.

—Voy a decirte una última cosa para que me creas. Después tú tomarás la decisión, Patrick. ¿Cómo supe que me culparían de ser la llamada Novica, la cómplice con nombre serbio de McNamara? Lo estaba esperando desde que me dijo que pronto tendrían el informe de su rostro. De seguro, dado el rapto frustrado, informó a alguien poderoso y corrupto dentro del propio FBI, y este envió la falsa información de mi identidad. Sé que son capaces de hacer eso y mucho más, están en todos lados y no puedes confiar en nadie. Patrick, tienes que darte cuenta. ¿Por qué el agente Hard ha avanzado hasta allí si tu vida está en peligro? Ese no es el protocolo cuando hay un agente en peligro de muerte, sometido por una criminal. Lo hace porque sabe que no soy Novica Beechey y está seguro de que no sería capaz de matarte. Esa convicción solo puede tenerla el verdadero criminal.

Esperaba que me creyera, pues ya lo había dicho todo.

Bajé el cuchillo.

Hard venía a desarmarme y a detenerme. Se acercaron los otros hombres que habían estado apuntándome.

—Deténganlo a él —pidió Townsend.

—Gracias —le dije, cansada. Las piernas me temblaban. Era la primera vez que amenazaba a alguien de esa manera y también que varios hombres apuntaban a mi cabeza.

La falsa madre de Dorothy y Donald Kipper corrieron, pero los agentes policiales los alcanzaron. Dorothy se quedó de pie, sola, mirando a un lado y a otro.

La pareja de extranjeros se acercó a ella y la mujer le tomó la mano.

—Es un error, Patrick, no sabes lo que estás haciendo. Estás hundido… —escuchaba gritar a Nolan Hard mientras se lo llevaban.

Patrick Townsend me miraba con curiosidad y me pidió que lo acompañara a un lugar donde nadie nos escuchara. Cuando estuvimos lejos del alcance de los demás, me hizo una revelación increíble.

—Ella me dijo que eras buena. Que no iba a poder evitar

que entraras a nuestro grupo. Ahora le contaré que gracias a ti hemos descubierto quién de los nuestros impedía que destruyéramos la red de tráfico. La verdad es que nunca pensé que fuera Hard. Es terrible cómo contaminan todo lo que tocan… pero los tenemos, y hoy mismo lograremos más. Ya han detenido a los secuestradores y te aseguro que en un par de horas vamos a localizar la casa donde operan, y muchas de las autoridades locales tendrán que dar explicaciones cuando detengamos a Edith McNamara.

—¿Quién te dijo que era buena…? —pregunté asombrada.

—Rose —respondió Patrick.

—¿Entonces tú todo el tiempo has sabido que yo no era Novica? —concluí sin poder creerlo.

—Novica no es quien tú crees que es. La falsa madre se llama Julia Garret. Es la pieza de ellos encargada de hacer las entregas de los niños. Pero esta vez ideamos una operación diferente, me refiero a la organización a la cual pertenece tu hermana, comandada por Robert Smith Patterson y un grupo del FBI. Por supuesto, es una operación que casi nadie conoce. Esta vez introducimos a una de las nuestras, a quien llamamos Novica, que se suponía era el contacto para entregar a la niña a la persona que la había comprado. Sabemos que quien lo hizo es un magnate serbio. Logramos que la organización de McNamara cayera y creyera el cuento de que Novica Beechey sería la contraparte para la entrega de la niña comprada. Todo hasta ayer iba bien. Pero una filtración en la operación les hizo saber a McNamara que Novica no era confiable, que era un agente encubierto. Entonces ellos pidieron hacer directamente la entrega a través de Julia Garret, su persona de confianza. Ahora sabemos que quien informó que Novica no era confiable fue el mismo Hard. Como dices, no se puede confiar en nadie porque estos criminales saben cómo comprar a todo el mundo Tu hermana y Gary me pidieron que te alejara de aquí, pero luego, como no hiciste caso a las advertencias, me encargaron que te vigilara.

—No entiendo… ¿quién es Novica entonces?

Pregunté, pero de inmediato caí en la cuenta de la identidad de aquella mujer. Por eso me parecía conocido ese apellido. Eran cosas de Rose. Así como yo me llamo Helen Combs por las abejas del abuelo, Rose se puso ese apellido «Beechey», que suena a abeja. También es un juego de palabras. ¿Cómo no pude verlo?

—Ahora mismo te espera Gary en Copper Harbor. Y Rose te llamará para darte la bienvenida formal a tu nueva vida. Nadie debe saber esto que te he dicho. Recuerda que ellos creen que tu hermana está muerta, y que podrían culparte de muchas cosas graves, tal como lo intentaron hoy. Le he dicho a Rose que debes cuidarte más y tal vez desaparecer un tiempo.

Era cierto lo que el agente Patrick Townsend decía, mi vida había cambiado por completo. Ahora era portadora de una determinación que crecía frente al peligro, y que ni Gary ni Rose ni yo misma sabíamos que poseía.

NO LO REVELARÉ

REBECA OLSEN Nº 3

PARTE I

1

(Extracto de la noticia publicada en la prensa el día 21 de diciembre del año 2019)

ESPELUZNANTE TRIPLE HOMICIDIO cometido por el «asesino del terciopelo rojo».

La familia Donovan ha sido hallada asesinada en su propia casa. Michael (55), Mary Ann (54) y Clare (30) fueron asesinados en el comedor de la residencia ubicada en Georgetown, en una tranquila calle llamada Oliva, frente al sendero boscoso que conduce al río Potomac.

El hecho ha dejado desconcertado al Departamento de Homicidios de Washington, y todo apunta a que el FBI se encargará de la investigación.

Melany Hunt, vecina y amiga de los Donovan desde hacía diez años, notó que la puerta de la casa estaba abierta y se extrañó porque «ellos eran muy cuidadosos con la seguridad». Esto hizo que sospechara algo malo y llamó de inmediato a la policía. En pocos minutos llegó una patrulla. Los uniformados, al no obtener respuesta, ingresaron a la vivienda, y al entrar al comedor se encontraron la dantesca escena. Los cuerpos de Michael, Mary Ann y Clare se hallaban atados de pies y manos, y dispuestos sobre las sillas del comedor en torno a la mesa. Habían sido degollados. Estaban volcados hacia delante de forma tal que las cabezas descansaban sobre los platos ensangrentados. El mantel blanco estaba empapado de la sangre de las víctimas, así como las servilletas, la tapicería de las sillas y la alfombra. Lo más aterrador es que sobre los platos también había un trozo de pastel «terciopelo rojo» puesto sobre la sangre.

Melany Hunt ha declarado que los Donovan no tenían enemigos, que eran unas maravillosas personas, amigables y alegres, y que nunca se entrometían en las vidas de los demás. Que llevaban más de veinticinco años viviendo allí y eran apreciados por todos los vecinos.

El inspector encargado del caso no quiso dar declaraciones a la prensa, pero informó que esperan la colaboración del FBI. Es la primera vez que en el barrio de Georgetown sucede algo como esto. Hace veinticinco años, y tambíén para época navideña, esa misma calle vivió un hecho trágico; una mujer llamada Elizabeth Sullivan, en un descuido, dejó la puerta de la terraza abierta y su hijo, un niño de tres años, cayó en la piscina y se ahogó. La mujer y las dos hijas —quienes eran mayores que el chico— se fueron a Canadá, y la casa número 1225, ubicada en el cruce de las calles 27 y Oliva, nunca volvió a ocuparse. Para los vecinos, la vivienda de Elizabeth Sullivan era el recordatorio constante de la tragedia y algunos de ellos se mudaron, pero los Donovan no. Ahora, este nuevo suceso ha venido a ensombrecer la apacible vida de la calle Oliva.

«Mary Ann me había dicho que querían viajar al Caribe,

hacía apenas tres días… es todo tan espantoso», dijo, entre lágrimas, Melany Hunt. Helen Stone, otra vecina, recién llegada a la ciudad, cree que la calle está maldita y habla de rescindir el contrato de alquiler del inmueble ubicado justo del otro lado de la casa de los Donovan. «Nadie nos dijo que aquí sucedían este tipo de cosas. No quiero que mis hijos crezcan en un lugar marcado por la maldad», afirmó con vehemencia.

La ciudadanía espera que las autoridades atrapen al asesino, que ha sembrado el pánico en uno de los barrios más emblemáticos y visitados de Washington.

2

Después de los sucesos en la isla Royale me aceptaron en la organización, así que debía ser paciente y esperar a que me involucraran en los casos que ellos considerasen. Mientras tanto, continué investigando en las redes sociales y haciéndome pasar por personas ficticias para contribuir a identificar los niveles medios y altos de la Black Key. Logré que se pusieran tras la pista de varios delincuentes gracias a mis investigaciones.

Volví a Washington para celebrar la Navidad. Necesitaba descansar y vivir unos días de tranquilidad en casa, con mis padres. Había prometido a Rose no contarles nada hasta que ella lo decidiese. Ahora me comunicaba con mi hermana una vez a la semana y, aunque no me aclaraba dónde estaba y nuestras conversaciones duraban solo cinco minutos, me sentía feliz porque la había recuperado.

En resumen, estaba satisfecha de mí misma, y muy animada llegué en la mañana a la casa de mis padres en Arlington, el 21 de diciembre. Ellos volverían de su viaje a Europa al día siguiente, así que tenía unas horas para comprarles los regalos y acomodarlos bajo el árbol antes de que estuviesen en casa. Unos días después se juntaría con nosotros Gary. Mis padres aún no lo conocían aunque ya les había hablado de él y sabía que mamá se moría de la curiosidad por verlo.

Pero la noticia que leí aquella mañana al llegar a la casa me dejó inquieta. Tanto que la sensación de desasosiego me acompañó durante todo el día y no me dejaba dormir aquella noche. No solo por lo espantoso que era imaginarse a esas tres personas asesinadas y acomodadas de esa manera, como si estuviesen cenando, sino porque yo los conocí de chica.

Ellos vivían en la calle Oliva de Georgetown y allí también vivimos mi familia y yo hace veinticinco años, cuando tenía cinco. Mis padres rentaron a un precio muy bajo la casa que habitamos por poco tiempo. Esa calle, que era como la muestra de esas cosas que están en medio de un lugar totalmente diferente, estaba en Georgetown, pero, a pesar de eso, parecía que se encontraba en medio del bosque. Como si estuviese en una montaña, y lo irónico era que apenas a pocos metros estaba la calle M, tan llena de tiendas, cines y de turistas. Se trataba de una callecita perpendicular interrumpida por el sendero boscoso llamado Rock Creek, que daba al río Potomac. Todos decíamos que vivíamos cerca de la calle M en lugar de en la «callecita Oliva». Es que casi nadie la conocía. Las únicas casas cuyo frente daban al sendero eran la nuestra, la de Susy Graham, la de Jenny Sullivan, la de los Donovan y la del señor Piketty.

Este último me daba miedo. Era un personaje siniestro, al menos para mí. Se la pasaba caminando por el sendero cubierto de nieve, entre los árboles, con un palo en la mano y mirando a todos lados, como si quisiera atacar a alguien, pero a la vez sonreía. Creo que fue mi primera idea de la locura. Hasta se me parecía al Guasón, porque tenía los labios muy grandes y las cejas finas y arqueadas como un payaso. Una vez discutió con mi padre y recuerdo que, aunque él es un hombre tranquilo, me di cuenta de que en esa oportunidad estuvo a punto de perder los estribos. Recuerdo unas palabras sueltas que pronunció Piketty: «maltrato», «no es normal», decía él, y mi padre lo contradecía, molesto.

Susy, Jenny y yo éramos inseparables y además teníamos un juramento, aunque nuestra amistad solo durara unos pocos meses porque muy pronto nos fuimos de Georgetown. Era la Navidad del año 1994.

«Algo pasó con el hermano de Jenny», me dijo Susy un día en secreto. Después de eso no volví a ver a Jenny Sullivan y nadie me explicó por qué. Recuerdo a Susy con un abrigo azul claro y una gorrita blanca, dándome la noticia. Es muy extraño, porque aunque no puedo recordar el rostro de Susy, me acuerdo de cómo vestía aquel día. Y también de una cicatriz que tenía en la mano por una mordida del perro de los Donovan. Lo único que recuerdo de Jenny era que no podía estarse quieta y que le encantaba tocar los objetos que mamá tenía en casa.

Casualmente, en la cena de Acción de Gracias de este año, antes de que mis padres se fueran de viaje, me contaron algo inesperado en relación con esos tiempos: el hermano de Jenny se ahogó allí en su casa y su mamá, Jenny, y su hermana Natalie —a la que pocas veces vi y no recuerdo casi nada— se fueron desoladas a Canadá. Después se fue Susy de la calle y al poco tiempo nosotros. Esa era la misma Elizabeth Sullivan que el periódico mencionaba.

Las veces que traté de recordar cómo eran mis dos amigas, las imágenes que me venían a la mente eran efímeras y pobres. Pero ahora, con esta noticia, todo adquiría un tono agrio y espeluznante. Porque Clare Donovan nunca quiso juntarse con Susy, con Jenny y conmigo, y ahora alguien la había degollado. Era solo un año mayor, pero no le gustábamos, ni ella a nosotras. Creo recordar que una vez —al principio— la invité a jugar en el patio de casa y ella sonrió, dio la vuelta y se alejó sin decir una palabra. Una de ellas, o Susy o Jenny, me dijo que no le prestáramos atención nunca más porque era una «odiosa presumida».

El asesino del «terciopelo rojo» la había matado en su casa, en la misma calle Oliva, que era el lugar de mis recuerdos más confusos.

3

Esperé hasta la noche siguiente la llegada de mis padres. Intenté comunicarme con ellos, pero fue en vano. Supuse que me había equivocado y que el vuelo debía ser un día después. Durante la tarde estuve comprando varios regalos, pero estaba distraída. Seguía con la noticia de la muerte de los Donovan en la cabeza.

Al anochecer recordé que mamá estuvo una época interesada en la fotografía, cuando yo era muy chica. Entonces se me ocurrió que tal vez tuviese algunas fotos de los vecinos de la calle Oliva. Era una buena posibilidad.

Así que me dirigí al sótano. Sabía que allí ella guardaba este tipo de cosas. Bajé las escaleras con cuidado porque eran angostas y la bombilla estaba fundida. Me alumbraba con la luz del celular. El lugar estaba lleno de muebles viejos y juguetes rotos. Avancé y tropecé con una mecedora. Me hice una pequeña herida en la pierna. Sentí un leve ardor y luego nada. Me pareció escuchar un ruido arriba, pero pensé que eran imaginaciones mías. Entonces vi un estante lleno de cajas transparentes de varios tamaños. Cada una de ellas tenía un rótulo con escritos. Eran los números de mamá. Ponía en cada caja un año diferente. Pero 1994 no estaba.

Abrí la caja de 1995. Había fotos de unas vacaciones en una playa y otras en un bosque. En casi todas estábamos mi hermana y yo riendo. Reviví esos buenos momentos admirando nuestros rostros felices. Luego guardé todo tal como mamá lo había organizado y pensé que tenía que dormir.

Cuando comencé a subir las escaleras, de pronto todo se puso oscuro. La batería de mi teléfono se descargó. Volví a escuchar un ruido arriba. Ahora estaba segura. Me quedé inmóvil unos segundos y sentí que el viento chocaba con la casa. Me dije que tal vez la ventisca había hecho que algo cayera y eso produjo el ruido. Subí con cuidado porque no sabía cuántos escalones eran. Lo hice muy despacio. Por fin llegué al último y avancé. No recordaba haber dejado la puerta del sótano cerrada, pero así estaba. La empujé y cedió. No sé por qué esperaba que no lo hiciera.

Me dirigí al cuarto de la planta baja, donde había preferido quedarme a dormir. Me gustaba la vista desde la ventana de esa habitación que daba a un parque. Puse a cargar el celular, me quité la ropa, me vestí con un camisón y me acosté. Al hacerlo, apenas puse la cabeza en la almohada, de la nada me surgió un recuerdo; la mamá de Jenny era pastelera y preparaba un célebre pastel terciopelo rojo que decía que también podía llamarse «pastel del diablo». En eso estaba equivocada porque los dos pasteles, aunque se ven similares, son diferentes, pero yo a esa edad no lo sabía. Aquella Navidad nos regaló un pastel terciopelo rojo a cada una de las familias. Estaba envuelto en un papel de seda azul con un gran lazo. Yo miraba desde los balaustres de la escalera en el piso superior cuando mi hermana Rose abrió la puerta y recibió aquella belleza en sus manos…

Pensé que quizá, para el asesino de los Donovan, Elizabeth Sullivan debía tener algo que ver porque en la noticia del periódico se juntaban dos elementos que en mis recuerdos también estaban relacionados: la calle Oliva, donde tuvo lugar el triple asesinato, y el pastel terciopelo rojo. Y ambas cosas tenían que ver con Elizabeth Sullivan. Y junto a los cadáveres había un trozo de esa tarta, que era su especialidad. Era bastante coincidencia.

—¿Y si era un crimen que tenía su origen en el pasado? En eso que había sucedido la Navidad del 94 con el hijo de ella, que murió ahogado —me aventuré a pensar.

Necesitaba más información sobre lo que pasó aquellos años, aunque no estaba segura de la veracidad de lo que se me había ocurrido. Me reprendí a mí misma porque se suponía que iba a Washington a descansar y dejar de pensar en crímenes, pero no podía evitarlo.

—¿Por qué discutió mi padre con Piketty? ¿Cómo eran las relaciones entre las familias que vivíamos en la calle Oliva? ¿Alguno pudo crecer y convertirse en un asesino? —me preguntaba.

No tenía manera de saberlo, ya que cuando uno está tan pequeño solo vienen a la cabeza momentos y escenas, pero no se tiene consciencia real de las cosas que pasan.

Me di la vuelta y acomodé mejor la almohada bajo mi cabeza, y en el momento en el cual me obligaba a cerrar los ojos vi una mano posarse sobre la ventana.

4

RECUERDO QUE PENSÉ que era la rama de un árbol, pero al instante me convencí de que no lo era. El escarchado cristal y la traslúcida cortinita blanca me mostraban la silueta de una mano extendida, como un largo filamento negro.

Esta empezó a dar golpes sobre el cristal.

Me levanté de un brinco, moví el pestillo y abrí una de las hojas de la ventana. Entonces vi la cara de una desconocida. Era pálida, con los labios agrietados y morados y con unas manchas grises bajo los ojos.

—¡Ayúdame, por favor! —suplicó.

Las puntas del pelo mojado le caían sobre los pómulos. La mano fría me tocó, y el aliento que salía de su boca se hizo visible en el aire helado.

—Creo que le hicieron algo a Sebastián. Por favor, ayúdame... ¡Tienes que ayudarme!

¿Quién sería Sebastián?, me pregunté. Tal vez un niño, su hijo.

—¡Sebastián está muerto! —dijo con un lamento agónico.

—Cálmate, que ya voy a dar la vuelta y voy a abrir la puerta —le dije como si fuera alguien conocido.

Ella se quedó llorando y repitiendo las mismas palabras cargadas de angustia.

Me puse la bata sobre el camisón y corrí hasta la entrada.

Moví los seguros y abrí con determinación. Sentí un viento helado en cuanto jalé la puerta.

Ella apenas iba llegando, corriendo y moviendo en forma disparatada la luz de una linterna que cargaba, con la que dibujaba surcos luminosos en la oscuridad. Eso me hizo pensar que venía corriendo desde el parque posterior de la casa.

¿Habría tenido que ver con los ruidos que escuché antes? —me pregunté mentalmente mientras la veía llegar.

Estaba mojada, como si hubiese caído sobre la nieve. La tela del pantalón, a la altura de las rodillas, estaba muy sucia y también había una mancha oscura en su camiseta gris, en la boca del estómago. No llevaba chaqueta ni abrigo, pero sí unos guantes. No parecía sentir frío. La consternación por «Sebastián» le habría quitado hasta esa sensibilidad.

—Pasa, pasa —le dije con apremio, sin pensarlo mucho.

—¡Le hizo algo a Sebastián! ¡Estoy segura!…

Su voz era infantil, con un timbre muy agudo. Tal vez por la emoción que la movía.

—Ven por aquí —le dije.

La agarré con delicadeza porque me pareció que necesitaba una mínima conducción, y la llevé hasta el salón.

—Siéntate. Mejor traigo una toalla para secarte y que entres en calor. Voy a prepararte un café, y entonces me vas a contar…

—¡No quiero café! ¡No quiero nada! —gritó la muchacha —. ¡Solo que me ayudes!

Lloraba, se tapaba la cara y luego se agarraba la cabeza.

—¡Por favor! ¡No esperes más! Puede que aún esté vivo…
—dijo todavía atacada por el llanto.

No sabía qué quería de mí. Tal vez que saliéramos a buscar a «Sebastián».

—¿Quién es Sebastián? —le pregunté por fin.

—Mi hermano —respondió con simpleza.

Al pronunciar esas dos palabras, y como había detenido el llanto y el movimiento frenético de la cabeza, pude verle mejor la cara.

Noté que estaba mirándola con interés.

—¿Eres Rebeca? ¿Rebeca Olsen?

—Sí, lo soy…, pero ¿quién…?

—No puedo creer que no me reconozcas ni te acuerdes de mi hermano.

Una imagen se apareció en mi cerebro. Un niño gordito que lloraba en todo momento. Y ella, mi amiga, diciendo que «era una lata». Allá en la calle Oliva…

¡No podía ser!

—Soy Susy Graham, Susy… pasamos juntas la Navidad del año 94 en Georgetown. Han secuestrado a Sebas y no quiero ni pensar que lo encontraré degollado sobre un trozo de pastel. ¡Dios! ¡No puedo imaginarlo!

—¿Susy? ¿Pero cómo has dado conmigo? Es que…

—Por la carta. Por lo que decía la carta. Decía que aquí te encontraría.

—¿De qué estás hablando? ¿Cuál carta?

—La carta donde dice que tiene a Sebas y que debía venir a buscarte a esta casa... Dice que todos los de la calle Oliva tenemos la culpa de lo que pasó.

5

—¿Quién dice eso? —pregunté.

Ella no respondió, sacó un papel doblado en dos y me lo entregó.

«Algunas veces no hacer nada equivale a hacer algo terrible. Todos ustedes en la calle Oliva se enteraron de que ella estaba loca y se hicieron de la vista gorda. Sabía disimular y fingía que era dulce, casi tanto como sus maravillosas tartas, que era lo único que les interesaba a todos. Fueron cómplices de la crueldad con la cual ella nos trataba y de lo que le pasó a mi hermano, porque quisieron creer que fue un accidente, pero fue un asesinato. Todos son culpables de que nuestra vida haya sido un infierno sin fin y llegó la hora de hacerles pagar...».

—¿Pero quién escribió esto? —insistí confusa.

—Jenny. ¿Quién más iba a ser?

—Elizabeth era una buena mamá, yo la recuerdo... —comencé a decir, pero de inmediato callé. Realmente no sabíamos cómo era Elizabeth Sullivan y debía ser cierto lo que decía la carta porque nadie inventaría algo así de no ser verdad.

Recordé una vez que llegaron las dos a casa; Jenny se veía asustada y su madre se comportaba de manera extraña, como demasiado perfecta. Estaban paradas en el umbral. Ni siquiera recuerdo la razón por la cual nos visitaron, porque era cierto que casi nunca lo hacían…

Lo otro que decía la carta era que Susy debía buscarme en casa de mis padres y que luego sabríamos más de su hermano Sebas.

Me sentí acechada. Apenas llevaba un día en casa, lo que significaba que Jenny Sullivan estaba siguiendo mis pasos y conocía también mi apariencia actual, mi paradero…

—Susy, ¿tú crees que fue ella la que asesinó a los Donovan? —pregunté, aunque ya conocía la respuesta.

—Claro que fue Jenny. ¿Pero es que tú no sabías que su madre estaba loca?

—Por supuesto que no —respondí en voz más alta.

—Nunca miraste los brazos de Jenny. Estaban llenos de moretones y heridas. En cambio, te quedabas extasiada viendo la cicatriz en mi mano. Pero ahora lo importante es concentrarnos en el presente…

—Hay que avisar a la policía —concluí.

—No. No dejaré que le avises a nadie porque puede hacerle algo a mi hermano —me respondió con suma determinación.

Comprendí que podría estar en juego la vida de Sebastián, si es que Jenny Sullivan era la asesina de los Donovan, y tuve que darle la razón en ese momento. Lo mejor era esperar a que ella se comunicase con nosotras. Todo me parecía una pesadilla; como si un error del pasado hubiese venido para llevarnos a la muerte. Un error que yo ni siquiera sabía que habíamos cometido, porque era muy niña. Pero si lo que Susy decía era cierto, los demás eran culpables hasta cierto punto. Los que pudieron haber visto muestras de violencia en el cuerpo de Jenny o algún desequilibrio en el comportamiento de su madre y no hicieron nada para evitarlo. Eran ellos, los mayores, y no nosotras quienes debieron tomar alguna acción. Si era cierto, estaban ante una asesina que regalaba pasteles y que debió haber matado a su propio hijo…

—Vamos a sentarnos, aquí en el sofá, y vamos a pensar con la cabeza fría —le sugerí.

Ella, contrario a lo que pensé, obedeció sumisa y nos sentamos.

Se quedó mirando al vacío unos segundos. Estuve a punto de preguntarle cómo había llegado a casa, por qué sus ropas estaban tan sucias y por qué no tenía abrigo, sino solo una camiseta de mangas largas, pero hizo un gesto que me distrajo porque me resultó familiar. De seguro lo vi de pequeña, cuando jugaba con ella. Era desagradable que esa amistad del pasado se viera contaminada por el terror que las dos sentíamos en ese momento. Porque una cosa es resolver los casos criminales de la Black Key, y otra muy diferente es sentirse víctima de una venganza, de alguien que te culpa de algo que sucedió hace veinticinco años.

Fue cuando se me ocurrió una de las más alarmantes preguntas que he tenido que hacerme en mi vida. Sentí la boca seca y los brazos dormidos de golpe.

¿Estarían bien mis padres?

Deberían haber llegado ya. Primero pensé que había entendido mal la fecha de su retorno, pero en ese momento me atacó la terrible idea de que Jenny Sullivan, la asesina del terciopelo rojo, los hubiese matado…

6

Fue cuando la vimos. Una sombra tras la ventana del salón. Había alguien en el exterior de la casa.

Susy me agarró la mano en una reacción repentina. También profirió un grito ahogado.

—Ha llegado. Ha venido por nosotras dos. Puede que nos odie más porque éramos sus amigas y debimos hacer algo por ella, pero no lo hicimos.

—Cálmate —le dije, enérgica.

—¿Qué vamos a hacer? Va a matarnos… Tenemos que escondernos.

Escuchamos un golpe seco, como si algo pesado se hubiese desprendido de la segunda planta. Pero yo estaba sola en casa, o al menos eso creía. Vino a mi cabeza Gary. Él me había propuesto irse conmigo a Washington, y había sido yo quien lo convenció de que no lo hiciera. Tal vez, si estuviese allí, me ayudaría a pensar con claridad. Entonces me dije que podría llamarlo, que la organización acostumbraba a tratar con criminales y podría ser discreta, y podrían ayudarnos a dar con Jenny Sullivan antes de que otras personas murieran. Me repetía que mis padres debían estar bien, que en la casa no había nadie y que tenía que calmarme…

En ese momento en el que las ideas se me agolpaban a una velocidad vertiginosa, escuchamos el estallido. Uno de los cristales de la ventana se hizo añicos ante nuestros ojos.

Susy gritó y yo me levanté de un salto.

Había visto que algo fue a parar al piso. Un objeto que entró por la ventana. Susy se quedó paralizada.

Me acerqué y vi lo que era. Una piedra blanca con vetas negras envuelta con una cinta y un pedazo de papel de seda como el que envolvía los pasteles Elizabeth Sullivan.

—¿Qué es eso? No deberías…

—Tranquila, Susy. Tal vez nos diga algo sobre Sebastián.

—Es verdad. Discúlpame, es que estoy totalmente destruida con todo esto.

Tomé la piedra a través de la tela de mi camisón por si luego debíamos analizar las huellas y solté la amarra para sacar el papel y ver su contenido.

—Has aprendido… eso de agarrarlo para no borrar las huellas, a mí no se me hubiera ocurrido —me dijo ella mientras yo miraba lo que estaba escrito en un pequeño trozo de papel blanco pegado a la piedra.

«1225/27 y O»

7

ENSEGUIDA SUPE LO QUE ERA.

—¿Qué quieren decir esos números? —preguntó Susy con una energía renovada.

—Es la dirección de la casa de la familia Sullivan. Quiere que vayamos a la casa donde ellas vivieron, donde se ahogó el niño. Es lógico, ya que cree que allí comenzó todo, con la indiferencia de los vecinos ante su desgracia. No estoy segura de que Sebastián esté vivo. Lo siento. No entiendo por qué no intentó vengarse antes, tal vez un detonante en su vida la ha llevado a esto, quizá haya perdido a alguien o hubo un cambio reciente que la condujo a querer saldar las cuentas del pasado.

—¿Qué vamos a hacer? —me preguntó con voz quebrada.

—Tenemos que pensarlo bien —le respondí.

De inmediato fui a buscar el teléfono en el cuarto. Tenía que saber si mis padres estaban bien. Cuando lo vi sobre la mesita de noche, sentí ganas de llorar, me asusté, porque si no lograba comunicarme con ellos no podría soportar la incertidumbre. Corrí, lo tomé y marqué el número de papá. En donde fuera que estuvieran en Europa, ya sería una hora adecuada para que estuviesen despiertos. Sonó el tono de comunicación una vez, luego otra.

—Tienes que atender, tienes que atender la llamada…, papá —dije en voz alta.

—Hola, querida. ¿Cómo estás? —dijo la voz del otro lado.

Las lágrimas corrieron por mi cara.

—¿Están bien? —pregunté disimulando.

—Sí, cariño. Tu mamá tuvo un pequeño accidente y no nos explicamos cómo fue.

Otra vez el terror pretendía atacarme.

—Se cayó subiendo una cuesta en Lisboa y se dobló el tobillo. Pero ya está bien. Lo que pasa es que no quise que viajara así. Cambié el vuelo, pero no te preocupes que mañana nos vamos a casa.

—Me alegra mucho que estén bien, papá. Quería preguntarte algo sobre unas personas que conociste cuando vivimos en la calle Oliva.

—Nos hemos enterado de lo del crimen de los Donovan. Cariño, es increíble, pero no pienses en eso. Reconozco que es espeluznante la noticia y, aunque no hayan sido cercanos a nosotros, tu madre y yo lo lamentamos.

—¿Qué opinabas de ellos?

—¡Vaya! Que eran unos presumidos. Algo tontos. Como de esas personas insensibles que pueden ser testigos de algo grave y se quedan impávidos como si nada pasara. Pero no sé por qué me preguntas eso, como si mi opinión viniera al caso. No quiere decir que no lamente sus muertes…

—Lo sé, papá. ¿Y de Elizabeth Sullivan? ¿Qué opinabas de ella?

—Que era una mujer extraordinaria. Y con un gusto

maravilloso para los postres y para la música. Le encantaba Céline Dion. Estoy seguro de que los rumores sobre que ella fue la culpable de la muerte de su hijo no son ciertos. No se atrevería a hacer algo que condujera a la muerte de alguien a su cuidado.

8

—Estoy segura de que hay alguien tras la puerta principal de la casa, Rebeca —dijo Susy Graham, quien se había quedado detenida en el umbral de la puerta de la habitación donde yo estaba. No sabía desde cuándo estaba parada allí.

—Tengo que colgar, papá. Saludos a mamá y que tengan buen viaje —me despedí y continué con el celular en la mano.

—Perdona que te haya interrumpido, pero estoy segura de que hay alguien afuera.

—Tal vez sea el viento. Anunciaban ráfagas de treinta kilómetros por hora. O los gatos del vecino haciendo ruido —le dije, intentando calmarla.

—No son gatos ni es el viento. Es como si alguien estuviese parado detrás de la puerta. Estoy segura…

—Está bien. Ya vamos a ver —consentí.

Intentaba calmarla, pero era cierto que podíamos estar en peligro. Si lo que pensaba sobre Jenny era verdad, debía estar movida por una sed de venganza implacable. Mi papá era una persona sensata, e incluso él había caído ante la representación de Elizabeth Sullivan de ser una madre ejemplar. Esos años siendo víctima de una mujer maltratadora debieron haber sido una bomba de tiempo. ¿Pero por qué ahora quería vengarse de los vecinos? ¿Estaría el FBI tras la pista de Jenny Sullivan por el asesinato de los Donovan?

—Vamos a ver si es cierto lo que dices, Susy.

Caminamos con sigilo por el pasillo que conduce a la puerta principal, donde ella afirmaba haber visto una sombra, como si alguien estuviese parado del otro lado y con sus zapatos bloqueara la luz del exterior que debía entrar por la hendija de la puerta.

Nos detuvimos las dos al llegar, sin hablar ni hacer ruido.

Nada. Entonces decidí abrir y encarar a quien fuera si es que no eran imaginaciones de Susy. Recuerdo que tomé el picaporte con fuerza y abrí con rapidez. Tanta que ella quedó desconcertada por mi actuación. Sé que en esos segundos dudé de ella, de su cordura. Pensaba que no debía haber nadie allí, porque si Jenny quería que fuéramos a la casa en Georgetown y ya nos había lanzado el mensaje rompiendo el cristal de la ventana, para qué iba a permanecer en los alrededores de la casa.

Pero lo que vi hizo que replanteara mis ideas.

9

Vimos a un hombre vestido con un uniforme de policía. Era muy blanco y delgado. Debía rozar los dos metros de altura. Tenía la nariz aguileña y los ojos negros y profundos. Desde el principio me causó desconfianza porque sabía que los policías solían andar en pareja y él estaba solo.

—Soy el agente Hausmann. Niko Hausmann. ¿Está todo bien?

—¿Por qué no habría de estarlo? —se apresuró en responder Susy.

Me dije que estaría pensando en que si la policía se enteraba de lo que estaba sucediendo, Sebastián no tendría oportunidad alguna de sobrevivir.

—Los vecinos han reportado ruidos sospechosos y la rotura de un cristal. ¿Seguro que todo está bien?

—Sí. Todo en orden. He sido yo que he llegado sin avisar a casa de mi amiga y no tenía la llave. Intenté que me abriera llamando a la puerta y luego a la ventana, y eso debió ser lo que oyeron los vecinos. La gente está muy nerviosa en la ciudad, por lo del triple asesinato… —dijo Susy.

—¿Dónde está su compañero? —le pregunté con seriedad.

Luego me arrepentí. Eso era ponerlo sobre aviso de que no confiaba en él, y nosotras estábamos desarmadas. Podía ser aliado de Jenny, tal vez su novio. Alguien con las mismas intenciones que ella. Incluso podía ser él mismo quien rompiese el cristal. Imaginé que ese podía ser un buen detonante para que Jenny quisiese vengarse ahora; haber encontrado a alguien que compartiera sus deseos y que formara una especie de sociedad para el asesinato junto con ella. No debía operar sola, porque el crimen de los Donovan había sido complejo y lleno de dificultades: en primer lugar, debía haberse ganado su confianza para que la recibieran en casa, y un hombre disfrazado de policía podía ayudar en eso. Luego tendría que haberlos sometido y amarrado, para después cortarles el cuello. Aunque para hacer esto último no es necesaria mucha fuerza, comencé a abrazar la idea de que Jenny no actuaba sola.

—Mi compañera está en el auto —respondió en un tono que no sabría describir.

Hizo un gesto que me dejó alerta; movió los labios gruesos como si estuviese soplando. Su cara era parecida a la de Piketty. No podía ser él, porque era joven, pero sí podría ser su hijo o un familiar.

—Está bien, agente. Creo que le hicieron venir para nada. Algunas veces los vecinos se equivocan —le dije con doble intención, para ver su reacción.

Pero no encontré nada en su rostro que me hiciera pensar que la alusión a los vecinos significara algo para él. Bajó levemente la cabeza y se dio la vuelta.

Lo vimos irse, caminando despacio y mirando a un lado y a otro.

Sin duda alguna, era un hombre fuerte. Podría someter a cualquiera. Además estaba armado. Pensé que era imposible que fuera un policía porque uno de verdad hubiese notado la suciedad en las ropas de Susy y su estado anímico, y hubiese inferido que algo muy grave sucedía.

—Rebeca, gracias por no haber dicho nada. Tenemos que hacer lo que ella dice. Se trata de Jenny, y no creo que nos haga nada a nosotras. Éramos sus amigas. Puede que solo quiera reclamarnos o tenernos cerca. Ella debe saber que yo quiero a Sebastián y no hará lo mismo que con los Donovan. Ya sabes que a todas nos caía mal la detestable de Clare…

Era cierto lo que decía.

Otro recuerdo se posó sobre mí. El de nosotras tres mirando a Clare Donovan observándonos como si fuéramos tres bichos raros. Y una de ellas, de mis amigas, diciendo que ojalá se muriera…

No le dije nada a Susy, pero en ese momento me convencí de que el policía representaba un mayor peligro del que ella suponía. Pero no podía ponerla más nerviosa. Ya estaba metida en el ojo del huracán de la venganza de Jenny Sullivan. Lo peor era que, siendo tan pequeña por entonces, no podía recordar casi nada de aquellos días. Rose debía saber mucho más que yo, pero no podía llamarla, porque no había querido decirme la forma de ubicarla. Hablábamos con frecuencia, pero siempre era ella quien me llamaba a mí. Pensé en informar lo que pasaba a Gary, pero tendría que hacerlo sin que Susy se diera cuenta.

De lo único que estaba segura era de que Jenny debía odiar con mayor intensidad a quienes, siendo sus amigas, no la habíamos podido salvar de la crueldad silenciosa de su madre. No porque tuviésemos alguna culpa en realidad, sino porque, si estaba desequilibrada, podría aferrarse a quienes la conocimos en aquella época. Tal vez su mente no funcionaba bien y buscaba culpables donde fuese. O quizá fuese por aquello que hicimos junto al árbol de cerezos… ¡Eso era! Y era lo que más recordaba de nuestra niñez: habíamos hecho un juramento de niñas en el que prometíamos que ninguna de las tres se quedaría atrás, que siempre nos defenderíamos y que nunca dejaríamos que nadie nos hiciera algún mal, como si fuésemos hermanas. Eso fue cuando vimos el nido en el árbol y varios pichones que asomaban sus pequeñas cabezas. Fue idea de Jenny lo del juramento. Ahora lo veía todo claro, y, para ella, nosotras le habíamos fallado…

—¿Qué hacemos ahora? —me preguntó Susy.

—Lo que quieres. Sin decirlo a nadie, iremos a la casa de los Sullivan.

—Entonces hagámoslo de una vez —me dijo entre decidida y aliviada.

—Tengo que vestirme. Dame cinco minutos —le pedí.

Todavía nos encontrábamos en el umbral de la puerta y el frío comenzó a colarse entre mis ropas hasta llegar a los huesos. Antes no lo había sentido con esa intensidad. Tal vez por el susto de lo de mis padres y, después, por la mala impresión que me causó el policía. También me di cuenta en ese momento que llevaba conmigo el celular en la mano.

Susy lo miró con interés. Supe lo que estaba pensando: que iba a llamar a alguien. Entonces me anticipé.

—No te preocupes. No avisaré a nadie. Voy a apagarlo y a dejarlo sobre la mesa del comedor. Allí podrás verlo mientras me cambio.

—Perdona que sea tan desconfiada. Sé que no está bien, pero se trata de mi hermano.

Asentí. Cerramos la puerta de casa y no sé por qué sentí más frío adentro. Dejé el teléfono sobre la mesa y le pedí a Susy que esperase sentada en el sofá mientras me arreglaba. También le ofrecí una chaqueta y una bufanda.

Me encerré en la habitación y descansé la espalda en la puerta. Necesitaba pensar rápido y de manera acertada. Inspiré profundo un par de veces. Tuve la convicción de que estaba en peligro. Y de que la asesina del terciopelo rojo estaba muy cerca. Poco a poco venían a mi memoria cosas del pasado, palabras, voces. Sobre todo voces e imágenes.

Entonces comencé a plantearme las cosas desde otra perspectiva.

En menos de quince minutos estuve lista. Me puse unos vaqueros y un suéter. Me miré en el espejo y me dije a mí misma que no podía tener miedo. Que los fantasmas del pasado son los peores si no se atacan de una vez. Incluso sentí pena por Jenny. Debía haber llevado una vida espantosa para cometer ese acto tan sangriento envuelto en ese conjunto de símbolos; el comedor, los platos, la tarta como la de su madre…

Salí de la habitación y volví a sentir un escalofrío.

Susy estaba sentada en el sofá junto a la mesita auxiliar donde mamá tiene tres pequeñas campanas de plata. Tenía una de ellas en la mano. Cuando me vio, la soltó y se levantó.

—¿Qué haremos al llegar a ese lugar?

—Esperemos a ver qué nos dice ella y saber para qué quiere que estemos allí.

—Yo creo que lo de la nota es para asustarnos, pero no se atreverá a hacernos daño. ¿Tú qué opinas, Rebeca?

—No lo sé, Susy. Debemos estar preparadas para todo.

¿Por qué habrá empezado por los Donovan? Me refiero a su venganza. ¿No te parece extraño?

—Tal vez porque eran los más imbéciles. Podrían presenciar una horrible acción y volver la cabeza a otro lado. O quizá Jenny les pidió ayuda y no la ayudaron.

—Sí. Esa es una posibilidad. ¿No eran dos? ¿Jenny no tenía una hermana un poco mayor que nunca jugó con nosotras?

—Ahora que lo dices, sí. Había alguien más, no sé si una hermana o una prima. ¿O sería otro hermano? La verdad es que no lo recuerdo. Ya sabes que cuando uno es tan pequeño todos los recuerdos se mezclan.

—Eso es cierto, Susy. Las cosas se mezclan. Solo recordamos fragmentos de los hechos y no podemos comprender la totalidad de las situaciones. Eso es lo que debemos explicarle a Jenny. Nadie que no viviera en esa casa podía saber que Elizabeth estaba desequilibrada. Incluso lo del accidente del niño, de Robert, quedó así como un suceso involuntario y ni siquiera hubo consecuencias penales, creo…

—De Micky. Me parece, aunque no estoy segura, que se llamaba Micky.

—Es igual. Me refiero al niño ahogado.

—Ya está bien, Rebeca. ¡Debemos irnos ya! No ves que mi hermano corre peligro —gritó.

Salimos de casa y cuando iba a cerrar la puerta, estando afuera, Susy me dijo que la dejara entrar un momento, que iría a buscar la nota de la piedra. Supuse que quería tener consigo la prueba de que habíamos ido allí porque alguien nos dejó esa información. La esperé unos segundos. Cuando volvió no tenía nada en las manos. Le pregunté si había conseguido la nota y me respondió que no, que debía ser por los nervios, pero no la había encontrado. Le pregunté si quería que la trajese yo, pero me dijo que lo dejara así porque perderíamos más tiempo.

Luego nos dirigimos a mi auto y emprendimos el camino hacia Georgetown.

Pensé que era mejor que no habláramos durante el trayecto para no vulnerar más sus nervios.

Me limité a manejar, mirando hacia atrás con frecuencia mientras transitaba la avenida Arlington. Me parecía que podrían estar siguiéndonos. Ese hombre tan parecido a Piketty y su «compañera», pero no pensaba decirle nada a Susy.

Minutos después atravesamos el puente Francis Scott. En

ese momento no sé por qué tuve la impresión de que Susy quería detener el auto. Era como si fuera presa de una desesperación silenciosa a punto de explotar. Pero de inmediato volví a verla como antes. Como esperando de manera pasiva un desenlace fatal.

Comenzó a caer una tormenta de nieve. Ninguna de las dos dijo nada. Ella lloraba.

—Podemos avisar a la policía aún —le dije.

—Ya es tarde para cualquier cosa. Sé que Sebastián habrá muerto y su sangre estará derramada sobre el plato, y el trozo del pastel del diablo estará bañado también…

Me atacó un recuerdo de Elizabeth Sullivan, altiva, elegante. Vestida de negro y tomando una taza de café, y explicando que su tarta en realidad se llamaba pastel del diablo.

—No creo que ella quiera matarlo, ni tampoco a nosotras. Solo ha explotado. Por alguna razón su cordura se ha quebrado ahora. Algo debe haberle pasado. Puede que su madre haya muerto y ella regresado al país, a la ciudad. Y eso desató todos sus demonios. Pero no lo sabremos hasta que la veamos. Además debemos detenerla porque ha asesinado a los Donovan, y tenemos información que el FBI no tiene. Hay que hacer lo correcto. ¿No crees?

—Siempre he hecho lo correcto —me respondió.

Yo no sabía nada de su vida. Era solo una persona con la que compartí juegos hacía veinticinco años. Éramos unas totales desconocidas.

—La calle está igual. ¿No te parece? —dijo, interrumpiendo mis pensamientos.

Ya habíamos llegado a la calle Oliva y estábamos al frente de la casa de Elizabeth Sullivan. Ahora era una ruina silenciosa y enfrente podíamos ver el sendero boscoso con los árboles nevados.

La última casa de la cuadra era la de los Donovan, donde se cometió el asesinato, pero en ese momento ya no había vigilancia policial. Pensé que de seguro el lugar se encontraba precintado, y que ya habrían terminado con la investigación técnica forense. Junto a ella estaba la casa donde yo había vivido.

Apagué el auto.

Bajamos y escuchamos a lo lejos una música navideña. Apenas se reconocía la canción. Provenía de la alegre calle M.

Recordé que eso también sucedía antes. Que vivir allí resultaba como hacerlo en una isla, cerca pero a la vez muy lejos del resto del planeta, como si fuera un oasis tranquilo. Lo que para mí podía ser algo idílico para la asesina del terciopelo rojo de seguro era un infierno. Miré a la casa y la vi tan lúgubre que pensé que esa era la verdad sobre Elizabeth Sullivan, su verdadero rostro. Que ahora podíamos verla sin el maquillaje que a todos, hasta a mi padre, había hechizado.

Corrimos hasta la puerta por el pequeño camino cubierto de nieve. Una rata mojada pasó junto a nuestros pies.

Cuando llegamos al umbral de la casa de Elizabeth Sullivan, no tuvimos que tocar el timbre porque la puerta estaba abierta. Empujamos y la madera hizo un ruido que pareció un lamento.

13

Todo estaba oscuro, aunque una luz móvil en otra habitación iluminaba a medias el recibidor y me hizo pensar que había velas encendidas. Yo nunca había entrado en esa casa. A medida que pasaron los segundos comencé a ver mejor. Los objetos estaban cubiertos con mantas. Había un espejo en el recibidor; pude identificar su marco de plata. Susy se me adelantó y comenzó a caminar hacia donde estaban las luces. La estancia era fría. Avanzamos y nos detuvimos en la entrada de un salón, pero no era allí donde estaban las luces, sino en el salón de al lado, que supuse era el comedor. Ya podía imaginar lo que encontraríamos.

Atravesamos aquella habitación gélida y llegamos.

Allí estaban unos cuerpos atados de pies y manos, tumbados hacia adelante con la cabeza descansando sobre unos platos blancos, y junto a ellas un trozo de pastel oscuro con una cobertura que brillaba, blanquecina.

Pero no había sangre. Pensé que podrían estar drogados.

Entonces escuchamos una voz; una mujer nos saludaba.

Venía caminando desde lo que debía ser la cocina. Era baja y delgada. Parecía inofensiva.

—¿Eres Rebeca Olsen? Lo eres, ¿verdad? Supongo que sí, porque Susy hizo lo que le pedí y te trajo hasta aquí para salvar a su hermanito…

Después de decir eso, sonrió satisfecha.

—Han pasado muchos años —me dijo mientras caminaba hacia mí. Supe que me había reconocido de inmediato porque de seguro me había estado siguiendo el rastro en su loco afán de venganza, como lo había hecho con todos los de la calle de aquella época.

No tenía nada en las manos, ningún arma. No parecía que su intención fuera hacerme daño. Pensé que debía mantenerme tranquila y hacerla hablar. Dejar que ella condujera la situación.

—¿Es Sebastián? ¿Está muerto? —gritó Susy mirando a uno de los cuerpos.

—Quédate tranquila. No está muerto. Solo inconsciente. Aún no hay sangre sobre la mesa y el terciopelo rojo todavía no está listo.

—Cálmate —le pedí.

Ella me miró y pareció transigir. O eso fue lo que me hizo creer.

—Voy a pedirles que se sienten a la mesa. Tranquilas, que si logramos entablar una conversación amigable nadie va a salir lastimado. Tengo que contarte cosas que no sabes, Rebeca. Es preciso que conozcas los hechos, ahora que…

—¿Qué? —la interrumpí.

—Nada —dijo y sonrió.

Luego me miró con ojos de furia.

—¡He dicho que se sienten! —gritó y llevó la mano derecha hacia atrás, hacia la espalda, y luego la volvió a poner adelante, mostrando un cuchillo.

—¡No! —gritó Susy.

Ella la miró y le enseñó una de las sillas vacías en torno a la mesa.

—Está bien. Haremos lo que dices —acepté para calmarla.

Pero no lo logré. Se abalanzó sobre mí levantando el cuchillo. Le tomé el brazo derecho con mis manos, pero era fuerte. Logró soltarse y me hizo una herida en el antebrazo. Sentí la punta afilada cortar mi piel. Susy intentaba inmovilizarla desde atrás. Pero se volteó y fue contra ella. Yo hice lo mismo que Susy intentaba hacer antes, bordeándola con mis brazos, y entre las dos logramos quitarle el cuchillo. Ella me empujó y fui a dar al suelo.

Entonces Susy agarró el cuchillo y se lo clavó en el pecho y el cuello, varias veces. Lo hizo con suma destreza. La mujer puso sus manos sobre la herida de donde salían a borbotones chorros de sangre. El cuello de la camisa de cuadros que llevaba puesta se fue mojando rápidamente. Quería decir algo, pero no le salía la voz. Parecía un pez muriendo. Después cayó de rodillas, y luego de espaldas. Allí sufrió unos estertores y todo acabó para ella.

Susy soltó el cuchillo y lo vi caer al suelo. Se fue corriendo a la mesa y comenzó a intentar reanimar a una de las víctimas. Me dirigí a su lado porque la veía descontrolada.

Allí estaban atados una mujer de unos treinta años y un hombre viejo, además de Sebastián. Cuando lo vi bien, supe de quién se trataba; era Piketty.

Les tomé el pulso a los tres. Todos estaban con vida.

Me pareció horrendo el mimo con el cual la asesina había acomodado la mesa; la vajilla, los cubiertos relucientes e impecables, y en el centro un jarrón con unas flores rojas.

—¿Tienes idea de qué les habrá administrado?

—Claro que no. ¿Cómo voy a tenerla? —me respondió Susy.

—Está bien. Debemos buscar ayuda para ellos. Y para que me vean la herida del brazo a mí. Ya todo acabó. Debería lavarme esto y parar la hemorragia, así que mejor voy a buscar algo en la cocina.

—Anda, yo esperaré aquí para que avisemos a la policía.

Di unos pasos hacia la derecha del comedor y ella me corrigió.

—No es en esa dirección. Es hacia el otro lado…

Ya no podía seguir aguardando. Tenía que correr porque me había descubierto. Y sabía que conocía su verdadera identidad. Ella no era Susy, era Jenny.

14

Y a quien ella acababa de asesinar era a su propia hermana. La que casi nunca vi en aquellos años. Debió de haber actuado como cómplice para que se cumplieran los planes asesinos de Jenny. También debió de haber sido maltratada por Elizabeth y tener problemas psiquiátricos. De seguro era una persona vulnerable y sumisa. Y ahora la falsa Susy estaba totalmente desequilibrada y no le importó acabar con su vida. Porque lo que quería era engañarme. Así como su madre logró engañarnos a todos en esa calle, vistiendo el disfraz de mamá perfecta. Jenny era una peligrosa perturbada que jugaba con las identidades para cumplir su venganza con todos los que no la habían ayudado. El hombre atado e inconsciente debía de ser el verdadero Sebastián y la otra mujer, su hermana, la verdadera Susy.

Muchos detalles me alertaron que ella no era quien decía ser. Pero no podía dejar que lo notara. Cuando me fui a vestir y le dejé mi celular en la sala de la casa de mis padres, busqué el otro teléfono que guardo. Es un truco muy efectivo lograr que las personas bajen la guardia cuando creen que controlan la situación de riesgo. En ese momento le dejé un mensaje a Gary. Lo llamé, pero no atendió. Le escribí un wasap, pidiéndole que alertara al FBI lo que había pasado con la extraña que tocó a mi puerta. Le dije que enviara a alguien al número 1225, entre la 27 y la calle Oliva. Esperaba que lo hubiese leído y que pronto llegara la ayuda. Él sabría a quién recurrir.

En ese momento todavía no tenía claridad sobre la identidad de ella. Pero luego, cuando volví a la sala de mi casa y la vi jugando con las campanitas de mamá, lo supe. Eso era lo que hacía Jenny, tocarlo todo. Además, tenía predilección por las campanas. Vino un recuerdo fugaz a mí: un cuaderno de dibujo de Jenny que me enseñaba en el patio de casa, en el cual cada hoja mostraba una campana pintada de un color diferente. Además, me corrigió el nombre de su hermano, y al hacerlo noté una violencia reprimida. Por otro lado, Elizabeth Sullivan creía de manera equivocada que el pastel terciopelo rojo era lo mismo que el pastel del diablo, y ella también lo creía. Ella cometía el mismo error porque de seguro había escuchado muchas veces a su madre decirlo. Y hacía pocos instantes me había orientado hacia el lugar donde estaba la cocina. Eso significaba que conocía la casa, porque era su propia casa. Por eso no se había quitado los guantes, porque conocía mi fascinación de pequeña por la cicatriz que mostraba la mano derecha de Susy, y ella no la tendría, con lo cual yo sabría que no era quien decía ser. Y toda la sobreactuación al llegar a casa, ensuciando y mojando sus ropas, como si llegase corriendo por el parque, era demasiada teatralidad. También percibía a ratos que la extrema preocupación por Sebastián desaparecía. Por ejemplo, en el momento en que estuvo moviendo las campanitas, o cuando me felicitó por la previsión que tomé al no tocar con mis manos la nota que me mostraba. Entonces las palabras que ella misma me dijo en la sala de mis padres volvieron a retumbar dentro de mí, y me sentí una tonta por no notarlo de inmediato, pues en ellas brillaba el resentimiento: «Nunca miraste los brazos de Jenny. Estaban llenos de moretones y heridas. En cambio, te quedabas extasiada viendo la cicatriz en mi mano...».

En ese momento estaba a punto de enfrentarme con la despiadada asesina del terciopelo rojo, yo sola, y lo peor era que ya sabía que la había descubierto.

PARTE II

1

—Ves por qué prefiero a Natalie que a ti. Ella ha aprendido a preparar los pasteles de una manera aceptable. En cambio, tú no sirves ni para eso, ni para nada. No puedo creer que realmente seas mi hija.

Eso dijo Elizabeth Sullivan a su hija Jenny. Estaban en la cocina de la casa ubicada en el 1225, entre la 27 y la apacible calle Oliva.

Aquella noche se presentaría con un obsequio en las cuatro casas vecinas; la de los Graham, la de los Donovan, la de los Olsen y la del viudo Piketty. Sabía que todos tenían una buena opinión de ella, menos Tobías Piketty. Hasta creía que estaba tratando de poner en su contra a Keneth Olsen, sin mucho éxito.

Elizabeth creía que lo único que la separaba de llevar una vida perfecta era la indisciplina de su hija y lo latoso de su hijo, quien la sacaba de sus casillas con facilidad. Natalie era más sumisa, aunque algunas veces la odiaba porque era débil. También debía castigarla, como hacía con Jenny, para forjarle el carácter.

Esa mañana miró la piscina de otra manera, como pidiendo el deseo de que su vida se arreglara, se simplificara lejos de la responsabilidad de cuidar a ese chico llorón y torpe. Pensó que sería maravilloso que el chico muriera. Eso también haría que el comportamiento de Jenny y de Natalie mejorara. Entonces no andarían por allí, sobre todo la primera, contando a los vecinos que ella las trataba mal.

Le pareció que Jenny, la última vez que le dio una reprimenda, le había dicho algo a Piketty, o sería a Mary Ann Donovan.

—Sí. Creo que fue a ella, pero de nada le servirá. Diré a esa idiota que todo son imaginaciones de la chica, pues está desequilibrada. Además, los Donovan son de los buenos vecinos, los que no se entrometen en la vida de los otros. Son perfectos —dijo en voz alta Elizabeth Sullivan.

Luego de visitar a sus vecinos, y entregarles los obsequios, sumergió en una tina de agua helada a Jenny para que escarmentara. Para disfrazar los gritos puso a sonar el álbum *The Colour of My Love*, de Céline Dion, a todo volumen.

Estos hechos sucedieron el 21 de diciembre del año 1994, en Georgetown, a escasos metros de la casa de los Donovan.

2

Corrí todo lo que pude y llegué a la cocina. Cerré la puerta, pero no logré pasar el seguro.

Ella empujaba con fuerza desde afuera y yo resistía para que no la pudiese abrir.

—¿Desde cuándo lo supiste?

—Sospeché de ti desde las campanitas en la mesa de mamá —dije sin dejar de ejercer presión con mis manos sobre la puerta.

—Supongo que te preguntarás por qué esa puerta tiene un pestillo, y por qué se cierra por dentro. Porque mamá era muy «especial» y cuando quería cocinar, y no quería ser molestada, cerraba con seguro para que ninguno de nosotros pudiese entrar.

Empujé con todas mis fuerzas y logré pasar el seguro. Ella golpeó, enloquecida, la madera.

—No podrás estar allí siempre. Además, te haré salir pronto. Porque sé todo sobre ti, he leído tus artículos en la revista Polis y creo que tienes un patético sentido de la empatía hacia los demás. Por eso supongo que no dejarás que asesine a esos tres que están sentados a la mesa. Porque si no sales de allí, eso es lo que voy a hacer.

Sabía que podía cumplir lo que amenazaba. Pero también sabía que podría matarme a mí. Entonces pensé que si lograba hacerla hablar tras la puerta, ganaría tiempo.

—¿Por qué ahora, Jenny? ¿Por qué quieres vengarte ahora, después de tanto tiempo?

—Porque él murió. Arnold, mi esposo. Y eso fue una injusticia. Mi madre me hizo vivir una infancia terrible frente a los ojos de todos ustedes, pero después de que pasó lo de mi hermano comencé a obedecerla en todo y los maltratos disminuyeron. Los golpes y baños en agua helada se hicieron cada vez más espaciados. Conoció a un hombre y volvió a casarse. Eso también hizo que dejara de centrar su atención en Natalie y en mí. Ya no nos comparaba tanto. Las cosas mejoraron, pero solo porque no le dábamos motivos de pelea y hacíamos todo lo que pedía. De allí que me convertí en una buena pastelera. Puedo decir con seguridad que mis pasteles son mejores que los de mamá. Cuando cumplí la mayoría de edad me fui de casa y nunca más volví a verla. Conocí a Arnold y nos juntamos. Pero murió y yo… yo supe que antes de terminar con mi vida, con esta terrible rabia que no me deja respirar, debo hacer justicia…

—¿Por qué no buscaste ayuda, Jenny?

—Sí la busqué. En mí misma. En mi pasado, y estoy saldando las cuentas. Y fue una maravillosa suerte que cuando pasé por la casa de tus padres, en Arlington, te viera llegar con una maleta. Tenía días rondándola. Ya había decidido llevar a cabo la «cena» sin ningún representante de la familia Olsen porque parecían haberse mudado y tardaría algún tiempo en dar con el paradero de tus padres o con el tuyo.

Volvió a golpear la puerta y yo retrocedí unos pasos.

No entendía por qué no llegaba la ayuda.

—Supongo que estás esperando que vengan a rescatarte, pero resulta que nadie vendrá, querida amiga. ¿Recuerdas que te pedí volver a la sala de casa de tus padres? Sospeché que guardabas otro teléfono y lo encontré en el cajón de la cómoda. Eliminé el mensaje que enviaste a alguien llamado Gary. Sabes que ya se pueden eliminar los mensajes aunque hayan sido enviados, ¿verdad?

Me sentí perdida.

3

—¿Por qué la mataste? —le pregunté.

—¿A Natalie? Porque tampoco era feliz. Y cuando yo no esté, ya no tendrá a nadie. Esto lo planeamos entre las dos, aunque yo fui lo que se conoce como la autora intelectual. Claro que ella no sabía que mi plan era matarla. Es patético el rechazo que sienten las personas por la muerte, porque no está tan mal. ¿Sabes?, yo ahogué a mi hermanito. Eso no se lo conté ni siquiera a Arnold. Te lo digo a ti porque, después de todo, somos amigas e hicimos un juramento, ¿verdad?

Golpeó la puerta con más fuerza.

Escuché el grito de un hombre. Supuse que Piketty o Sebastián se habían despertado.

—Imbécil anciano, ¡cállate! —la escuché decir y luego oí sus pasos alejarse.

No podía dejar que lo matase.

Entonces, sin pensarlo dos veces y para no arrepentirme de la decisión, busqué en el fregadero algo con lo cual pudiera hacerle daño. Encontré una aguja de un termómetro para asados de carne. Era lo suficientemente pequeña para ocultarla en mi mano. Después me armé de valor y abrí la puerta.

Piketty continuaba gritando.

Corrí hasta el comedor.

Allí estaba Jenny, sosteniendo la cabeza del hombre, y con un movimiento brusco la llevó hacia atrás con la mano izquierda. Con la derecha levantó el cuchillo.

—No lo hagas, Jenny. Él intentó hacer algo. Fue el único. Habló con mi padre. Le habló de tu maltrato, de que tu madre parecía cariñosa, pero no lo era. Fue mi padre quien rechazó aquel comentario porque estaba totalmente engañado por tu madre.

Jenny me miró y, movida por la ira, comenzó a correr hacia donde me encontraba. Iba a ser una pelea cuerpo a cuerpo y no estaba segura de ganarla. Su arma era más peligrosa que la mía. Solo si lograba clavarle la aguja en el cuello tendría una posibilidad antes de que ella me hiciera una herida fatal.

Llegó a mi lado y puso el cuchillo al frente, con las dos manos. Creo que quería clavarlo en mi pecho. Comencé a caminar hacia atrás, de espaldas.

Hubo un ruido de pisadas. Jenny se paralizó. Detrás de ella, saliendo del salón, pude ver al policía que había ido a casa. Llevaba un arma y la apuntaba. Detrás de Hausmann estaba una mujer, su compañera.

Entonces descubrí las intenciones de Jenny. Sabía que todo había terminado y buscaría la salida fácil. Por eso me moví rápido y clavé la aguja que guardaba dentro de mi mano en su pierna. No pretendía hacerle una herida profunda. Solo buscaba que, al reaccionar por el dolor, Jenny soltara el cuchillo y abandonara la idea de cortarse el cuello.

Hausmann detuvo a Jenny y se encargaron de brindarme

atención médica a mí, y a las otras víctimas inconscientes. Por Natalie no pudieron hacer nada.

Tal como Jenny había dicho, soy de las personas que rechaza la muerte. Y tengo lo que llamó un patético sentido de la empatía hacia los demás, así como de la justicia. Jenny Sullivan era una asesina peligrosa y debía pagar por sus crímenes.

El agente Niko Hausmann no tenía nada que ver con Tobías Piketty y resultó ser un policía de los buenos; notó que algo no estaba bien en casa y volvió. Encontró la puerta abierta y, al entrar, descubrió la nota en clave que indicaba la dirección de la casa donde estábamos. Fue fácil para Hausmann descifrar la clave puesto que siempre patrullaba esas calles. Al llegar escuchó los gritos de Piketty.

Algunas veces, de tanto sospechar de la gente, nos equivocamos al juzgar a las personas confiables. Porque aunque Rose diga que no hay que confiar en nadie, creo que es sano hacer unas justas excepciones.

Estos terribles sucesos que he narrado me han dejado algunas cosas buenas. Me reencontré con Susy, la verdadera, quien solo estaba drogada, y podríamos decir que le salvé la vida a ella y a su hermano Sebastián. También al señor Piketty, a quien le perdí todo el miedo y ahora aprecio como un hombre sumamente intuitivo. Luego de las fiestas los he invitado a una cena en casa.

Ahora espero la llamada de Rose para contarle que visitaré a Jenny en su lugar de reclusión. Sé que es una asesina, pero fue mi amiga cuando solo teníamos cinco años. Y quiero que me cuente su historia de maltrato y locura, la que vivió puertas adentro sin que nadie lo notara, y sin que los pocos que lo hicieron la ayudaran. Soy periodista y creo que esas historias deben contarse, porque puede que si logramos salvar

a otras víctimas a tiempo, lograremos también impedir que se
conviertan en victimarios.

LOS ASESINATOS DE HUDSON LINE

REBECA OLSEN Nº 4

PARTE I

1

EL ASESINO ARRASTRÓ al chico muerto sobre la vía del tren. Le había golpeado la cabeza con un martillo.

Era una noche nublada y fría, pero lo acompañaba tal nivel de emoción —la que solo podía darle la venganza cumplida— que fantaseó con que ese momento y esa sensación serían eternas.

Sabía que nadie lo vería. Lo calculó todo de manera meticulosa, porque una de sus grandes virtudes era ser paciente.

Confirmó que la venda negra que le había puesto sobre los ojos estuviese bien acomodada. A ver si con esa pista se enteraban de que su acto iba orientado a la justicia, que debía ser ciega, y allí en Sleepy Hollow no lo era, ni en Tarrytown, ni en ninguno de los pueblos junto al río Hudson.

Luego hizo lo que estaba deseando hacer desde que el chico dejó de respirar.

Tomó un bisturí entre sus manos enguantadas de látex y se inclinó junto al cadáver. Con la mano izquierda alumbró la espalda del cuerpo mediante la luz del celular y con la derecha levantó la camiseta, y, sobre las manos que le había atado, hizo una herida circular de 15 centímetros de radio y luego, dentro del círculo, hizo cuatro heridas más, rectas y cortas.

Dibujó un botón en la espalda de su víctima. Una figura que tenía un enorme significado. Tenía que ver con lo único que había llenado de sentido su vida y que una bestia le arrebató sin más.

2

El tren se desplazaba veloz.

Podía ver el paisaje nevado a ambos lados de la vía e imaginar la baja temperatura del agua del río Hudson, cubierto de nieve a lo largo de su orilla.

El invierno estaba siendo demasiado frío este año porque un frente helado azotaba la costa atlántica. Todavía el fantasma de la tormenta Juno, que inutilizó varias vías de trenes salientes de Manhattan y produjo accidentes mortales, paseaba por la Estación Central de Nueva York, aunque ya había transcurrido cinco años de su paso. Escuché a varias personas hablar de ella mientras me tomaba un café antes de abordar el tren, y mientras miraba caer la tormenta de nieve a través de los ventanales de la cafetería.

Cuando llegué al vagón, el segundo después de la cabina del conductor, noté que había poca gente, y no podía ser de otra manera porque eran las cinco de la mañana.

El coche era largo y espacioso. Me senté en un asiento muy cerca del final del vagón de frente hacia la dirección en la cual se desplazaría el tren, porque si lo hacía de espaldas iba a marearme. Cerca de mí, pero al frente mío, se sentó una chica que a los pocos minutos de arrancar se quedó dormida con placidez, como si estuviese en su propia cama. Arriba de su cabeza, en la tela que cubría el asiento, podía leerse «transfórmate», que alguien había rasgado, en una escritura temblorosa.

Sentí la vibración bajo los pies y la velocidad del vagón. Estaba emocionada. El viaje era importante para mí. Por primera vez volvería a ver a mi hermana Rose. Ella había escogido como lugar de encuentro un pueblo cercano a la ciudad de Nueva York, bastante peculiar por sus apariciones misteriosas en el cine. Se trataba de Sleepy Hollow.

Pensé que Rose lo había escogido porque era un pueblo pequeño y también por la cercanía a la Gran Manzana, donde suponía debía encontrarse viviendo. Lo de escoger el primer tren de la mañana debía ser porque no quería que nos viésemos a la hora pico, aunque supuse que en el helado Sleepy Hollow no habría mucha gente a ninguna hora.

En el vagón, un hombre no despegaba los ojos de mí. Se sentaba al centro del vagón. Tendría entre cuarenta y cincuenta años, el pelo platino y los ojos más negros que haya visto jamás. El inicio de una barba lo hacía parecer más viejo; vestía de azul con un suéter de cuello alto y unos *jeans*. Junto a él no había nadie; solo descansaba su abrigo negro, opaco. Se dio cuenta de que noté su insistente mirada, pero la sostuvo.

De pronto sonó una alarma, de esas intermitentes, de solo tres pitidos. No supe qué significaba. Creo que nadie lo supo.

Sucedió algo que hizo que quitara mi atención del camino nevado y también la que le prestaba a ratos al hombre de la mirada insistente.

Otro sonido de alarma, igual al anterior, entró en mi cabeza al mismo tiempo en que un chico con los ojos rojos repetía las mismas palabras a una velocidad imposible ante la mirada atónita de todos los presentes. Me asustó y lo miré. Era más joven que yo, y estaba colocado hasta el cielo. «Yo no lo sabía, no lo sabía, no lo sabía…», repetía sin cesar, sin respirar. La esclerótica de sus ojos estaba roja, brillante.

Antes no me había fijado en él. Creo que ninguno en el vagón lo había hecho. Sus ropas parecían nuevas y de buena calidad.

Una mujer hizo una mueca con la cara que traducía malestar y enjuiciamiento. La miré unos segundos y noté que era enfermera, por su uniforme. Tal vez se figuraba mejor que los demás qué clase de sustancia había ingerido el chico. Se sentaban juntos en el otro extremo del vagón, en la parte más cercana hacia la puerta que daba al pequeño pasillo que llevaría al siguiente vagón.

Él se puso de pie como pudo y noté que perdía el equilibrio. Me levanté de inmediato a ayudarlo, para que no se cayera.

Antes de que pudiera alcanzarlo, entró en el vagón otro muchacho, bajo y de pelo blanco con algunas puntas verdes. Se dirigió al chico.

—Ven conmigo…

En ese momento el tren frenó de manera brusca. Era la parada de la estación Yonkers.

Me di cuenta de que se había creado un ambiente tenso entre nosotros, entre los ocupantes del vagón número dos del tren de la línea Hudson. Era un ambiente helado, como las aguas del río, y no sabía explicarme por qué. Quizá todos, sin darnos cuenta, habíamos considerado al chico una amenaza por el estado en el que a todas luces se encontraba, pero lo extraño es que al mismo tiempo lo habíamos ignorado, como haciendo que no estaba allí.

En mi caso, el hombre de los ojos negros me inquietaba más.

Cuando el chico se fue con el amigo a otro vagón, luego de trastabillar un par de veces, la enfermera rompió el silencio.

—No sé cómo han dejado que este tren partiera con esta tormenta…

Nadie le respondió y el tren continuaba la marcha. De pronto, tuve unas ganas enormes de llegar. Volví a atender al paisaje nevado, desentendiéndome del vagón.

El tren volvió a detenerse, pero esta vez no habíamos llegado a ninguna estación. Pensé que había ocurrido un problema en las vías.

Intenté ver algo por la ventana, pero solo había nieve.

Entonces, cuando volví la mirada hacia adentro, lo encontré allí, parado frente a mí, al hombre que me miraba.

—Rebeca. Tenemos que hablar… es lo que quiere Rose.

3

Me sentí confusa ante la declaración de aquel hombre.

—Soy el detective Brody, del FBI de Westchester. ¿Por qué se sorprende tanto? ¿Es que Rose Olsen no le dijo que nos encontraríamos en este tren? Ya veo que no por su expresión.

Yo continuaba callada y él se sentó a mi lado. Comenzó a hablar en un tono más bajo.

—He visto al resto de los que están aquí y no creo que nadie nos esté prestando mucha atención que digamos. Me gusta pasar desapercibido. El incidente con el chico no ayudó porque luego de algo así la gente se pone nerviosa y todo lo ve sospechoso, pero ya ha pasado…

—¿Podría mostrarme su identificación? —le pedí.

—Claro, perdone por no haberlo hecho.

De inmediato sacó un portacarné negro de cuero y lo abrió. Lo miré lo suficiente para darme cuenta de que parecía legal. Se llamaba Brody Wray.

—Hablaba de mí…, perdón, de Rose Olsen. ¿Ella quería que nos viéramos? —le pregunté y casi cometo la indiscreción de revelar que Rose era mi hermana.

Eso no hubiese estado bien porque yo sabía muy poco de los planes de Rose, por lo visto. No podía estar segura de que este agente Brody conociera mi nexo con Rose.

—Claro. Fue lo que me dijeron. No entiendo por qué lo hicieron, pues yo no estoy acostumbrado a trabajar con desconocidos, y en realidad trabajo mucho mejor solo.

—¿En qué consiste el trabajo? —pregunté, resignada.

Una vez más debía descifrar lo que Rose y la organización habían pensado para mí, obteniendo la información clave por retazos. ¿Sería que Rose no iba a encontrarse conmigo en Sleepy Hollow, sino que, por alguna razón, me había mentido para que acudiera a ese lugar y me había enviado los boletos de tren?

—Veo que ya ha salido de la impresión inicial. Se recompone rápido, diría yo. Aquí, en el expediente, está el informe de la autopsia y el reporte de la escena del crimen. Mientras arreglan lo que sea que haya pasado por lo cual se detuvo el tren, podrá mirarlo. Voy a mi puesto de nuevo.

Me entregó un sobre cerrado y se marchó.

Me pareció un tanto seco su tono. Lucía como una persona herida. No me refiero a físicamente, su cuerpo estaba bien. Pero sí había algo en él, una actitud al hablar o su tono, como si lo supiera todo sobre el mundo y ya estuviese cansado de verlo girar. ¿Por qué Rose quería que me estrenara con el primer caso formal dentro de la organización con alguien así, que no inspiraba en absoluto?

Tendría que mirar el contenido de lo que acababa de entregarme el agente Brody Wray.

Abrí el sobre y lo primero que apareció ante mí fueron las fotografías de una mujer que parecía dormir, dentro de una bañera, vestida con un traje negro. Estaba muerta.

4

(Expediente del caso de Nadine Reid. Agente encargado:
Brody Wray. 2016)

*SIENDO las siete horas y treinta y cinco minutos de la mañana del día 22
de los corrientes, se recibe una llamada en el Departamento de Policía de
Sleepy Hollow en la que se participa el hallazgo, en el piso bajo de la
casa número 126 situada en la calle Merlín, de un cuerpo sin vida de una
mujer de 22 años de edad reconocida por la ciudadana Charlotte Dutton
como Nadine Reid. Se trata de una muerte violenta producida presunta-
mente mediante una grave contusión craneal… El único objeto encontrado
en el apartamento fuera de lugar fue una escultura de bronce, que se halló
tendida en el piso, y a simple vista se evidenciaban manchas de sangre en
ella. Esta fue identificada como la presunta arma homicida, y fue reco-
gida, guardando las rigurosas técnicas forenses, para someterla a los
exámenes técnicos…*

*El informe de la autopsia, realizada por el médico forense Roger
Judd, jefe de la Unidad de Investigación Forense de Sleepy Hollow del*

condado de Westchester, concluye que la causa de la muerte obedece a una lesión craneal producida con un objeto contundente. La hora de la muerte se estima entre las veintitrés del día 21 de enero y la una de la mañana del día 22 de enero del año en curso. Las circunstancias que rodean la muerte aún no se han determinado, por lo cual no se han podido reconstruir los hechos anteriores…

Los objetos pertenecientes a la víctima, que fueron etiquetados y entregados para estudios, son: un (1) arete con la forma de un botón; un (1) vestido negro, al cual se le detectaron a simple vista varios pelos cortos de color blanco; dos (2) zapatos de color negro…

5

Leí el informe.

Era un caso «frío» de los que supongo duele al FBI no cerrar y no poder hacer justicia. Quiero decir que en todos debe doler, pero en uno así más. Una chica joven y tranquila, asesinada en un lugar como Sleepy Hollow, y ninguna pista sólida. Pensé que tal vez era un caso de los que no se resuelven jamás y me pareció extraño que se lo hubiesen asignado de nuevo al agente Brody. No lo conocía, pero la primera impresión que daba era la de un hombre abatido, sin fuerza para investigar nada.

Recordé, de pronto, que había dejado el móvil en silencio. Tal vez allí tuviese alguna explicación de Rose o de Gary sobre el cambio de planes, o sobre el mismo agente Brody, alguna aclaratoria. Lo saqué de mi bolso y lo miré esperanzada.

Sí, había un mensaje de Gary:

«Ya nos hemos enterado y pronto saldrá la noticia. Lo del cuerpo, el cadáver en la vía del tren del Hudson. Vas a sufrir un retraso hasta que logren despejar la vía. Parece que hay un asesino en Tarrytown. Han dejado el cuerpo de un chico joven, con los ojos vendados con un trozo de tela negro, las manos atadas sobre la espalda…».

Miré a Brody, pero parecía estar dormido. Tenía la cabeza hacia atrás, descansando en el espaldar del asiento, y los ojos cerrados. No sé por qué eso me alivió. Quería hablar con Gary y también que Rose me llamara. Quería entender mejor la situación y aclarar si, aunque hubiese querido que me encontrara con el agente en el tren, aún nos veríamos en Sleepy Hollow.

Llamé a Gary y por fortuna me atendió la llamada.

—Querida, ¿dónde estás? —preguntó.

—En el tren detenido. Gary, no entiendo nada. ¿Sabes algo de Rose? ¿Y qué es eso del muerto en la vía?

—A la primera pregunta, la respuesta es no. Y antes de responder la segunda debo aclararte algo. Rose ha movido los hilos para que participes en tu primera investigación con la organización. En este caso, con un buen agente, aunque atraviese unas «horas bajas» en este momento. Sufrió una pérdida terrible… su esposa, pero eso es otro asunto.

—¡Vaya! Gracias por avisármelo, pero es tarde. Ya lo he visto y se ha presentado después de pasar mirándome varios minutos. Hasta pensé que estaba en presencia de un acosador. ¿Es decir que es cierto que ustedes y Rose quieren que trabaje con Brody Wray?

—¿Con quién? Ese no es el nombre que Rose me ha dado.

¿Entonces quién era ese hombre?, me pregunté de inmediato alarmada, pero Gary continuó hablando.

—Perdona, Rebeca, estoy hecho un lío. Estaba confundido. Sí, en efecto, así se llama el agente del FBI de Westchester. Es que aún no he tomado café, y además estaba pensando en el otro agente que nos ha dado la información sobre lo sucedido en las vías. Están muy preocupados…

—¿Por qué? —pregunté.

—Se han prendido todas las alarmas en Nueva York y en Westchester. El chico muerto tenía diecisiete años y era estudiante de la escuela secundaria privada llamada Hackley, en Tarrytown. La Dirección de la escuela recibió un sobre con una amenaza hace una semana. No lo tomaron en serio, y ahora uno de sus alumnos está muerto.

—¿Qué contenía el sobre? —pregunté intrigada.

—Solo un botón negro y una nota con las palabras «Es basura».

—Pero tal vez los dos hechos no tengan relación. Es muy ambigua esa nota, no dice que mataría a alguien de la comunidad escolar o algo más concreto —argumenté.

—Es cierto, pero el cadáver del chico tenía una marca en la espalda. Era la figura de un botón.

6

—No te inquietes. No sé para qué te digo esto. Lo tuyo es concentrarte en el caso de Nadine Reid.

Tenía la sensación de que era una investigación que difícilmente conduciría a algo. Pero no podía quejarme, después de todo, estaba empezando con ellos, con la organización, y tampoco iban a darme un caso «estrella» de primeras.

—Me concentraré en la investigación del asesinato de Nadine Reid, no te preocupes —le dije a Gary y corté la llamada.

Volví a mirar a Brody. Ahora, de súbito, abrió los ojos y me observó fijo. Pensé que no había estado durmiendo y que escuchó mi conversación, pero no era posible porque yo hablaba en un tono de voz muy bajo y él se hallaba a varios metros de distancia de mí.

La chica que dormía desde el inicio del viaje también se despertó, miró a ambos lados, se puso de pie y se fue a otro vagón, o al baño. Sonó la alarma de nuevo, la de los tres pitidos, y el tren se puso en marcha.

Brody se levantó de su asiento y se dirigió hacia donde yo estaba. Se sentó a mi lado.

—Debió haber sido la nieve la causante de este retraso. Suele pasar cuando los inviernos son tan duros…

—Ya lo he escuchado, en la estación. Parece que lo de la tormenta Juno ha quedado grabado en la mente de todos por aquí —le respondí porque estaba segura de que iba a hablarme de ella y quise saber más de él. Decidí no contarle lo que me había dicho Gary.

—La recuerdo. Mi esposa murió en uno de los accidentes que apareció en la prensa. La de los ocho muertos y los veinte heridos; un tren de esta línea, pero en Valhalla.

Me quedé atónita. Además de la desgracia para él, de lo horrible que debe ser despedirte de alguien querido una mañana o tarde cualquiera y no volverlo a ver, era la manera cómo lo contaba, tan fría y desprovista de sentimiento.

—Lo lamento —le dije.

—En este caso, fue un automóvil que estaba en la vía del tren. Alguien que pretendía suicidarse. Ya lo sabes, un idiota que no solo manda al trastero su propia vida, sino que se lleva también la de los demás, como si no importara. Fue en diciembre del año 2015. Un idiota como aquel que estrelló el avión con todos los pasajeros adentro en los Alpes.

—Lo recuerdo. También me pareció un acto de maldad de los más atroces.

—Así es. Te estarás preguntando por qué viajo en tren. No lo había hecho hasta hoy, y lo hice porque me lo pidió Rose.

—¿Así que la conoces? A mi…

—A tu hermana. Puedes decirlo. Claro que la conozco. Ha sido ella la responsable de que no me haya vuelto loco, después de lo de Cindy. Vale mucho tu hermana. Es especial.

—Lo sé.

—Ella ha influido para que esté de vuelta en este caso,

que, como has visto en el expediente, no tiene ni pies ni cabeza, no hay por dónde agarrarlo y ninguna de las declaraciones conducen a nada. Lo ha hecho para que te apadrine en lo que, según me explicó, sería tu primer caso formal. Aunque me ha hablado bien de ti. Dice que tienes una capacidad innata de relacionar las cosas y de ver «la luz», donde todos los demás están a oscuras. Puede que hasta resolvamos el triste caso de Nadine —dijo al final con mejor humor.

—Lo vamos a resolver. ¿Es que lo dudas? —le respondí con el mismo tono.

Sonrió y, al hacerlo, su rostro cambió, como si esa sonrisa hubiese sido una pequeña ventana al pasado, a cómo debió ser Brody Wray antes de la muerte de su esposa Cindy.

—¿Leíste el informe?

—Sí. ¿Recuerdas lo que te dijo la persona que halló el cadáver?

—Bastante bien. Charlotte Dutton dijo que salió de su apartamento —que es el piso de arriba de la casa de la calle Merlín— y bajó la escalera, que vio la puerta del apartamento de Nadine —ella vivía en el piso de debajo de la misma casa— abierta y le extrañó. Se asustó y llamó a Noah Blomart, el otro vecino del piso de arriba. Le dijo que algo malo pasaba en el apartamento de Nadine. Él la acompañó y entraron. La buscaron y la encontraron en el baño, en la tina, entre bolsas de hielo. Dice que no tenía sangre, «que llevaba sus aretes y estaba vestida con un traje negro, uno que le encantaba ponerse y que varias veces le había visto». Que era una chica especial y que no entendía qué había pasado, que a todo el mundo trataba bien, incluso en la calle, en los trenes buscaba conversación a desconocidos. En conclusión, Charlotte Dutton no oyó ni vio nada.

—¿Y el otro vecino, Noah Blomart? ¿Qué declaró?

—Que no tenía idea de la vida social de Nadine, que ella

había llegado hacía apenas tres semanas, después de que se murió su tía, y no se metía en la vida de nadie, y nadie en la de ella. Era silenciosa. Una persona normal. Creía que trabajaba en Manhattan en alguna galería o algo, y era curadora porque algunas veces traía objetos singulares. En efecto, lo era. Confirmó lo que dijo Charlotte. Le extrañó que el cadáver no estuviera junto a la escultura ensangrentada. Recuerdo que se preguntaba, ¿por qué no estaba junto a la escultura que la mató? ¿Quién la movió y para qué? Confirmó que la encontraron en el baño.

»Puedo buscarte las declaraciones completas, pero te confirmo que ese expediente no tiene nada. Creo que lo relevante es lo que te he dicho. Así que ahora mismo vamos a hablar con el forense. Era el jefe del Departamento Forense de Westchester. Aunque ya has leído la autopsia, quiero empezar por allí. Lo más seguro es que nos repita lo mismo. Sin embargo, hay detalles, cosas que los forenses piensan cuando están desarrollando el procedimiento, hechos que son más subjetivos que no se plasman en los escritos, pero que están allí. De haberlos, Roger Judd de seguro los recordará. El caso fue muy sonado en su momento, aunque luego desapareció, como la espuma del mar. La chica no tenía familiares, de hecho, haberse ido a vivir a esa casa fue parte del legado que le dejó su tía abuela Amelia Reid quien murió de causas naturales.

—Háblame de la casa —le pedí.

Quería imaginarme el lugar, la escena, las entradas y salidas, la naturaleza de la calle. Antes, para un trabajo en la revista Polis, había hecho una investigación sobre las casas antiguas a orillas del Hudson, donde vivieron algunos políticos. Tal vez se tratara de una calle como la callecita Oliva, en donde viví unos meses en Washington, en la que podría haber pasado de todo y nadie lo hubiese notado. No sé por qué mi petición lo extrañó.

—¿La casa? Una casa antigua, recuerdo que olía a gato. De esas que antes pertenecen a una sola familia, pero luego el heredero de la propiedad en cuestión ya no cuenta con los mismos recursos de sus ancestros, y entonces decide dividirla en tres o cuatro viviendas para alquilarlas. Estas viviendas terminan siendo pequeños apartamentos con las habitaciones reformadas no siempre de la mejor manera posible. ¿Me sigues?

—Sí. Ya la imagino. Y cuando dices que haber ido a vivir allí para Nadine fue parte de su legado, ¿a qué te refieres? ¿Era ella la dueña del lugar?

—No. Lo que pasa es que su tía abuela, la única familiar de Nadine, tenía un contrato de alquiler en ese lugar y pagaba poca cosa. La verdad es que el apartamento era amplio y esta cerca de la estación. La anciana dejó una carta confirmando su deseo de que todos sus bienes fueran a parar a Nadine. Creo que tenía un hijo, pero era lo que llamaban mis padres una «mala pieza». Ni siquiera vive en el país.

—¿Lo comprobaron? Lo digo porque él podría odiar a Nadine hasta el punto de querer asesinarla.

Brody sonrió. Creo que le gustaba mi manera de razonar.

—Sí. Lo comprobamos cuando analicé el pasado de Nadine antes de venir a Sleepy Hollow, y de convencerme de que esa chica encontró al asesino en este pueblo. Es lo que he creído todo el tiempo: que el asesino continúa aquí. El sujeto vive en México. Si entró al país, lo hizo de una manera ilegal. De todas formas, Amelia Reid no tenía un gran legado, solo los objetos que había en el apartamento.

—¿Y ahora dónde están todas las cosas de Amelia Reid?

—Es una buena pregunta. Deben estar en algún depósito del condado. En el que se guardan por un tiempo las pertenencias de las personas y luego se ofrecen en subasta. Es triste, lo sé.

Me miró y debió haber traducido la expresión en mi rostro.

—Muy triste, pero lo que pensaba era que quizá debiéramos darle algún vistazo a los objetos de la casa donde vivió Nadine. Puede que los años te hagan fijarte en cosas que antes no viste.

Se me ocurrió que pudieron haber matado a la chica porque ese lugar albergaba algo muy valioso. Entonces me di cuenta de lo que había pasado. El agente Wray llevó el caso en el tiempo en que su esposa murió, cuando el hecho recién había ocurrido. Si Rose sabía eso, podría ser que no buscara mantenerme al margen de la acción dándome un caso como el de Nadine, podría ser que lo que buscara fuera lo contrario, que lo resolviéramos. Podría estarnos dando una oportunidad de oro a los dos.

7

—En poco tiempo llegaremos. Hablaremos con el forense y luego iremos a la casa donde murió Nadine. Apenas me asignaron el caso hace dos días, pero he hecho mis averiguaciones y sé que continúan viviendo allí los mismos vecinos, así que conversaremos con ellos. El apartamento donde asesinaron a Nadine está desocupado.

—¿Sabes algo de una amenaza, de una nota anónima acompañada de un botón? De una que enviaran a una escuela de esta zona.

Su cara se transformó.

—¿Qué te pasa? ¿Por qué pones esa cara?

—¿Qué sabes? —me preguntó con un tono de voz que sonó como un trueno.

Ahora estaba muy serio, con el rostro endurecido.

—Que amenazaron con un sobre anónimo a la Dirección de una escuela en Tarrytown, enviando un botón negro y una nota breve: «Es basura», ponía. Y ahora ha aparecido un chico asesinado, con una venda negra en los ojos y una herida en forma de botón, en medio de las vías de esta línea, y por ello debió haberse detenido este tren.

Brody inspiró profundo.

—Creo que todo tiene relación, Rebeca. Esto cambia las cosas y también los planes de Rose y de la organización, de que tuvieses un primer caso tranquilo. Nadie da un dólar por mí, aunque tu hermana sí lo hace, pero creo que esto es demasiado para nosotros.

—¿De qué estás hablando? —le pregunté, levantando la voz. Tanto que la chica somnolienta, que había vuelto a su lugar hacía pocos segundos, se quedó mirándome. Y la mujer, la enfermera también lo hizo, con mayor curiosidad. La verdad es que antes había notado que la enfermera miraba a Brody de manera insistente.

—Quien asesinó a ese chico debe tener que ver con nuestro caso. Que se trata del mismo asesino. Nadine Reid fue encontrada en una tina en medio de bolsas de hielo…

—Lo sé, ya lo leí, me parece que es de las cosas más importantes del expediente, como si el asesino quisiera conservarla, que su cuerpo no se descompusiera, pero no veo qué tiene que ver…

—Déjame terminar. Fue encontrada en la bañera con un solo arete. Este también era un botón negro. No sé si te fijaste en la fotografía de la escena. Recuerdo que Charlotte Dutton aseguró que el cadáver tenía los dos pendientes, pero en las fotos y entre sus cosas, solo había uno.

—Eso leí y me llamó la atención esa incongruencia. Ella hablaba en plural de los aretes y en el reporte de los objetos solo aparecía uno.

—Te aseguro que la cadena de resguardo en la escena se mantuvo de forma correcta y nadie pudo quitarle un pendiente al cadáver. Luego Charlotte, en una conversación conmigo, se desdijo y planteó no estar segura de que tuviese los dos. Pero lo que quiero destacar es que la chica tenía un arete con esa forma, de un botón. Los había creado ella misma, era hábil con las manos.

—¿En serio crees que solo porque Nadine tuviese puesto un arete con esa forma significa que nuestro caso tiene relación con este asesinato?

Dudé por un segundo de la cordura de Brody.

—Tienes razón. No debe de tener que ver —respondió.

Pero no le creí. Lo dijo para que no continuara rebatiendo. Una duda había quedado sembrada en su cabeza. Y también en la mía. Tenía la impresión de que estaba frente a un buen investigador, con experiencia. Si pensó con tanta claridad en que los casos estaban relacionados, entonces había una buena posibilidad de que así fuera.

—Explícame por qué pensaste que lo del muerto en la vía tenía conexión con Nadine. Convénceme.

—Lo del botón siempre quedó en mi cabeza. Pero no solo eso. En la escena del crimen de Nadine había cosas que no cuadraban. Golpear a alguien con tal fuerza que lo matas parece un acto movido por la ira, por la violencia. Entonces, estaríamos frente a un sujeto violento. Supongamos que ese acto fue cometido en la sala de su apartamento. Debió haber sido un golpe certero, sin peleas, porque los vecinos hubiesen escuchado algo. Se trata, como te he dicho, de una casa adaptada para que funcione como edificio de apartamentos alquilados, así que algunas paredes son algo delgadas. Bien, entonces fue un acto violento y certero, pero luego el asesino, el mismo que ha cometido ese acto, la lleva al baño, la limpia, la acomoda en la tina y la llena de hielo; qué hace llenando bolsas de agua y refrigerándolas, con toda la paciencia que eso requiere, como intentando preservarla. ¿No te parece que hay una contradicción en esa actuación? —me preguntó.

—Supongamos que sí, pero pudo haber sido un arrebato y luego se arrepintió. Pero continúa —le respondí.

—Es todo lo que puedo decirte. Es como si con ese arreglo del cadáver hubiese iniciado algo diferente, después del acto impulsivo. Como si se hubiese arrepentido del arrebato, tal como dices. Quizá. Siempre tuve la impresión de que volvería a matar. Pero han pasado cinco años y nunca hubo nada que me recordara el asesinato de Nadine, hasta hoy. Puede que no sea nada y tú tengas razón. Que sea una locura suponer que es el mismo sujeto.

—No lo termino de captar, pero creo en tu intuición. Debe haber alguna otra cosa, que tal vez no haces consciente, para relacionar estos hechos. De seguro viste algo en la escena, o luego, cuando interrogaste a los testigos. Porque tú los interrogaste, ¿cierto?

—Sí. Varias veces volví a interrogar a Noah Blomart. Husmeé toda su vida, entrevisté a sus amigos en la universidad, a sus antiguas novias, a su familia que vive en Yonkers, incluso fui a la secundaria donde se graduó. No encontré nada. Era mi principal sospechoso porque percibía que ocultaba algo, pero no logré nada.

—Ahora que lo señalas, hay una frase en su declaración que no es lógica según lo que me has dicho, y creo que las primeras declaraciones de los testigos que luego se convierten en sospechosos son vitales porque pueden contar con palabras que se dicen sin preparación, sin que tengan tiempo de alistarse para mentir.

—Te entiendo. Dime qué te llamó la atención, por favor —me pidió impaciente.

—Cuando se pregunta por qué el cuerpo no estaba junto a la escultura que la mató, y luego se pregunta quién la movió y para qué. Es una interrogante inusual en un testigo. Como si comprendiera el primer acto: matar de un golpe con la escultura en el salón. Y no comprendiera el segundo: llevar el cadáver a la tina. Como si conociera al asesino y no lo creyera capaz de lo segundo; de moverla, arreglarla, disponerla en la tina. No sé si me explico… —reconocí, confusa.

—Te explicas muy bien, Rebeca.

El tren se detuvo. Los pasajeros se levantaron de inmediato. Nosotros también lo hicimos. Entonces Brody me tocó el brazo, como para detener mis pasos, y me dijo unas palabras al oído:

—Hay otras cosas que conectan estos dos casos.

—¿Cuáles? —pregunté, intentando que mi sorpresa por su actuación no se notara.

—Que hoy es 21 de enero, y se cumple un año más de la muerte de Nadine Reid.

—¿Y la otra?

—Que esa mujer que se acaba de bajar del vagón, la que vestía de enfermera, es Charlotte Dutton, y el chico, el que a todas luces estaba drogado, era Noah Blomart.

8

—¿Y qué estarían haciendo aquí? Podría ser casualidad, pero no lo creo —le dije a Brody.

—Ni yo. Además, ella debe haberme reconocido, pero hizo como si no fuera así. La condición de él era lamentable. Puede que ni siquiera me haya recordado, o que supiera con exactitud dónde estaba.

Vino a mi mente esa imagen macabra que he visto en docuseries de Netflix, esa de los enfermeros y enfermeras desequilibrados que mantienen a sus pacientes enfermos a propósito, buscando llamar la atención, ser considerados salvadores. No sería la primera vez que quien hace el hallazgo del cadáver es el mismo asesino. En este caso, buscó al chico para hallar el cuerpo y sentirse acompañada, o para que le hablase de su impresión al encontrar a Nadine. Tal vez el chico había sospechado algo y desde ese momento lo mantiene bajo efectos de algún fármaco.

Me dije a mí misma que debía dejar de hacer volar mi imaginación. Que la situación merecía mayor reflexión y, más aún, acción. Después de todo, se trataba de mi primer caso formal en la organización.

—¿Qué haremos? —pregunté.

—Vamos a seguirlos. De todas formas, creo que sé a dónde van. A casa. Con el chico así no creo que puedan dirigirse a otro lugar.

—El otro, el que acompañaba a Noah, ¿quién es?

—No lo conozco.

Bajamos al andén e intentamos encontrarlos. Pero habían desaparecido.

Brody conocía cada centímetro de la estación Philipse Manor. En cambio, yo me sentía en un territorio desconocido. El viento nos pegaba en la cara y hacía que mis ojos lloraran. Al menos no estaba nevando. La gente caminaba apurada junto a los andenes. Saqué de mi bolso una bufanda y un gorro.

Salimos de la estación Philipse Manor y Brody me dijo que debíamos seguir andando por la calle Palmer unos quinientos metros hasta encontrar la calle Merlín, donde giraríamos a la derecha. En esa calle se encontraba la casa número 126, donde asesinaron a Nadine. Caminamos la primera calle. Ni rastros de la enfermera ni de los chicos. Pensé que tal vez habían acortado camino por otro sendero. Noté que había un parque por el cual podrían hacerlo.

Era una mañana nublada, y la villa que ha servido de inspiración para clásicos de misterio mostraba su mejor cara para continuar inspirándolos; fría, gris y desolada. Las casas contaban con varios metros de separación entre ellas, como suele suceder en escenarios rurales. En menos de diez minutos estuvimos frente a una casa característica de una película de terror. Oscura, con el jardín deshecho, con los ventanales opacos y la escalerilla que conducía a la puerta principal llena de nieve. El jardín contaba con dos árboles desnudos de gran tamaño, uno a cada lado, y un manto de maleza seca y ramas muertas bajo la capa de nieve. Era una construcción grande, de tres pisos y un ático, de techos plomizos y puertas y ventanas de madera blanca y paredes de ladrillo y madera oscura. En algún momento esa casa debió haber sido hermosa, en un pasado que ya estaba muerto.

—¡Vaya! —exclamé.

—No la recuerdo tan descuidada. Supongo que siguen pagando poco por la renta, ese era el chiste de este lugar para quienes aquí viven. No es solo ahorro, es imposibilidad de pagar más.

—Y en el caso de Nadine, ¿qué era? ¿La chica contaba con recursos?

—No que yo sepa. Pero tenemos que mirar en la dirección del ayuntamiento que se encarga de los objetos sin propietarios. Elena, con quien llevé el caso y que fue trasladada a Manhattan, tenía la idea de que en casa de Amelia Reid había cosas muy valiosas y que por ello asesinaron a Nadine.

Ya habíamos llegado frente a la casa.

Subimos las escaleras y tocamos a la puerta. No había intercomunicador ni ninguna otra forma de anunciar nuestra llegada, solo el viejo mecanismo de dar golpes a la pesada puerta de madera oscura.

—¿Quién es el dueño de esto? —le pregunté obedeciendo a un impulso.

—¿Qué? No lo sé. Creo que nunca lo supe. Puede que Elena lo investigara y no me lo comentase porque no vio en ello un punto de interés.

Asentí y miré a ambos lados. Aún no nos abrían la puerta y no estaba segura de que lo hicieran. Siendo una casa fragmentada en varios apartamentos donde cada quien vivía su vida, sin un conserje o algún encargado, era difícil que alguien atendiera. A menos que contásemos con la suerte de que uno de los inquilinos entrara o saliera en ese momento.

Noté que hacia el lado izquierdo del jardín había un espacio que no tenía maleza muerta. Pensé que antes pudo ser un camino que conducía a alguna parte. Cuando iba a llegar hasta allí escuchamos pasos y la puerta se abrió de golpe. La misma mujer del tren, la enfermera, apareció detrás de ella. Su frente estaba sudorosa y sus labios resecos. Se le veían unas marcadas ojeras y más abajo, en el cuello, noté unas manchas rojas, como las señales que quedan en la piel cuando se hace presión sobre ella.

—No tenemos nada que ver con la muerte de Nadine, no importa lo que diga esa nota. Solo que no podíamos decir lo de Jacko, no tuvimos valor, iban a echarnos de aquí si lo hacíamos… ¡Noah no podía imaginar que él fuera un asesino!

No tenía idea de qué estaba hablando.

9

—CÁLMESE —pidió Brody y luego continuó—. Permítanos pasar y hablaremos con tranquilidad de esa nota de la cual habla.

Supuse que Brody quería primero calmarla antes de que nos explicara a qué se refería.

Charlotte Dutton intentó y se hizo a un lado para que entráramos a la casa.

Lo primero que vi fue un mueble de madera antiguo y, sobre él, un jarrón de cristal sin flores. Arriba, un espejo ovalado y un perchero.

—¿Cuál era el apartamento de Nadine? —pregunté a Charlotte.

—Ese —me respondió señalando a la izquierda—. Está intacto. Nadie lo ha alquilado aún. Continuemos a mi apartamento, por favor. Es arriba.

Subimos las estrechas y oscuras escaleras. Estaban vestidas con una alfombra roída que alguna vez mostró unas figuras que parecían flores azules y verdes.

Cuando llegamos al final de la escalera, en el primer piso,

giramos a la derecha siguiendo a Charlotte y esperamos a que abriera una de las puertas. Miré por instinto a la puerta de enfrente y ella lo notó.

—El pobre chico está hecho una pena. Esa nota amenazadora no tiene ni ton ni son. Ya tiene bastantes problemas para que encima ahora le hagan esto.

No respondí nada. Brody tosió brevemente y comprendí que quería entrar y conducir la conversación de tal manera que aclaráramos lo que había sucedido. Hasta ese momento, ni él ni yo entendíamos lo que pasaba.

—Adelante, siéntense en la sala. En un momento estaré con ustedes.

Entramos y nos acomodamos en un sofá pequeño que estaba dispuesto frente a una ventana y junto a una silla vienesa, como una que había en casa de mi abuela. El lugar estaba lleno de pequeñas esculturas de gatos de muchos estilos y colores. Colmaban una estantería de madera que había junto a la ventana, y otras más grandes de cuello estilizado estaban puestos en el piso, llenando un rincón. Pero no había gatos allí. Era extraño. Un amante de los mininos que no tuviese uno vivo en su apartamento.

Ella apareció llevando una bandeja de plata que brillaba, dos tazas de cafés humeantes y un vaso que contenía una sustancia lechosa.

—¿Tiene usted gatos? —pregunté como intentando romper el hielo.

—Tuve una gatita blanca con una mancha negra de corazón en la frente. Se llamaba Herminia, pero se fue y no volvió. Le gustaba entrar en los apartamentos bajos. No sé qué pasó con ella. Aquí les traje café. Estoy dispuesta a contarles todo lo que sé. No le digo a Noah que venga porque le he administrado un sedante. El pobre ya no puede más.

—¿Por qué ya no puede más? —preguntó Brody una vez que Charlotte se sentó en la silla vienesa.

—Porque le han enviado esta horrible carta.

Acto seguido, tomó de la misma bandeja un papel doblado, lo abrió y de él salió desprendido un botón negro.

10

────────────

«Tú HAS SIDO responsable de la muerte de Nadine. Tú lo has sabido siempre, que Jacko era un asesino, y callaste como lo hacen los cobardes. Ahora podrás sentirte culpable de haber desatado la furia vengadora que hará que las chicas buenas y amables como Nadine prevalezcan y venzan a las bestias como Jacko, como tú y los otros iguales a ustedes. Si quieres saber de qué estoy hablando, presta atención al tren de la línea Hudson, de Gran Central a Philipse Manor, digamos que en el primero que salga en la mañana, a las 5:06 minutos, y que debe llegar a las 6:12 a destino. Aunque no lo hará, porque algo encontrarán en la vía y no será solo nieve…».

—¡No puede ser! —exclamé en voz baja, pero fue suficiente para que Brody me escuchara.

—Noah recibió esto anoche y vino de inmediato a casa. Pobre, su pelo aún chorreaba agua porque había estado bañándose y las gotas corrían por sus hombros. Casi podía ver el latido de su corazón a través de la delgada piel de su pecho. La taquicardia que lo atacó por la ansiedad me asustó tanto que creí que iba a padecer un ataque. Además, estaba eso del botón y la venganza, que ahora sé de qué se trata, ya todos hablan de ello y está en el The Hudson Independent, y hasta en la página del New York Times. Es horrible lo del chico en la vía del tren. Todos conocemos a sus padres, son gente decente de esta comunidad. El chico no lo era tanto, pero ese no es mi problema.

—¿Cuál es su nombre? El del muchacho. ¿Por qué dice que él no lo era tanto? —preguntó Brody.

—Se llamaba George Taylor. Era hijo de Nancy Smith, una pediatra del hospital. Y de Mike Taylor. ¿Qué puede uno decir a unos padres que pierden así a su hijo? El chico tuvo problemas en la escuela, parece que era un poco violento, pero Nancy creía que eran exageraciones de la maestra. Además, ellos contribuyen con la escuela, que es privada. Nancy y Mike son personas que siempre están allí para colaborar en el pueblo y más allá, a lo largo de todo el río hasta Manhattan. Siempre creímos que era una suerte que vivieran aquí, tan cerca, en Tarrytown.

De inmediato busqué en mi teléfono, en la Red, el nombre del chico, y allí estaba con una gran sonrisa, alto, con músculos fuertes. ¿Y si era violento y la influencia de la familia en la comunidad había hecho que la escuela ignorara los problemas que pudo haber ocasionado? ¿Y si nuestro asesino era una especie de vengador? Esa era la esencia de la carta: la venganza, la culpa de los que callan.

—Volvamos a lo importante, ¿quién es Jacko? —continuó preguntando Brody.

—Sé que está mal mentir a la policía, pero no tuve opción. Ni Noah tampoco. Inspector —dijo Charlotte con voz quebrada—, Jacko es… es el asesino de Nadine —afirmó y, al hacerlo, explotó en llanto.

PARTE II

1

———————

Nadine llegó al apartamento pasadas las diez de la noche. No encontró a nadie en las escaleras ni en la entrada de la casa, pero antes de cerrar la puerta escuchó unos pasos en el exterior. No tenía ganas de hablar con nadie en ese momento. Estaba cansada.

Caminó hasta la cocina y tomó un vaso de agua. Luego fue hasta la ventana para comprobar que estuviese abierta. Quería que quedara así para que Herminia pudiera entrar. Ella era la gata de la enfermera que vivía arriba, y que desde hacía una semana Nadine alimentaba. Supuso que su tía Amelia también lo había hecho porque halló en el gabinete de la cocina una bolsa de Cat Chow. Se sentía complacida de estar en Sleepy Hollow, en la casa que había rentado su tía. Siempre la quiso mucho porque era una mujer independiente, valiente y, a pesar de sus años, nunca tuvo miedo de vivir tan lejos de la ciudad.

El apartamento contaba con una puerta-ventana que daba al jardín, en el lado izquierdo de la casa. Nadine no notó que esa puerta estaba abierta.

Escuchó un ruido, como si la puerta se deslizara, y sintió el aire helado entrar en la casa. Alguien la había abierto. ¿Sería Noah? Debía ser, porque era un chico que necesitaba compañía y a ella no le gustaba la enfermera que lo cuidaba. Aunque había sido muy amable al invitarla a su apartamento, con apenas unos días de haber llegado a vivir allí, ella sabía que a Amelia tampoco le gustaba.

Si era Noah quien había entrado, iba a decirle que no dependiera tanto de Charlotte, que le parecía que ella quería verlo enfermo y dependiente, que la creía invasiva.

Nadine salió a la sala y lo vio. A su asesino. Venía hacia ella con una furia que nunca había conocido. Intentó correr y no pudo gritar. Él se abalanzó sobre ella y tapó su boca y sostuvo sus brazos. Tenía la intención de violarla. Era fuerte y logró dominarla. Ella no estaba preparada para un ataque como ese.

Hubo un ruido en el apartamento y una exclamación que pareció salir de dentro de las paredes. Una especie de grito ahogado y luego silencio.

Nadine intentaba soltarse, pero el asesino la apretaba cada vez más fuerte. Entonces ella lo mordió con todas sus fuerzas. Tanto que sintió el sabor de la sangre en su boca, en su nariz. El asesino soltó la mano con la cual le tapaba la boca, pero se llenó de ira y con esa misma mano tomó una escultura de bronce que había sobre un pequeño y antiguo mueble de caoba que Amelia adoraba.

Lo demás fue muy rápido. El golpe en la cabeza, la sangre caliente chorreándole en la cara. Luego náuseas y un dolor insoportable en la frente, en la nuca. Después la inconsciencia. Antes de cerrar los ojos, supo que estaba en el suelo, y el asesino se acercó. Sus zapatos fueron lo último que vio.

Después el asesino la pateó en señal de desprecio. Debido a que Nadine se defendió el asesino desistió de violarla. Luego pensó en salir por la misma puerta-ventana por la que había entrado. Pero decidió primero limpiarse la mano de la mordida. Antes, con la tela de la sudadera, limpió sus huellas de la escultura y luego se dirigió a la cocina para lavarse. Alguien lo vio hacer todo aquello. Alguien que espiaba a Nadine desde detrás de las paredes.

2

—Noah necesitaba dinero y aquí está prohibido subarrendar, como comprenderán. Pagamos muy poco y eso nos ha salido caro al final. Hemos tenido problemas con los servicios, con el agua caliente, y a veces en verano el edificio huele mal, a podrido. Lo cierto es que a Noah se le ocurrió la idea de buscar a un compañero para compartir el apartamento. Inventaría que era su primo o algo así, o alguien que viniera a la universidad a hacer un intercambio, de esos que hacen los estudiantes en la Mercy College, en donde estudiaba Noah. Así conoció a Jacko, una vez que Noah buscaba un plomero, quien nunca me gustó. Le dije que era un mal chico, que se veía de inmediato, y que yo conocía a alguien que podía comprobar sus antecedentes. Estaba segura de que era un asesino, un violador… algún enfermo peligroso que huía. Lo odiaba y le tenía miedo. Pero Noah no me hizo caso, y dijo que él podía tomar sus propias decisiones. Así que eso hizo. Las tomó y Jacko, o al menos ese fue el nombre que dio, le pagó de inmediato, le dijo que sería solo por un mes y se quedó escondido en el piso. Es fácil esconderse en un pueblo como este.

—Continúe, por favor —demandó Brody.

—Yo tenía razón, Jacko era violento y de seguro estaba aquí ocultándose de algún crimen que habría cometido en otro condado o en la ciudad. Creo que vio a Nadine y no pudo evitar sentirse atraído por ella, en su mente enferma. La chica era maravillosa… Lo otro que sé es que Noah vino a mí la noche del 21 de enero de ese año 2016 muy alterado. Serían las dos de la madrugada. Gritaba que él la había matado. Parece que cuando llegó a casa notó que Jacko había consumido algo y que podía meterlo en un problema. Si se sabía que lo había metido en su apartamento, invalidarían su contrato y tendría que irse a la calle. Entonces vio la puerta de casa de Nadine abierta, la del patio, la que está justo debajo de nosotros en esa dirección. —Señaló hacia una de las paredes de la habitación—. Y entró. Llegó al baño y la encontró metida entre esas bolsas de hielo. Enseguida subió a buscarme.

—Entonces lo que me contó aquella mañana fue mentira. No fue usted quien encontró a Nadine, sino Noah, y tampoco fue a la hora que declaró haber entrado en el apartamento.

—Yo bajé con él en la madrugada y lo vi. Y luego fingimos encontrarla en la mañana. Ya he dicho que lo siento, inspector.

—No me parece que lo sienta —la interrumpí.

Ella me miró con asombro porque hasta ese momento le había resultado casi invisible. No reparó en mí ni un segundo y toda su perorata fue dirigida a Brody.

—¿Qué quiere decir con eso? —me preguntó, violenta.

—Que no lo siente, porque el descubrimiento de ese asesinato hizo que Noah dependiera por completo de usted. Le guardó el secreto, pero a la vez tejió sobre él una red de complicidad funesta para tenerlo siempre a su lado. Ahora mismo, cuando ha contado lo de la carta, ha dicho que «su pelo aún chorreaba agua porque había estado bañándose y las gotas corrían por sus hombros, y que casi podía ver el latido de su corazón a través de la piel de su pecho». No creo haber obviado ninguna palabra. Y eso significa que el chico estaba desnudo, al menos tenía el torso desvestido. Quizá usted se encontraba en su apartamento, porque solo tiene que cruzar un pasillo y usar una llave, que de seguro tiene. Ha influenciado a Noah desde que pasó lo de Nadine, o puede que desde antes. Usted encontró en el asesinato de Nadine, en las condiciones en las que se produjo, la forma de mantener atado a sus pies a un chico vulnerable.

Brody actuó rápido porque se dio cuenta de que Charlotte se iba a abalanzar sobre mí.

La contuvo, rodeándola con los brazos y luego, cuando la inmovilizó, le pidió que se calmara. Ella no lo miraba a él, sino a mí, con odio, pero no decía nada. Yo podía ver su rostro sobre los brazos de Brody y escuchar la voz de él intentando apaciguarla.

Enseguida escuché pasos afuera y varias voces desconocidas.

Brody me dijo que abriera la puerta y eso hice.

Había dos hombres que portaban armas. Eran del FBI.

3

Nos encontrábamos fuera de la casa.

Se llevaron a Charlotte para interrogarla y a Noah para que rindiera declaración, luego de someterlo a un examen exhaustivo en el hospital Phelps. Creíamos que Charlotte lo mantenía medicado para que estuviese confuso, desorientado.

Le pregunté a Brody de dónde habían salido esos hombres.

—Siempre contamos con vigilancia cuando parece que estamos solos y reabrimos un caso donde no hemos atrapado al culpable. Sobre todo si sospechamos que el asesino podría encontrarse cerca del entorno de la víctima. Además, esta vez tenía doble responsabilidad, porque le debo mucho a Rose y no quiero que te pase nada —me respondió.

—¿Y ellos saben quién soy?

—Uno de nuestros aliados en el FBI sabe quién eres, y contribuyó para que tu compañía en este caso no causara ninguna sorpresa. La forma cómo desenmascaraste a Charlotte estuvo muy bien. En mi descargo, puedo decir que hace cinco años no noté nada porque no era tan evidente la relación patológica que ha tejido con el muchacho. Ahora lo que nos importa es continuar la búsqueda del asesino de Nadine, porque estarás de acuerdo conmigo en que pertenecía al entorno de esta casa.

—Así es. ¿Creeremos lo que dice Charlotte Dutton, que fue ese tal Jacko?

—Es posible. ¿Pero ese era su verdadero nombre? ¿Dónde está ahora? ¿Y quién envió la carta a Noah? ¿Qué tiene que ver esto con el chico muerto en la vía del tren?

—Creo que tengo una leve idea de dónde está. No estoy segura, pero es probable…

Me callé y comencé a caminar hacia el lado izquierdo de la casa, donde antes había visto el área sin maleza. ¿Por qué allí no había crecido la maleza igual que en el resto del descuidado jardín? Porque tanto antes como ahora era un lugar por donde alguien pasaba. Recordé que una vez hice un trabajo —cuando era estudiante— sobre las casas de las villas rurales. Algunas de ellas contaban con espacios subterráneos que servían de bodegas.

Brody me siguió. Cuando estuvimos junto a la ventana de la cocina del apartamento de Nadine, se asomó a través de ella.

—No lo puedo creer. Está justo igual a como lo dejamos hace cinco años. Pensé que ya a estas alturas el estado podía disponer de las pertenencias de Amelia Reid.

Él hablaba, pero yo no le prestaba atención. Mis ojos estaban clavados en un lugar, bajo la ventana. Allí terminaba el área sin hierbas ni malezas. Aparté con mis zapatos la nieve. Entonces la vi. Una pequeña portezuela camuflada, como si fuera parte del recubrimiento de las pequeñas tablitas de madera que tenía esa parte de la casa.

—Aquí hay un espacio Brody, algo que debió ser hace muchos años un almacén. Solían encontrarse estas habitaciones comunicantes con la cocina. No tenían ventanas para que no entraran las ratas, las puertas de ingreso solían ser sólidas, e intentaban que pasaran desapercibidas para no alterar la apariencia de la casa.

Brody me ayudó a apartar la nieve y entre los dos, con dificultad, movimos la pesada tabla. Se trataba de un pedazo de madera afianzada a la pared cuya parte inferior daba al ras del suelo, de unos cincuenta centímetros de alto y lo suficiente de ancho como para que una persona pudiera entrar a través del espacio que cubría y lograse pasar al interior, a un sótano.

Apenas movimos aquello, un olor nauseabundo nos invadió. Más bien, valdría decir que era como el olor residual que se desprende de un espacio que ha contenido carne en descomposición por mucho tiempo.

Noté que afuera de la puertecilla camuflada había restos de desinfectante o cloro. Como si alguien hubiese estado interesado en que el olor no se colase. Y no podía ser que esos restos fuesen de hace cinco años.

—Creo, agente Brody, que esta es la tumba de Jacko. Y que su asesino es el mismo que mató al chico en las vías del tren. Alguien que parece estar vengando la muerte de Nadine.

4

Los AGENTES COMPROBARON que en el depósito oculto y subterráneo que descubrimos en la casa 126 de la calle Merlín había una caja de madera donde estaba el cuerpo de un hombre desconocido. Ese mismo depósito llegaba hasta el inicio del salón del apartamento donde vivió Nadine. Había un orificio en la pared de este que permitía observar desde esa habitación oculta lo que sucedía en el salón.

Fuimos a la pequeña comisaría de la Policía de Sleepy Hollow, en la calle Beekman, y entramos en una de sus oficinas.

Brody había sufrido una transformación; ahora lo veía más vivo, como si ese cansancio que observé en él en la mañana se hubiese esfumado. También estaba preocupado. Una cosa era volver a investigar un caso de asesinato de años atrás y otra correr contra el tiempo ante un asesino que acechaba.

La nota que nos mostró Charlotte logró algo que causó sorpresa a todos, que nuestra investigación sobre la muerte de Nadine Reid se conectara con la muerte del chico en las vías.

Hubo otras amenazas a las Direcciones de varias escuelas a lo largo del condado de Westchester. La Ardsley High School en el distrito de Ardsley, que era una secundaria privada con seiscientos setenta y siete estudiantes; la The Masters School, con más de quinientos estudiantes en Dobbs Ferry; la Hastings High School en Hastings-on-Hudson, con un número similar de matrícula estudiantil; y así muchas más. Cada una de ellas recibió la misma carta que la escuela de Tarrytown donde estudiaba la víctima, con la diferencia de que esta vez en el borde superior izquierdo el remitente ponía una hora específica, con detalle de minutos.

Nos enteramos de esas nuevas notas porque Brody llamó al encargado de la investigación del asesinato del joven encontrado muerto en las vías del tren, el inspector jefe del FBI Alan Glass. Tenía que informarle lo de la nota que habían enviado a Noah. Entonces este puso al tanto a Brody de las nuevas amenazas.

Así que estábamos esperando a un agente designado por el jefe Glass para entregarle la nota que estaba en nuestro poder. Mientras tanto nos pusimos a estudiar las cartas que el asesino había enviado a las escuelas. Después de que el enviado de Glass llegara continuaríamos con la investigación del caso de Nadine. En ese justo momento tomaban la declaración de los inquilinos de la casa 126 en la calle Merlín.

—Mira esto, Rebeca —dijo Brody mostrándome la pantalla de su celular—, estas son las notas de las escuelas. Todas dicen lo mismo, lo de «Es basura» y llevar el botón, pero las horas difieren por pocos minutos y muestran una regularidad, unas diferencias de minutos entre ellas: la de Ardsley, 5:14; la de Dobbs Ferry, 5:16; la de Hastings-on-Hudson, 5:19...

Entonces una idea desbordó mi mente.

—Me parece que eso es... déjame ver para estar segura...

—Busqué el celular y miré la ruta de la línea Hudson—. ¡El asesino ha puesto en las notas las mismas horas de las paradas del trayecto del tren que parte de Philipse Manor hasta Manhattan! El mismo en el que nosotros nos vinimos, el mismo en el que hizo que Noah se subiera. Me di cuenta porque soy obsesiva cuando viajo, sobre todo cuando lo hago a un lugar que no conozco, y hoy en la mañana, cuando esperaba para abordar el tren, repasé cuantas paradas hacía hasta el destino donde creí me encontraría con Rose. Eran diecisiete paradas y las diferencias entre las horas que aparecían en el explorador de horarios era esa, Brody. Mira, si el tren parte a las cinco de Philipse Manor, justo aquí al lado, pasaría por la estación de Ardsley a las 5:14, por la estación de Dobbs Ferry a las 5:16, por la de Hastings-on-Hudson a las 5:19… ¡Son las mismas horas!

—Algo le pasó al asesino en ese tren, algo que le da sentido a lo que hace. Y entonces también ha seleccionado las escuelas de las localidades que cubre la ruta Hudson. En ese orden, pero saliendo de la estación de Philipse Manor hasta llegar a la Central. ¡Es cierto!

—¿Son diecisiete escuelas? —pregunté alarmada.

No quería creer que el criminal estuviese pensando en asesinar a un estudiante por escuela en todas esas localidades donde el tren hacía su parada.

—No, Rebeca. Déjame ver, pero creo que son menos…

Mientras se aseguraba, yo pensaba lo difícil que sería cuidar a tantos alumnos, a razón de quinientos o cuatrocientos alumnos por escuela, pero entonces me di cuenta lo tonta que había sido. No estaban en peligro todos los alumnos, sino los que, como había dicho Charlotte, eran violentos. Los que por alguna razón —podía ser porque la familia contribuyera en forma importante con la directiva de la institución— lograban que sus actos violentos o de acoso quedaran ocultos.

Cuando iba a contarle mi ocurrencia a Brody, él me interrumpió.

—Son diez notas, diez escuelas. Salta algunas de las que serían las paradas, si seguimos tu idea.

—¿Cuáles salta? —pregunté.

—Si contamos Tarrytown, donde ya cometió el primer asesinato, se saltaría Irvington, porque la otra escuela que ha recibido amenazas queda en Ardsley-on-Hudson, y luego incluye amenazas a las escuelas en las sucesivas paradas hasta Hastings-on-Hudson, donde se saltaría varias paradas, ya que la otra escuela se ubica en Yonkers…

—Se saltó Greystone y Glenwood —completé porque estaba mirando las paradas en el localizador de Google en mi celular.

—Exacto. Luego se salta la parada de Ludlow. No envió nota a ninguna escuela allí, pero lo hizo a una en Riverdale…

—No creo que sea porque en las localidades saltadas no haya escuela secundaria, creo que es por algo más. Deberíamos anotar en alguna pizarra. —Miré alrededor, a las paredes de la oficina donde nos habían dicho que aguardáramos al enviado de Glass, pero no había ninguna—. Si pudiéramos anotar los nombres de las estaciones por donde pasa el tren de la línea Hudson y comparar con las escuelas a donde ha enviado las notas, y en cuáles localidades se encuentran, podríamos verlo más claro.

—Tienes razón, Rebeca. Podemos estar dando con algo. Creo saber dónde hay una pizarra. Una vez estuve aquí en un caso hace años…

5

Me condujo a un saloncito ubicado cerca de la oficina donde esperábamos. Cuando terminamos de anotar los nombres y señalar las localidades donde se cernía la amenaza, me quedé mirando los escritos. Al principio no lo veía claro, pero luego, cuando abrieron la puerta y pronunciaron unas palabras, lo comprendí todo.

—¿Es usted Brody Wray? ¿El agente encargado de la investigación del caso de Nadine Reid? El agente enviado por el jefe Glass vendrá en una hora —dijo un oficial de policía.

¿Y si era eso? ¡El asesino estaba escribiendo el nombre de Nadine Reid, usando las palabras de las paradas del tren a lo largo del río Hudson! El asesino estaba vengando a Nadine. ¿Por qué?

Me acerqué a la pizarra y encerré en círculos las letras del nombre de la víctima que en mi cabeza ya había identificado.

—Está escribiendo el nombre de Nadine Reid con las letras de los nombres de las estaciones del tren. No considera las estaciones ni los poblados que no incluyen las letras de su nombre (de Nadine) ni aquellas que aunque contengan las letras adecuadas no cuentan con escuelas secundarias privadas. —Hice una pausa y luego continué—. Pareciera que quisiera acabar de raíz con sujetos que se parezcan a Jacko, si creemos que, efectivamente, Jacko fue quien asesinó a Nadine. Lo que no entiendo es cómo los identifica. Cómo sabe que son chicos acosadores o violentos. Será que ha estado todos estos cinco años analizándolos.

—Entonces podríamos evitar los asesinatos si pedimos a las Direcciones de las escuelas que dejen de callar y nos digan, entre los cientos de estudiantes que poseen, cuáles agresiones han sucedido, y de quiénes.

—Sí. Y también preguntarles si tienen alguna idea de cómo este sujeto se ha enterado de la actuación de los chicos. ¿Pertenecerá al ambiente escolar? —Dejé la pregunta en el aire y continué—. ¿Alguien de la casa 126 de la calle Merlín pertenecerá a ese ambiente?

—Tiene que ser uno de los habitantes de esa casa, porque conocía la existencia del sótano y debió enterarse de la agresión de Jacko. Tenía que estar muy cerca de Nadine… Hemos avanzado, Rebeca, porque si los vigilamos, podríamos impedir más muertes. Deberíamos volver a leer las declaraciones e interrogarlos…

—¿Por qué el asesino ha enviado las cartas al mismo tiempo a todas las escuelas? —pregunté cambiando el tema.

—Creo que busca que todos hablen de él, en todo el estado de Nueva York, en el país completo. Aún tenemos una hora antes de que llegue el agente enviado por el jefe Glass y le contemos todo esto que hemos pensado. Acompáñame a casa del forense, el doctor Roger Judd. Él hizo la autopsia de Nadine y ahora está jubilado, pero vive aquí. Sé dónde está, su familia siempre ha estado en Sleepy Hollow.

6

Llegamos a casa de Roger Judd. Vivía a dos cuadras de la calle Merlín, en la avenida Devries, la que cuenta con las edificaciones históricas más importantes de Sleepy Hollow.

Parecía que iba a caer otra tormenta de nieve y la visibilidad era escasa. Recuerdo que caminamos hasta la puerta y cuando íbamos a tocarla, Roger Judd la abrió.

—Los he visto desde la ventana. Saludos, agente Wray. Tenía mucho tiempo sin verlo.

—Ella es Rebeca Olsen, está colaborando con nosotros en la investigación.

—Mucho gusto, Rebeca —dijo él.

Era un hombre calvo, llevaba lentes y vestía de negro, impecable. Era alto y delgado. Su voz era aguda.

Respondí a su saludo, dándole la mano.

Nos invitó a pasar.

El lugar estaba repleto de objetos bellos, antiguos.

—Vamos a sentarnos en el salón. Lo mejor de esta casa es la terraza, pero con este clima no es una opción —dijo él mientras nos conducía a un salón de grandes proporciones, para lo cual atravesamos un pasillo lleno de cuadritos que mostraban las iglesias históricas de la zona. Junto a uno de ellos colgaban varios diplomas y reconocimientos: Universidad de Albany, premios de bioquímica, de neurociencia…

—Mucha gente ha estado aterrada con el tiempo que hemos tenido. Y recuerdan a Juno y sus desmanes. Nadie sabe lo que las tormentas son capaces de lograr. Hasta los chicos se preocupan.

—Doctor, estamos aquí porque he retomado un caso, de hace cinco años, el de Nadine Reid, la chica que…

—Sé quién es Nadine Reid —interrumpió él y nos hizo señas para que ocupáramos los sillones que se encontraban en el salón. Me fijé que en una mesa de trabajo, junto a una de las ventanas, había un rompecabezas a medio andar. Creo que mostraba una obra de Botticelli.

—Le parecerá extraña la pregunta, pero quería saber si no hubo algo que le llamara la atención cuando preparó el cuerpo, algo que no haya pensado poner en el informe de la autopsia, o antes, cuando fue a casa de la víctima. Verá, es que hemos hecho descubrimientos recientes.

—No recuerdo nada en particular. ¿Cuáles nuevos acontecimientos?

—Tenemos razones para sospechar que el caso de Nadine tiene que ver con un caso de asesinato actual y con una serie de amenazas.

—¿Cómo lo sabe? —pregunté en voz alta mirando a Judd.

—¿Cómo sé qué? —preguntó él, sonriendo.

—¿Cómo sabe que los chicos también se preocupan? ¿Tiene hijos o sobrinos? Veo que en esta casa solo parece vivir usted.

—Tiene razón. Es observadora. Lo sé porque todavía los compañeros de la Unidad me invitan a dar charlas en las escuelas sobre la investigación forense. A los jóvenes les gusta mucho conocer lo elemental de las ciencias forenses y ver la unidad móvil con todos esos equipos —me respondió, complaciente.

Entonces, varias cosas se agolparon en mi cabeza; Roger Judd tenía la paciencia para armar un rompecabezas, la soledad de aquella casa antigua, que visitaba las escuelas y nadie podría sospechar de el honrado forense, que Charlotte insistía en que Nadine tenía los dos aretes cuando vio su cadáver y que el reporte de las pertenencias, después de que Judd analizara como forense el cadáver de Nadine solo contabilizaba uno, y coincidentemente, el asesino dibuja en las espaldas de sus víctimas con un bisturí un botón, y que su familia «siempre había vivido aquí», tal como dijo Brody…

No sabía qué hacer. Empezaba a sospechar de Judd, pero no sabía como constatar mi corazonada. Primero tenía que asegurarme de que el exjefe de la Unidad Forense, Roger Judd, era el arrendatario de la casa donde murió Nadine.

—Esta casa es enorme. ¿Pertenecía a sus padres?

—A mis bisabuelos.

—Ya. Por eso tenían esta propiedad en la calle más importante del poblado.

Brody tosió. Supe que no entendía el derrotero que había dado a la conversación.

Agarré el celular y le escribí un mensaje mientras Judd tomaba la palabra y lamentaba no poder ayudar.

—Creo que es él —le escribí a Brody.

Pero Brody no miró mi mensaje. En ese momento entró una llamada y se levantó rápidamente para atenderla. Pidió disculpas y caminó por el pasillo de los diplomas, abrió la puerta y salió. Yo quise seguirlo, pero no pude, me había quedado paralizada de miedo.

7

Un GATO blanco con una mancha negra de corazón en la frente cruzó la estancia y se acomodó sobre una de las sillas junto a la mesa del rompecabezas.

—¿Cuántos años tiene? —le pregunté.

—¿Nube? Seis años.

Ya no tenía dudas, era Herminia, la gata de Charlotte, que él se había llevado. Tal vez le recordaba a Nadine. Él debía observar a Nadine día y noche desde aquel sótano.

Tenía que concentrarme y, sobre todo, que no notara que lo había descubierto hasta que Brody volviera. O podría ser mejor que yo lo buscara.

Me levanté para hacerlo, pero Judd también se puso de pie y me bloqueó el paso.

—Voy a buscar al agente Brody —le dije.

—Usted no saldrá de aquí. ¿Cree que soy tonto? Me he dado cuenta de que lo sabe —gritó y con un movimiento rápido sacó de alguna parte un pequeño bisturí.

Sé el daño que puede hacer algo como eso. Sobre todo en una persona que está acostumbrado a usarlo.

Me quedé inmóvil. Me pareció lo mejor. Comencé a hablarle.

—Usted es un hombre de ciencia. Sabe que si analizamos las ropas de Nadine, encontraremos el ADN de Nube por los pelos que dejó en el vestido de ella. Aquellas ropas que usted mismo le quitó para hacerle la autopsia, las mismas que usted le puso horas antes para no dejarla allí tirada, como la había dejado Jacko, y limpiarla y vestirla hermosa. ¿Y por qué Nube estaría aquí? Porque usted sabía que a Nadine le gustaba la gata, y es como una pequeña parte de ella. Además, no nos costará descubrir que esa casa, del 126 de la calle Merlín, a escasos metros de aquí, también le pertenece a su familia. Y está lo más importante, el arete con forma de botón. Usted se lo quitó cuando fue a la escena. Decidió hacerlo para llevarse algo de Nadine, algo hecho por ella. Debió ser un impulso y hacerlo cuando los otros técnicos forenses se descuidaron, pero Charlotte, que había visto bien el cadáver, sabía que tenía los dos aretes y no solo uno. Está dispuesta a declararlo así.

Roger Judd se carcajeó cuando terminé de hablar, pero no soltaba el bisturí.

—Si me hace daño, complicara aún más las cosas.

—¿Cree que eso me importa? En cinco segundos puedo cortarle la carótida y después cortar la mía.

Pensé que sería mi fin si no hacía algo.

—Brody entrará de un momento a otro…

En ese momento escuchamos la puerta, pero no hubo pasos. Aproveché la expectación para empujarlo y logré quitarle el bisturí sin herirme, pero se me cayó. Se abalanzó contra mí con las manos abiertas y los dos caímos al suelo. Se subió sobre mí y me tomó del cuello, y comenzó a apretar. Lo hizo muy rápido: no podía respirar ni defenderme. Tenía una sola oportunidad para salvarme, y esta era recordarle a Nadine.

—Nadine… —dije apenas con voz audible.

—¿Qué dices? ¿Por qué la nombras?

—Un mensaje…

—¿Qué dices? —volvió a preguntar.

Sentí que dejó de apretar.

Tosí. Él bajó los dedos, continuaba sosteniéndome, pero sin ejercer presión en mi cuello.

—Nadine te dejó un mensaje con Charlotte. Le habló de ti, de que te conoció en un tren… —mentí.

Pero él me creyó y yo sabía que lo haría aunque fuera por unos segundos. Charlotte había dicho que Nadine conocía gente en los trenes. Así que estaba segura de que allí se habían conocido. Por eso lo de las escuelas y las paradas. Tendría que seguir mintiendo para mantenerlo interesado con lo único que le había obsesionado en la vida.

—Estás mintiendo, no hables de ella. No puedes… —Volvió a atacarme con más fuerza, pero yo había agarrado el bisturí sin que él lo notara. Le hice una herida en la cara. No sé de dónde saqué el valor.

Brody entró y al vernos luchando, yo en el piso y Judd sobre mí intentando asfixiarme, actuó con rápidos reflejos y le disparó en el hombro. El impacto del disparo lo alejó de mí. El aire volvía a llegar a mis pulmones otra vez.

—Roger, era Elena quien me llamaba. Le había dejado un mensaje solicitando la información sobre quién era el propietario de la casa donde murió Nadine. La familia Lysun, que al principio no me sonó de nada, pero el segundo apellido era Judd. La familia de tu madre… Lo comprendí todo.

Vi cómo miraba el bisturí que todavía estaba en mi mano. Brody continuaba apuntándolo.

Solo en ese momento se dio cuenta de que estaba vencido. Se tocó el hombro herido riendo y olvidó la herida de la cara.

Lo hacía como un niño, pero luego dejó de reír.

—Nadie tenía derecho a quitarme lo único bello que me había dado la vida, y que era realmente mío. Lo supe desde que la vi, aquella tarde en el vagón del tren de las cinco… Acababa de pasar la tormenta Juno y todos hablaban de eso. Ella se acercó a mí y me habló. Nadie sabe lo que las tormentas son capaces de lograr…

Miré a Brody y sé que lo comprendió. Casi pude ver cómo su mente repasaba todo el caso.

Roger Judd era un hombre solitario que ya había renunciado a la compañía y se había enterrado en la ciencia en un pueblo al que la gente solo recuerda en Halloween. Pero entonces un día conoce a una chica en el tren. Una chica que visitaba a su tía, quien casualmente vivía arrendada en una casa propiedad de su familia. Como debe serlo la mitad de Sleepy Hollow. Se obsesiona con ella y tal vez la sigue en varias oportunidades.

Luego planea algo excepcional, pero siente que debe atreverse porque es la única oportunidad que le ha ofrecido la vida, y ella es hermosa y quiere que se quede cerca de él. Además es amable, como declaró uno de sus vecinos. Debió haber sido amable con Judd. Entonces aprovechó la oportunidad de que Amelia Reid había fallecido. Ella quizá le dijo que le diría a su sobrina Nadine, en caso ella faltase, que se quede en su apartamento y que se encargue de sus pertenencias. Judd pensaría que en esas pocas semanas lograría avanzar en la relación con ella. Es un hombre paciente. Por ello arma rompecabezas de mujeres hermosas, de Botticelli. Espiaba a Nadine desde el escondite en casa, del cual sabía porque conocía el edificio de pies a cabeza.

Pero entonces vio la agresión de Jacko, no supo qué hacer, debió haber sentido miedo, o tal vez salió de inmediato e intentó salvarla, pero no había nada que hacer. No sé cómo logró neutralizar a Jacko, quizá con algún sedante mientras dormía, aprovechándose de alguna llave maestra. Creo que lo mató esa misma noche y lo escondió en la caja de madera donde lo encontraron. Y desde allí ha planeado su venganza. Lleva haciéndolo cinco años, hasta encontrar a los jóvenes indicados que se le parecieran a Jacko. Ha detectado chicos con antecedentes penales por posesión de drogas o participantes en golpizas en esas escuelas ubicadas cerca de las paradas del mismo tren que tomaba con Nadine… a quien no pudo o no supo salvar, paralizado de miedo tras la pared, mientras veía como Jacko la asesinaba.

8

—Después de todo, no estuvo mal que a Rose se le ocurriera juntarnos, ¿no crees? —me preguntó con picardía Brody Wray.

Sonreí.

Nos encontrábamos en la estación Philipse Manor, a punto de despedirnos. Yo tomaría el tren a Manhattan, donde me encontraría con Rose. Me llamó apenas detuvieron a Roger Judd. Me envió las felicitaciones de la organización porque no solo habíamos resuelto un caso frío, sino que habíamos evitado nuevas muertes. Nadie daba un dólar por Brody, como él mismo había dicho, y ahora era el hombre del momento en el FBI. Me sentía bien porque había contribuido a transformar ese semblante de hombre cansado de la vida en el que ahora tenía: el de un hombre que podía seguir haciendo cosas buenas.

Le di un beso a Brody y me despedí.

Me subí al tren, al vagón número dos.

Estaba satisfecha. Roger Judd era un asesino que debía pagar y yo había contribuido a atraparlo.

Me senté en el asiento y resultó ser el de antes. Frente a donde estaba la marca, la palabra «transfórmate». Se trataba del mismo vagón, pero ya yo no era exactamente la misma persona, porque ahora sí estaba dentro de la organización que recién me enteré de que se llamaba Passkey, y había resuelto mi primer caso.

Y lo mejor era que me había demostrado a mí misma que valía para ello.

LOS SUICIDIOS DE PRINCETON

REBECA OLSEN Nº 5

PARTE I

1

Jasmine se encontraba en la azotea de la torre de Nassau Hall, en el edificio más emblemático de Princeton. Había tenido un buen día. Era viernes por la noche y había decidido ir en soledad a aquel lugar. Le gustaba mirar el campus desde allí.

Cuando dio la vuelta para irse a casa, escuchó un ruido y la vio. Una chica parecía decidida a lanzarse desde lo alto de la torre. Caminaba con determinación, como si nada pudiese detenerla, pero Jasmine se movió con rapidez y corrió hacia ella antes de que pudiese subirse a la cornisa.

—Detente. ¿Por qué quieres hacer esto? —le preguntó al mismo tiempo que con sus manos le sostenía los brazos.

—¡Déjame! ¿Quién crees que eres para meterte así en mi vida? Esto no es tu problema —respondió la chica.

—No vale la pena. Por lo que sea que hayas decidido acabar con todo, no vale la pena. Puedo mostrarte las cicatrices que tengo en mi cuerpo. Yo también he estado en tu lugar. Mi vida ha sido un desastre casi siempre y también pensé que no había remedio.

Entonces la chica relajó los músculos de los brazos y Jasmine comprendió que al menos contaba con unos minutos para hablarle.

—¿Cuál es tu nombre? —quiso saber.

—Me llamo Jasmine. ¿Y tú?

Ella sonrió un segundo, con ironía. Más bien fue una mueca.

—Soy Lynette.

—Te parece que nos sentemos aquí un momento. No pienso llamar a nadie ni evitar que te lances si después de que hablemos continúas con esa idea. Solo te pido unos minutos. Te prometo que, si desistes, no avisaré a nadie lo que ibas a hacer.

Lynette decidió hacer lo que Jasmine proponía. Las dos se sentaron en el piso, junto a la cornisa.

—No voy a poder soportar la vergüenza, la humillación… —dijo rompiendo en llanto.

—¿Cuál humillación?

—Tiene las fotos, mis fotos de la preparatoria. Por eso no uso redes sociales. Cometí un error hace unos años. Me gustaba un chico que no era buena persona. Me tomé unas fotos para él y las difundió en las redes. Pero no todas. Después hubo un escándalo, aunque pequeño; logramos minimizarlo. Me refiero a mi familia y a la escuela. No volvió a publicar nada más. Ahora ellos las tienen, y unas peores, ni siquiera las recordaba, o, mejor dicho, quería olvidarlas. Aunque me he mantenido con el temor oculto de que eso volviera a salir a la luz. Dirás que eso no es tan grave, pero si te pasara a ti, sería distinto. El desprestigio en este lugar no está permitido. Esto me convierte en una impresentable. Esto me va a arruinar, porque sería solo el comienzo. Están dispuestos a todo. A mí y a las otras. Y lo peor es que ahora sé algo espantoso; algo que daña a otras personas…

—Entiendo. ¿Y no puedes convencerlos de que no te desprestigien? ¿Qué los mueve para hacer eso? —preguntó Jasmine.

—Es mejor que no sepas más —le respondió al mismo tiempo que secaba unas lágrimas de sus ojos—. De todas formas, ya hoy he perdido el valor. Hoy no lo haré —dijo y se levantó.

Luego echó a andar hacia la puerta de la azotea. Caminaba despacio.

Jasmine tuvo la intención de acompañarla, pero no lo hizo. Sin embargo, averiguó lo que pudo sobre ella después de aquella noche. Y cumplió su promesa; no le dijo a nadie lo que había pasado.

2

Eran las once de la mañana del 25 de enero e iba a encontrarme con Rose en el Central Park.

De la estación de trenes de Nueva York al parque se me hizo el camino interminable. La ciudad estaba cubierta de nieve y la gente se resguardaba en las cafeterías.

Reparé en una de ellas que quedaba de camino y estaba abarrotada de gente. En la entrada vi a un mendigo sentado en el suelo. Se trataba de un hombre mayor con la cara reseca y manchada que soplaba las palmas de sus manos y luego las frotaba.

Yo estaba tan emocionada y satisfecha conmigo misma por la resolución del caso en Westchester, y en contraste con mi situación estaba aquel sujeto pasándolo tan mal, que sentí mucha pena. Pensaba que el frío era una maldición para los desfavorecidos, así que saqué de mi morral lo más rápido que pude varias monedas y se las ofrecí. Abrió sus labios rotos y me dio las gracias con una sonrisa infantil que mostró los pocos dientes que tenía.

Continué mi camino casi corriendo, mientras sentía el vaivén del abrigo que me golpeaba las piernas y también el viento helado chocando contra mi cara. En ese momento comenzó a nevar. La emoción de encontrarme a mi hermana después de tanto tiempo y hacerlo con el sabor de la victoria a cuestas por lo de mi descubrimiento del asesino de Sleepy Hollow era de las mejores cosas que me habían pasado en la vida.

Cuando andaba por el frente de la Torre Trump y llegaba a la esquina del parque, mi celular vibró. Lo llevaba dentro del bolsillo del abrigo. Lo tomé y miré el mensaje con expectación porque me temía lo peor, que Rose cancelara y me dijera que tampoco podría verla ahora…

En efecto, era ella, para decirme que a última hora no le había resultado seguro acudir a la cita. Que luego me explicaría, pero que no podríamos vernos. También decía que en unos minutos Anita Lansbury me llamaría para encomendarme un caso. Tuve que aceptar sus palabras porque sabía que nuestro trabajo era peligroso y que debíamos adaptarnos a los imprevistos.

Le escribí un simple *okey* y continué. Caminé por el sendero este del Central Park. Me adentré en aquel espacio solitario y lleno de nieve y vegetación. Anduve menos de diez minutos y después me senté en un banco. Fue en ese momento cuando recibí la llamada de Anita.

—Es urgente que te dirijas a Nueva Jersey, cerca del campus de la Universidad de Princeton. Algo terrible podría estar pasando que ya ha afectado a tres de «las ocho antiguas». No sabemos qué es, pero sospechamos una estrategia criminal que podría conducir a ciertas jóvenes a cometer suicidio. Buscarás a Jasmine Morris. Ella te lo contará todo. Te esperará en el número 8 de la avenida Patton. Estoy por enviarte un archivo a tu correo con información. Uno de los nuestros te conducirá en auto hasta allá. Te aguarda en la esquina del suroeste del parque donde ahora estás.

¿Qué diablos eran «las ocho antiguas»? ¿Quién sería Jasmine Morris?

3

En seguida me acordé de que ese era el nombre que se le daba antes a las ocho universidades privadas más prestigiosas del país. Hace unos años, hice un trabajo sobre el escándalo de los sobornos para los ingresos de los hijos de algunos políticos que había conducido alguien llamado Bunderson. ¿Tendría que ver con eso lo que decía la profesora Anita?

Pensé que era mejor no llenarme de ideas antes de hablar con Jasmine Morris. Tendría que buscarla donde Anita me había dicho, y eso quedaba a más de una hora de camino. Imaginaba que era una profesora que pertenecía a la Passkey.

Caminé hasta la esquina que había descrito Anita y encontré en ella a un hombre. Casi no podía ver sus facciones porque llevaba la cara bastante cubierta. Tenía puesto un gorro y una bufanda negra, lentes oscuros y una chaqueta gris The North Face.

—¿Rebeca Marie Olsen? Soy Philip Culp. Debe venir conmigo de inmediato.

—Hola. Así es —le respondí y esperé a que él tomara la delantera.

Pensé que iríamos a un estacionamiento, pero no fue así. Un auto que se encontraba pasando en ese momento se detuvo con brusquedad y se bajó de él un hombre que dejó la puerta abierta y el motor encendido. También abrió la puerta de atrás del auto de ese mismo lado y luego, sin mediar palabra, pasó corriendo junto a nosotros y desapareció.

Philip Culp —con rapidez —se subió en el asiento del conductor y yo iba a hacerlo en la parte de atrás, pero recordé que me mareaba en los asientos posteriores, así que cerré la puerta que el hombre había dejado abierta y me apuré en subirme de copiloto. El auto era un BMW negro. Entré y cerré con premura porque ya Culp había puesto la marcha. Puse mi morral en el asiento trasero, pero antes saqué de él el celular.

En pocos minutos, estuvimos cruzando Manhattan por la vía I-95 a gran velocidad.

—¿Sabes quién es Jasmine? —me preguntó de repente.

—No —le dije.

—Una joven que hemos rescatado de las garras de la Black Key. Ellos no saben su identidad actual. La conocieron con otro nombre. La sacamos de uno de los programas que recluta huérfanos para convertirlos en criminales, en asesinos. Ahora vive en Princeton y estudia el primer año en la universidad. Robert está muy orgulloso de su rescate. Él personalmente se encargó.

Recordé a Robert Smith Patterson, el tío del fallecido novio de mi hermana. El mismo que la había formado a ella. Era la mayor institución en la Passkey; entonces comprendí que Jasmine debía ser alguien con un pasado oscuro y muy bien entrenada, como una especie de arma letal.

4

———————

Durante el viaje estuve mirando la información que Anita me había dado. Lynette Macy era una joven que se había suicidado en su habitación en los edificios Proyect del campus universitario de Princeton. Estudiaba Ingeniería Química e hizo las pasantías en Nueva York en Sory Company, una de las firmas de cosméticos más grandes del mundo, después de que sus dueños adquirieran una empresa francesa llamada Verove.

Todo el mundo decía que era una muchacha alegre, que irradiaba optimismo y vitalidad. De pronto comenzó a cambiar de conducta; se le veía preocupada, luego deprimida, se intentó suicidar una vez, y al final se colgó en su habitación sin carta de despedida para sus padres ni su hermana, con quien al parecer era muy cercana.

El suceso había acontecido hacía dos días. Así, sin más, nadie se explicaba lo que había pasado en la vida de Lynette Macy.

Por un momento vinieron a mi cabeza esos grupos virtuales que promueven suicidios. Supe de uno que se llamaba Sexy Suicidio. Revisé de inmediato las redes sociales de Lynette. No tenía Facebook, Instagram ni Twitter. Nada. Tendría que esperar a ver qué decía Jasmine sobre ella.

Sin duda, por la foto, se veía que era una chica atractiva, más que el promedio. Lo otro que contenía el informe de Anita se refería a que otras dos chicas habían muerto en similares circunstancias; una en Columbia y la otra en Yale. Se trataba de estudiantes de Ingeniería Química en el último año de carrera; populares, bellas e inteligentes. Estos suicidios habían sucedido hacía un año y seis meses. Hasta ahora nadie los había relacionado. Pero Jasmine había conocido a Lynette la noche que intentó quitarse la vida y luego volvió a conversar con ella, aunque no pudo sacarle más información, y aseguraba que su suicidio había sido inducido. Era por ello por lo que Anita planteaba que esto podía ser una operación que tuviese como escenario las mejores universidades privadas del país. Querían que Jasmine y yo investigáramos lo que estaba sucediendo.

Si alguien la había inducido a suicidarse, ¿por qué lo habría hecho? ¿Qué clase de maldad encerraba la pretensión de que otro se quitara la vida? ¿Sabría algo comprometedor de la empresa donde hizo la pasantía? Era conocido que las empresas químicas, ya sean de cosméticos, plásticos, neopreno o esponjas, son muy celosas en guardar sus fórmulas y que el espionaje dentro de ellas es el más cotizado. Además, las otras dos chicas también estudiaban Química…

Pensé que tenía que esperar a llegar para manejar más información sobre Lynette; sus prácticas, rutinas e intereses.

Me tumbé hacia atrás en el asiento y cerré los ojos un rato.

A principios de la tarde llegamos a Princeton. Nunca había estado allí. Se trataba de una parte de la ciudad que giraba en torno al campus universitario. En las calles había visto decenas de chicos y chicas jóvenes, en bicicleta o caminando, con pinta de estudiantes.

Cuando llegamos al número 8 de la avenida Patton, Philip Culp me dijo que me esperaría en el auto. Le di las gracias y bajé.

Estaba frente a una pequeña casa. Escuché un par de ladridos y un *golden retriever* salió corriendo a darme la bienvenida. Movía la cola de manera incesante.

La puerta de la casa se abrió y apareció detrás de ella, justo para ver la escena del encuentro con el *golden*, una chica rubia de pelo corto al «estilo bob», vestida con un jersey de cuello alto color rosa y unos *jeans*. Era de baja estatura y de constitución atlética. Nadie pensaría que alguien con esa apariencia antes había sido una asesina.

5

—Hola. Soy Rebeca Olsen —dije.

—Hola. Sé quién eres. Pasa. Doggy, ya déjala tranquila —ordenó con cariño al bonito animal.

—Gracias —le respondí y avancé hasta entrar en la casa.

Ella cerró la puerta y pasó el seguro.

—¿Ya te han hablado de mí? —me preguntó. Tenía una voz cálida.

—Sí. Un poco —le dije sonriendo.

—En esencia, soy una de las rescatadas. Salvaron mi vida y ahora tengo una gran deuda con Robert y con todos.

—Lo sé —le respondí.

Comenzamos a caminar hacia una sala. Ella continuaba hablando.

—Les ayudé a capturar a los jefes de la operación de recluta de los huérfanos para transformarlos en asesinos. A cambio me ofrecieron protegerme y cambiar mi identidad. Después logré obtener una beca para estudiar en Princeton. Es que se me dan bien las ciencias exactas. Estoy en Ingeniería, apenas empezando.

En ese momento se detuvo. Era de las personas que cuando dicen algo importante tienen que detenerse. Trabajé con un chico en la revista Polis que hacía eso. Leí que era una característica de las personalidades intensas.

—Por mi pasado es por lo que intuyo cuando alguien ha sido reclutado por una organización poderosa que te va absorbiendo, y te va quitando el aire y tu libertad. Y estoy segura de que a Lynette le pasó eso. Algo malo está ocurriendo en el campus y no solo en este. Le he contado a Anita lo de mi encuentro con Lynette la noche que pretendió suicidarse. Después de eso la busqué un par de veces y no quiso hablarme de lo que había sucedido. Hace cuatro días me preguntó dónde vivía y si tenía garaje. Ella misma me buscó en el campus y me pidió el favor de que guardara su auto en esta casa porque había dejado libre su puesto de estacionamiento, e hizo un comentario relacionado a que quería dejar el auto a su hermana Denise. Entonces imaginé que iba a intentar acabar con su vida otra vez y se lo pregunté. Me dijo que no, que ya lo de las fotos se había solucionado. Cuando me enteré de su muerte, me sentí culpable, porque no he debido creerle. Me puse a investigar en Internet si hubo más suicidios en el campus o en otras universidades, porque ella me hablaba en plural, no solo de los eventuales responsables de humillación, sino de las posibles víctimas. He enviado a Anita Lansbury otros dos casos de «suicidios». Las otras chicas, Patricia Keppel y Joan Peyton, también finalizaban la carrera de Ingeniería Química y eran brillantes. Pero he descubierto algo más; una de ellas, Joan, hace unos años cometió una imprudencia al manejar y atropelló a un chico. Su familia le pagó a la familia de él para que no hubiese consecuencias legales. O al menos eso es lo que ha trascendido en las redes: parece que alguien se dio a la tarea de desprestigiar a Joan. Parece que eso tienen en común al menos Joan y Lynette; un pasado bochornoso que alguien saca a la luz.

Lo que decía tenía sentido.

—Vamos a sentarnos en la sala. Te haré un resumen de lo más importante y trataré de hacerlo rápido porque creo que debemos movernos lo más pronto posible.

No sabía a qué se refería con lo de «movernos lo más pronto», pero esperé a que me lo aclarara en breve.

La casa era acogedora. Estaba llena de cuadros brillantes y de grandes cojines azules y verdes que rodeaban los muebles del pequeño salón. Ella notó que me quedé mirando el interior de la casa; aunque fuese pequeña, estaba ubicada en una buena zona y debía ser bastante costosa. Creo que se vio en la necesidad de explicarme.

—Esta casa no es mía. Alguien de confianza de la Passkey la ha prestado para que viva aquí mientras curso los estudios. Te aseguro que no tengo dinero, aunque comprendo que, viviendo aquí y estudiando en Princeton, la gente pueda creer justo lo contrario —me dijo.

Asentí.

Doggy caminaba junto a Jasmine y terminó a sus pies cuando se sentó en uno de los sillones.

—¿Quieres tomar algo? —preguntó.

—No. Estoy bien así —respondí.

Ella me miró y comenzó a hablar, arrugando un poco la frente.

—El problema no es solo lo que pudo haber hecho mal Lynette, porque me dijo que hizo algo de lo cual estaba arrepentida. Sé lo que es eso porque he pasado por lo mismo. Lo peor, Rebeca, es que encontré esto en el cuarto de Lynette. Después de que me preguntó lo del garaje, no me quedé tranquila y decidí averiguar lo que le pasaba. Como no quería decírmelo, sin que ella lo supiera, hace dos días me colé en su habitación por la ventana y revisé sus cosas —dijo mientras sacaba del bolsillo del *jean* un papel doblado.

Lo tomé y lo desplegué.

Se trataba de una lista de diez nombres femeninos, y junto a cada uno de ellos podían verse tres columnas: una con las siglas «C. I.», la siguiente con las palabras «Woodcock Johnson» y la última con la palabra «Reynolds».

—Todas son del último año de la carrera de Química en Princeton, con una inteligencia superior al promedio. Esas columnas significan los resultados obtenidos en esas pruebas de inteligencia. ¿Por qué Lynette tendría una lista así en su poder?

No tenía respuesta para la pregunta de Jasmine. Pero empecé a pensar, como ella, que lo más seguro era que las otras chicas de esa lista también estuvieran en peligro ahora mismo.

6

—¿Sabes en dónde hicieron las pasantías Patricia y Joan?

—Sí. Ninguna en Sory Company, que fue donde las hizo Lynette. Yo también pensé en eso. En que tal vez ese era otro punto en común. Sí que las hicieron en empresas químicas. Patricia en Allen Air, una fábrica de gases, y Joan en Arko, una fábrica de esponjas y materiales adhesivos. Lo único en común es que todas estas empresas han ganado premios por innovación.

—¿Por qué decías que debíamos movernos rápido? ¿A qué te referías?

—A que debemos entrar en su auto antes de que lo saquen de allí. Sé cómo hacerlo.

—¿Te refieres a que tal vez allí haya algo que nos aclare sus últimos pasos?

—Exacto. No hay duda de que se suicidó. Su cuerpo no tenía ninguna evidencia de que la asesinaran, pero estoy segura de que alguien la llevó a ello, porque me lo dijo.

»Te digo —continuó— que estaba arrepentida de algo, se sentía culpable, como si estuviese atrapada, y de pronto vio la manera de salir de la trampa; y por eso tomó esa horrible decisión. Como si por un lado temiese a la humillación por lo de su secreto, y por otro no pudiese vivir con el remordimiento sobre algo que supo. Y, considerando que las otras dos chicas también hicieron pasantías en industrias químicas, podría ser que ese algo tuviese que ver con Sory Company. Quiero ver el GPS del auto. Saber a dónde fue antes de tomar la resolución de acabar con su vida. ¿Me entiendes? Hace tres días vino acá y dejó el auto, y no me dijo nada. Después en la tarde debió volver, buscarlo, ir a alguna parte y volverlo a traer. Cuando llegué, toqué la carrocería y aún estaba caliente…

Se quedó un instante callada, pensando. Luego continuó.

—Apenas se suicidó hace un par de noches y casi nadie sabía que tenía vehículo. Y desde que murió nadie ha venido por él, pero creo que no tardarán en hacerlo. O los que sabían lo que le pasaba a Lynette, la misma policía o su familia. La policía podría atar cabos y preguntar en el campus, y alguien dirá que Lynette algunas veces llegaba en auto. Le dije a Anita que iba a revisarlo, pero me pidió que te esperase…

—Entiendo. Entonces vamos de una vez.

Salimos por la puerta-ventana del salón y nos dirigimos a una pequeña cochera que estaba detrás de la casa.

—¿Te dejó las llaves? —le pregunté de camino.

—No las necesito. Sé cómo abrirlo.

Apenas terminó de decir eso, escuchamos los ladridos de Doggy y lo vimos salir y dirigirse al frente de la casa.

—¿Lo ves? Ya están aquí —dijo Jasmine.

—¿Quiénes? —pregunté.

—Posiblemente sea quienes vienen por su auto.

—Está bien. Continúa tú hacia donde está el vehículo. Yo los distraigo —le propuse.

Yo volví sobre mis pasos, entré a la casa y me preparé para abrir la puerta principal y atender a los visitantes.

Fue cuando una idea me atacó, por algo que había dicho Jasmine. Dijo que debieron preguntar en el campus, como si no fuesen de allí… ¿Y si alguien del campus estaba implicado?

Recordé que en el escándalo de los sobornos para lograr el ingreso de chicos no calificados en las universidades, naturalmente, hubo complicidad interna. Ahora debía haberla también. Si no, ¿cómo sabían las evaluaciones de inteligencia de las chicas de la lista?

7

ACLARÉ la voz y abrí la puerta.

—Hola. Soy Marlene Roberts. Trabajo en la Universidad de Princeton y fui tutora de pasantías de Lynette. Estoy aquí porque queremos hacerle un homenaje a Lynette y queríamos hablar con una estudiante llamada Jasmine Morris. ¿Vive aquí? Nos han dicho que, a pesar de no cursar materias juntas, se conocían.

Era una mujer de contextura fuerte y no había venido sola. Detrás, a unos metros de ella, se encontraba un hombre, de esos que tienen apariencia bastante común.

—Él es un compañero de trabajo. Participa en uno de los proyectos del Departamento de Pasantías.

—Hola. Soy la prima de Lynette. Es cierto que Jasmine era muy amiga de Lynette. Por eso la conocí hace unas semanas. Estoy aquí para que me explique algo, para entender por qué Lynette hizo lo que hizo… —Fingí un sollozo y luego continué—. Pero Jasmine ha salido un momento. Podrían esperarla si lo desean.

El hombre se aproximó a la puerta y ella la sostuvo con la mano.

—Mi novio está en el auto. ¿Lo ven? Es policía y me está ayudando a entender lo que ha pasado. Dice que ha mirado el reporte forense, porque tiene buenos amigos allí, y no hay nada distinto a que mi prima se quitara la vida, pero a mí me parece tan difícil de creer.

Noté el cambio de actitud en ella. El hombre que parecía servil y nervioso se detuvo y miró hacia donde estaba Culp, quien se había bajado del auto y a su vez miraba hacia nosotros. Marlene Roberts tomó la palabra segundos después.

—¿Usted es su prima? Nunca la nombró. Ella siempre nombraba a su hermana Denise. Supongo que la veré en el funeral —me dijo.

No le respondí.

—Es mejor que me vaya. Me deben necesitar en el campus. Volveré en cuanto pueda hablar con Jasmine. Gracias y disculpe la molestia. Sé que estos momentos para la familia son un trance difícil, pero queríamos organizar una pequeña actividad para despedirnos de Lynette.

—¿Usted la acompañó a Nueva York a la sede de Sory Company alguna vez? Se lo pregunto porque, como ha dicho que fue su tutora de pasantías, la verdad es que me gustaría saber si tuvo algún problema en ese lugar; estoy buscando una explicación para saber por qué hizo lo que hizo —me aventuré a preguntarle, sin perderle pista a la expresión de su rostro.

—No. Nunca fui con ella —respondió con la voz quebrada.

Mi idea de que Sory Company tenía que ver comenzó a tomar mucha fuerza. Me estaba figurando que alguien reclutaba a las chicas para que tomaran las plazas de pasantes en empresas de interés de la rama de la química, para que hicieran espionaje industrial. ¿Pero cómo captaban a las chicas? ¿Cuál era el móvil de una muchacha como Lynette, con el mundo por delante, para formar parte de actividades como estas? ¿Cómo las obligaban? ¿Sería por medio de una tortura emocional como dijo Jasmine?

Y esta mujer, la tutora Marlene Roberts, parecía metida en lo que fuera que estaba pasando.

8

Marlene Roberts miraba a todos lados y se tocaba la cabeza, apartando unos mechones de pelo. Se despidió nerviosa y se fue.

Cerré la puerta y volví al salón. Allí estaba Jasmine, aguardándome, escondida tras la cortina de la puerta-ventana. Me pareció que fue muy rápido a revisar el auto.

—Esa mujer nunca me gustó. Debe estar metida en esto —me dijo convencida.

—Yo también creo que sabe algo que no ha dicho.

—También me lo parece —respondió Jasmine.

—¿Qué has descubierto?

—Fue a un lugar en el bosque. A cuarenta minutos de aquí, más o menos. Al 60 de Copper Mine. Tengo las coordenadas…

—Un lugar en el bosque —repetí en voz alta.

—Y también encontré esto en la guantera del auto —dijo Jasmine mientras me mostraba un pequeño papel con unas palabras escritas.

«Beauty Dreams. Celebramos siempre sin egoísmo».

Más abajo, en el borde del pequeño trozo de papel, podía leerse otra frase:

«Todo sea por M».

—¿Sabes qué es eso? —pregunté.

—No tengo idea —me respondió.

—Iremos a ese lugar donde fue Lynette. Vamos a ver qué hay allí. Y necesito que de camino me hables sobre ella; lo que te dijo en esas dos oportunidades en que conversaron. Si hablaron sobre su familia y, sobre todo, de su hermana Denise.

—Es extraño que me preguntes sobre ella, porque cuando me dijiste la palabra «familia», en la única que pensé fue en su hermana Denise; ni en su padre ni en su madre. ¿Pero qué es Beauty Dreams?

—Averigüémoslo —le respondí.

9

ELLA COMPRENDIÓ lo que quería decir.

—¿Quieres una computadora? Allí en la mesa —me dijo, señalando el aparato sobre la mesa del comedor, cerca de la puerta-ventana por donde ella había salido.

Caminamos con rapidez hasta llegar junto a ella y Jasmine la abrió y la encendió. Apareció la foto de Doggy en la pantalla. Dio clic en el logo del explorador de Internet y escribió las dos palabras. Ante nuestros ojos apareció una página que mostraba un camino en el bosque, en medio de unos árboles, como un paisaje de ensueño. Había que escribir el nombre del usuario y una clave. Probamos con el nombre de Lynette y, poniendo como clave, el de su hermana Denise. Era errado. Luego tratamos poniendo como clave el nombre de Sory Company. Tampoco. Solo nos quedaba una oportunidad de escribir la clave correcta. Un anuncio en la pantalla nos alertó. Entonces nos sentimos perdidas. De repente, Jasmine habló en voz alta.

—Denise era su hermana menor. Es posible que recuerde la fecha de su nacimiento. Creo que eso es importante para los hermanos mayores que ya pueden recordar ese día del nacimiento de su hermanito o hermanita. Sé que es una opción entre miles, pero no se me ocurre otra cosa.

Me pareció una buena idea.

—¿Y cómo sabremos…?

—Yo lo sé. Busqué a Lynette en las redes después de nuestro primer encuentro y no apareció nada. Después recordé que ella me había dicho que no las utilizaba, pero busqué a su hermana y ella sí estaba.

Jasmine tecleó en la computadora portátil y en pocos instantes me mostró el Facebook de Denise; una muchacha risueña que cargaba un gato.

—Y aquí lo tienes; fiesta de cumpleaños; el 16 de septiembre del 2002 —dijo con tono de victoria.

—Pongamos solo los números —le pedí.

—Está bien.

Escribió los ocho dígitos y lo logramos. Entramos en la página con el usuario de Lynette.

Pero en ese momento Doggy ladró y vimos la cara de un hombre aparecer en el ventanal del salón. Era el acompañante de Marlene Roberts.

INSTINTIVAMENTE, Jasmine bajó la pantalla de la computadora y nos dirigimos a la puerta-ventana.

—La profesora Marlene quiere que se queden con esto, y me ha dicho que deberían hacer que investigaran a Alex Jones —dijo al mismo tiempo que nos tendía un sobre blanco.

Me quedé mirando la punta de sus zapatos por un segundo porque tenían unas figuras curvas con incrustaciones que brillaban, hasta que comprendí que debía tomar lo que nos ofrecía, ya que Jasmine no pensaba hacerlo. Estaba, para mi extrañeza, paralizada.

Agarré el sobre. Luego el hombre se fue y lo perdimos de vista entre los árboles de la terraza, camino que conducía a la calle y también al garaje, donde supuse estaba estacionado el auto de Lynette.

—Alex Jones es un profesor que tiene mala fama en la facultad. Algunos dicen que no está bien de la cabeza —dijo Jasmine.

Imaginé que el estado nervioso de la tutora no era porque

estuviese metida en algo malo, sino que, al contrario, podía
haber venido a darnos una pista. Debía oler algo raro, pero
podría estar muerta de miedo, o no querría implicarse. Podría
ser que por eso hubiese enviado al hombre que la acompañaba a entregarnos eso.

Jasmine estaba impaciente.

—Mira a ver qué es… —dijo.

Abrí el sobre y saqué varios pósits. Se trataba de notas
hechas a mano.

«Beauty Dreams. Celebrar sin egoísmo es pensar en él o
en ella».

«La perfección pierde su brillo si se encierra en su propio
círculo».

«Ser líder es estar dispuesto a sacrificar algunas ideas,
incluso principios, por la felicidad de una persona valiosa
para ti».

«Charla de Beauty Dreams, en 60 CM».

—¿Qué te parece esto? —pregunté.

—No lo sé. Se parece a la letra de Lynette, a la que vi en
algunos escritos en su habitación, pero no podría estar segura.
Sí es cierto que una de las dos veces que hablé con ella dijo
algo así. ¿Cómo hizo Marlene Roberts para obtener estos
pósits? —se preguntó.

—Son notas muy generales; ideas vagas y lugares comunes
de motivación y liderazgo. Mejor vayamos de nuevo a la
portátil.

Eso hicimos. La abrimos y volvió a aparecer la página de
Beauty Dreams. Vimos un escrito de Lynette. Era como una
declaración de membresía a esa organización.

«Soy privilegiada. Lo he tenido todo; belleza, inteligencia
por encima del promedio, pero no todos han contado con eso.
Es tiempo de que dé algo a cambio. Puedo evaluar las leyes de

acuerdo con mi beneficio y el de la persona cuya felicidad me
interese. En este caso, mi objetivo es ayudar a mi hermana a
cumplir su sueño. Por ello hoy anuncio mi adhesión a este
maravilloso grupo de reflexión, formación y discusión, y me
comprometo a no decirle a nadie lo que aquí hacemos ni
mucho menos hablar de los proyectos que emprendemos».

—¡Eso es! Las chantajean con las personas que más quieren. Así las convencen de que es «tiempo de que den algo a cambio» —exclamé.

—Es verdad. Lynette me habló de su hermana. Me dijo que lograría que su hermana Denise ingresara en la universidad, que ya estaba casi todo listo. Y su cara se transformó.

—Tenemos que averiguar si Lynette hizo algo en Sory Company —le dije.

—¿Cómo…?

No esperé a que terminara de hablar. Agarré de mi bolsillo el celular y busqué el teléfono de Sory Company en Nueva York. Marqué. Me atendió una voz femenina; le dije que llamaba de parte de Lynette Macy y que necesitaba hablar con el encargado de los pasantes. Del otro lado del teléfono, la voz me dijo algo revelador.

—Ha sido dada la orden del Departamento Legal que no le comuniquemos con nadie de esta compañía.

De inmediato cortó la comunicación.

—No quieren saber nada de Lynette. Algo debió terminar

mal allí. Pediré a Anita que averigüen si hubo algún problema de espionaje en la empresa Sory Company, si se ha vendido algún secreto de fórmulas de cosméticos o algo así. Lynette pudo haber hecho eso a cambio de que hicieran algo por su hermana. Tal vez se dejó arropar por las ideas que en esta Beauty Dreams, o como se llame, le han transmitido; tenía que hacer algo por su hermana, menos dotada que ella. ¿Lo ves? Ves que en el papelito de la guantera pone «Todo sea por M». Creo que se refiere a Denise… Es como el «síndrome del hermano favorecido», que se siente culpable de tener más capacidad que los otros miembros de la familia. A alguien escuché hablar de eso, o lo leí en la prensa de Washington. Un experto decía que eran gente manejable. Sobre todo si son captados por sujetos que conocen su psiquis y son capaces de elaborar un plan utilitario que les beneficie.

—¿Pero por qué las inducen al suicidio? ¿Y cómo?

—No lo sé. Pero supón que te atreves a hacer espionaje y te enteras de un secreto que incluye un riesgo para vidas humanas. Son empresas que producen químicos, gases, plásticos, medicamentos. ¿Y si te enteras de que un medicamento produjo la muerte o la enfermedad de varias personas? ¿O de líquidos peligrosos vertidos en arroyos? Entonces, te haces no solo prescindible, sino peligrosa. Lynette pudo sentirse mal por algo que descubriera, si es que hizo espionaje —me aventuré a afirmar.

—Como dijiste, debe haber alguien cerca en la universidad, rondando, invitándolas a creer en estas ideas sobre hacer algo por las personas queridas, alguien que luzca inofensivo. Una persona que parezca imposible que quiera hacerte daño porque ya has considerado que está de tu parte —dijo, tocando con sus dedos las hojas con las notas que yo aún tenía entre mis manos.

—¿Y de ese Alex Jones? ¿Qué opinas?

—Es extraño, pero lo veo incapaz. No me parece. Sin embargo, si la tutora se ha atrevido a darnos ese nombre, valdría la pena averiguar. También presionarla más a ella para que diga todo lo que sabe.

—Sí, tienes razón. Puede que comprendiendo qué fue a buscar Lynette en ese lugar en el bosque encontremos las respuestas y aclaremos quiénes están detrás de esto. Esa tal «Charla de Beauty Dreams, en 60 CM», debe ser Copper Mine. Dijiste que era el 60 de Copper Mine lo que indicaba el GPS del auto de Lynette.

—Debía ser por eso que ella tenía la lista en su poder. Porque las otras estudiantes también debían haber sido convocadas a lo que sea que hagan allí, por lo tanto, todas deben estar en peligro —concluyó Jasmine.

En ese momento, la página nos redireccionó a otro lugar y apareció en la pantalla un mensaje escrito con letras rojas.

«Su cuenta ha sido suspendida».

12

Salimos de inmediato hacia Copper Mine con Philip Culp manejando el auto. Ni siquiera lo miré cuando entramos. Ambas nos subimos en la parte trasera y yo le informé a dónde nos dirigíamos.

Aproveché para llamar a mi amiga Katya, del Washington Post. Sabía que si alguien podía ayudarme a conseguir al especialista que había hablado del «síndrome del hermano favorecido», era ella. Le encantaban esos temas psicológicos.

—Katya, podrías decirme cómo se llama el psiquiatra de Washington que habla sobre el asunto de la conversión del éxito y la culpa entre los hermanos. O algo así. Estoy segura de que leí algo sobre él el año pasado…

—¡Claro! El del libro *Conversión, éxito y culpa en jóvenes sobresalientes*. Es el doctor Ernest Hank. ¿Quieres su número? ¿Estás haciendo un trabajo sobre esto? —me preguntó y luego continuó—. Perdona, Rebeca, pero tengo una llamada de mi hermano menor, ha entrado por fin en la universidad que quería y está feliz; eso sí, preguntándome cualquier cosa a cada minuto…

—Otra cosa; ¿has oído hablar de algo llamado Beauty Dreams?

—Nunca. Olvida lo que te dije de mi hermano, no era él quien llamaba. Adiós, Rebeca.

—Está bien. Cuídate —dije y corté la comunicación.

Enseguida entró una llamada de Anita.

—Estoy con Jasmine, camino al 60 de Copper Mine. Tenemos información sobre algo que podría funcionar allí, llamado Beauty Dreams. Parece ser un espacio donde se habla de una cierta ideología sobre liderazgo que de alguna manera contribuye a que hagan espionaje corporativo. Me gustaría que pidieras a alguien que comprobara algunos aspectos de la vida de Patricia Keppel, en la Universidad de Columbia, y de Joan Peyton, en la de Yale.

—¿Qué quieres averiguar exactamente?

—Que vayan a sus casas, a donde viven sus padres y hermanos, y les pregunten si habían oído hablar de Beauty Dreams o si las chicas decían que estaban participando en un nuevo proyecto que les iba a beneficiar. También que averigüen si Patricia guardaba algún secreto que la abochornara en extremo. Sería muy valioso que la familia o sus amigos se sinceraran al respecto. Hay que acercarse a las familias de las otras chicas que están en la lista e investigar los mismos aspectos. Que no conversen con ellas, porque tememos que están presas de una manipulación ideológica muy intensa. Es mejor que no se den por enteradas de las pesquisas.

—Informaré a Robert de inmediato. Él activará al FBI.

—Bien, Anita. En cuanto lleguemos al lugar y obtengamos más información te llamaré…

—¿Quieres que enviemos a alguien?

—No. Aún no sabemos lo que encontraremos.

—Está bien.

—Tenemos la idea de que alguien de la universidad está

organizando todo esto. Una tutora llamada Marlene Roberts nos ha mencionado a alguien llamado Alex Jones. Es profesor en Princeton. Valdría la pena saber más de él y tal vez vigilarlos a ambos —dije, no muy convencida, y corté la llamada.

Comencé a analizar lo que había pasado ese día. Había cosas que no debieron ocurrir de la forma como sucedieron, y eso podía significar algo. Además, sabía que había presenciado una incongruencia, una situación improbable… Entonces recordé lo que había dicho Jasmine. ¿Cuáles fueron sus palabras?

—Una persona que parezca imposible que quiera hacerte daño porque ya has considerado que está de tu parte —repetí en voz muy baja, pero ella me escuchó.

Culp continuaba conduciendo por una vía que se había tornado solitaria, donde los pinos mostraban sus copas dobladas por la fuerza del viento.

En poco tiempo estuvimos frente a la casa que estaba oculta desde la vía. Había que tomar una pequeña carretera de subida que rodeaba una mínima cuesta para llegar hasta ella.

Cuando llegamos, Culp apagó el auto y Jasmine y yo nos bajamos. Caminamos hasta la entrada de la oculta edificación. Parecía vacía.

Dimos la vuelta al edificio y llegamos a la parte de atrás.

En ese momento escuchamos un disparo. Luego otro.

Jasmine cayó al suelo, inconsciente. De su hombro salía sangre.

Escuché una nueva ráfaga de disparos y un grito que me pareció de Culp. Grité, para saber si estaba bien, y Culp me respondió que estaba herido, luego le pregunté dónde estaba y ya no dijo nada.

Con Jasmine y Philip Culp malheridos, me encontraba yo sola frente a un asesino.

13

———————

SABÍA que tenía que correr y adentrarme en el bosque. Era mi única posibilidad de escapar y de buscar ayuda para Jasmine.

Los disparos cesaron, pero el silencio me aterraba de la misma manera como si hubiese una ráfaga de ellos.

Después no me pareció seguro correr hasta la entrada del bosque, así que debía pensar en otra cosa. Continuaron disparando una y otra vez. Decidí tumbarme debajo de Jasmine, llenarme de su sangre y hacerme pasar por muerta. Al menos así ganaría tiempo.

Lo hice sin pensarlo. Creí que moriría en realidad porque ni siquiera yo pensaba que el asesino fuese tan tonto como para no comprobar mi estado.

Me tumbé junto a ella. Puse su brazo sobre mi cara, para tapar mis ojos. Y el otro brazo sobre mi pecho, para evitar que pudiese ver mi diafragma en movimiento.

Lo oí acercarse. Sus pasos eran cada vez más fuertes. Lo sentí detenerse junto a mis piernas. Pateó el cuerpo de Jasmine para quitarlo, para verme. Continué inmóvil. Sabía que me estaba observando. Si hubiese abierto los ojos, lo hubiese visto apuntarme.

—Levántate. Sé que no estás herida. Si haces algo diferente a lo que te pido, te disparé —me dijo.

Abrí los ojos. Llevaba la cara cubierta con un pasamontañas y me apuntaba.

—No me interesa que mueras aún. Quiero primero ver lo que me pueden ofrecer. Sé quién es en realidad Jasmine. Lo supe por casualidad. Es bueno tener conocidos en todas partes. Ahora levántate —me ordenó como si estuviese a punto de perder la paciencia conmigo.

No sabía qué esperar de él. Por lo pronto, parecía que no iba a dispararme.

Aparté a Jasmine y me levanté.

Me pidió que me arrodillara y que mantuviera los brazos atrás. Eso hice. Se acercó y me golpeó la cabeza con el arma. Dos veces. Luego todo se oscureció.

14

Cuando desperté, estaba adolorida. Olía a sangre. Supe que estaba dentro de la edificación y atada a una silla. Moví la cabeza hacia arriba y la vi. Allí estaba Jasmine, apuntándome con un arma. Pude ver una venda que le cubría el hombro, que seguro se habría puesto para parar la sangre de la herida producto del disparo. Comprendí que debió haber sido solo un roce del proyectil.

Y más atrás estaba él, el hombre de los zapatos costosos con brillantes en la punta. Ahora mostraba la cara descubierta.

En un destello recordé que eso era lo que más me había molestado, la idea que había quedado en mi cabeza retumbándome. ¡Un hombre que usaba unos zapatos con incrustaciones pequeñas de diamantes en forma de círculos! Lo tenía en la cabeza, pero no pude dar con ello. Sabía que había visto esa marca de zapatos antes. Eran Aubercy y costaban más de cuatro mil dólares. Era imposible que los usara un empleado universitario de menor rango, que además vestía unos pantalones y una chaqueta común. Una persona que usa unos zapatos así también debe usar otras prendas de similar valor.

—¿Creíste que era Marlene Roberts? —dijo Jasmine, mirándome, y luego continuó en voz más alta—. Tu problema es que supones muchas cosas, especulas y especulas, pero no sabes actuar. Ella solo era la mampara. El que importaba era él, el que nos llevó las notas, el que asumiste de inmediato que estaba de nuestro lado porque tal vez su actuación de aliado sumiso fue buena. Y luego dio el toque magistral de implicar a Alex Jones, que es un sospechoso habitual.

—Los zapatos… —alcancé a decir, todavía atontada.

—¿Estos? Son un regalo por vender los secretos corporativos de Sory Company. Antes una parte de ella era francesa y dejaron enemigos poderosos con ganas de revancha. Gente que estaba dispuesta a pagar lo que fuera y a emplear cualquier método para conseguir sus fines —dijo él mientras caminaba y se detenía junto a Jasmine.

—He practicado un nuevo equilibrio de beneficios con tu amiga Jasmine. Siempre supe que era una asesina, y que su nueva vida no duraría mucho. La verdad es que fue bastante ingenuo que te aliaras con ella. Aunque su interés por la pobre Lynette era real, hace pocos minutos no me costó nada hacer que cambiara de bando. Ahora está de mi lado y me será muy útil porque es una chica de acción y sin escrúpulos. Por lo que me ha contado, pertenece a una asociación, a una organización que a la sombra pretende atrapar delincuentes de cuello blanco, a la que tú también perteneces. Esa información que apenas ha asomado es de sumo interés para mí —continuó diciendo.

Jasmine había dado en el clavo. Dijo algo como que el enemigo más peligroso era el que «dábamos por hecho» que estaba de nuestro lado. No podía creer que se hubiese aliado con este hombre. Necesitaba tiempo para pensar qué hacer.

—¿Y por qué nos entregó la información de Beauty Dreams? —le pregunté a él.

—No me he presentado, soy Daven Shild, un hombre común. —Sonrió y luego continuó—. Eres buena, tienes la sangre fría e intentas ganar tiempo haciendo preguntas irrelevantes, como mostrando curiosidad y una alta dosis de racionalidad, en esta situación límite. No te imaginas lo fácil que es llevar a las chicas brillantes a la depresión más devastadora. Así como tampoco te imaginas lo fácil que fue que tu amiga Jasmine cambiara de bando. Solo le ofrecí mucho dinero y mantener a salvo a su perro. Fue todo. Uno sabe dónde están los afectos y la verdad oculta de las personas… Pero me daré el lujo de seguir tu juego y te responderé a lo que preguntas. Les entregué la información de Beauty Dreams para hacerles creer que les estaba dando algo valioso, como aliado. Ya sabía que tu amiga venía de la cochera. Supuse que allí guardaba Lynette el auto con el cual Marlene la había visto en el campus. Antes de convocar a las chicas a nuestras charlas y a nuestra red de espionaje las observamos bastante bien y descubrimos sus rutinas. Sabíamos que guardaba un auto en otra parte. Así que, como tu amiga venía de la cochera, era fácil deducir que este estaba allí y que ya tendría la información que las traería hasta aquí. De todas formas, habíamos vaciado este lugar, así que no encontrarían nada comprometedor. La pobre y débil Marlene. Tu amiga se recuperará de la herida porque el impacto de bala la rozó en el hombro. Dejó una herida que sangraba mucho, pero no fue herida de muerte. En cambio, con Marlene ha sido diferente…

La había matado. Se había deslastrado de su socia, que estaba nerviosa por lo que hacían. Más que nerviosa, muerta de miedo.

PARTE II

1

MARLENE SUBIÓ al auto que estaba estacionado en el número 8 de la avenida Patton. Esperaba a su acompañante, el jefe de la operación en contra de la empresa Sory Company.

Daven Shild era su nombre.

Era un sujeto con una inteligencia excepcional. Conocía por completo las operaciones y fusiones que había adelantado Sory Company, la empresa de cosméticos más importante del país. Sabía que la fusión con la marca francesa de perfumería Verove había arruinado a varios inversionistas. Eso para él era una oportunidad. Alguien daría mucho dinero para obtener información clave sobre las fórmulas de Sory Company. Él mismo había seleccionado a Lynette Macy para que cometiera espionaje en la empresa durante su estadía como pasante. Así como otros sujetos de su banda delictiva habían seleccionado a otras chicas para cometer idénticas acciones. Patricia Keppel y Joan Peyton fueron dos de ellas, pero no las únicas identificadas y reclutadas.

Shild poseía amplios conocimientos sobre la psicología

juvenil. En varias oportunidades, en su paso por Harvard, inscribió seminarios sobre el tema con el experto Ernest Hank, quien desarrolló la teoría del «síndrome del hermano favorecido».

Para él, lo que se encontraba tras la teoría del doctor Hank era una explicación de la orientación al suicidio de muchos jóvenes que aparentemente lo tenían todo. Fue cuando se le ocurrió la idea de utilizar esos conocimientos y la posibilidad de atraer a jóvenes bellas e inteligentes para el espionaje corporativo; ubicándolas cerca de los ejecutivos más importantes; impulsándolas a tomar algo con ellos; y solicitándoles que revisen sus objetos más íntimos. En otras palabras, siendo unas Mata Hari actuales. Y si estas chicas, después de hacer el trabajo, se volvían inconvenientes, podría manipularlas a su antojo hasta conducirlas al suicidio, amenazándolas con sacar a la luz algo oscuro de su pasado. Cualquier cosa por pequeña que fuera podría ser enorme a los ojos de estas chicas que buscaban la perfección; una imprudencia, un accidente, alguien inconveniente en la familia, unas fotos comprometedoras, revelar algún amante casado, cualquier cosa que vulnerara la apariencia de perfección que pretendían vender. En el caso de Joan, por ejemplo, fue el accidente que produjo cuando era más joven. Él ideó la formación que Beauty Dreams brindaba en sus cursos en varias partes del país en casas alejadas. Parte del pacto con las chicas participantes del proyecto era que las actividades serían secretas porque «los verdaderos líderes se guardan las cosas para sí». Del libro de Hank extrajo la idea de que la sensación de resultar elegido y de mantener esta selección en secreto producía placer en las mentes más brillantes. Algunas veces bastaba con las promesas que hacían a las chicas sobre los beneficios de colaborar como espías laborales. Pero en otros, cuando alguna se hacía conflicto, buscarían un secreto, algo que no quisieran divulgar, su pecado más oculto, y el temor de que fuera revelado las conducía al suicidio porque pensaban que lo perderían todo.

Los nexos de Daven con círculos de corrupción en las universidades habían sido heredados de un conocido de él mientras estudió en Harvard, llamado Olson Bunderson, y que estuvo implicado en los sobornos para ingresar en esa universidad a varios políticos e hijos de actores de Hollywood. Este le entregó a Daven los contactos de los profesores, orientadores y maestros ligados a la red de la corrupción educativa más grande de la historia.

Marlene Roberts le temía, sabía que era un hombre inteligente, y también que no tenía escrúpulos.

Ella había lamentado la muerte de Lynette, era su tutora de pasantías y sabía que la chica iba a robar información con la condición de que lograran el ingreso de su hermana Denise en la Universidad de Princeton. Pero no sabía que la chica se iba a convertir en un problema, pues uno de los hallazgos que hizo en Sory Company fue que había un producto, la crema facial New Citrón, que contenía compuestos no autorizados por la FDA. Además, le habló sobre la chica que se había encontrado con Lynette, llamada Jasmine, y Daven la había investigado. Descubrió que había tenido un pasado oscuro, que podría serle útil. Eso le dijo.

Marlene pasaba por un momento crítico, pero no quería que Daven se diera cuenta de ello. Temía que podría asesinarla si lo notaba.

Cuando él llegó al auto, luego de entregar las notas de Lynette, ella lo encendió.

—Se ha comido el cuento de que las has querido ayudar entregándoles las notitas de Beauty Dreams que Lynette tomó mientras me escuchaba. Tienen la dirección de la casa, estoy seguro. La estúpida de la chica dejó el auto aquí y la amiga debió haber revisado el GPS. De todas maneras, ya no encontrarán nada allí.

—Lo recogimos todo y le dijimos a las demás que por ahora las actividades serán virtuales. Que alguien habló sobre la ubicación del proyecto y que debió haber sido Lynette, que no soportó la presión de convertirse en una verdadera líder. Fue lo que me dijiste que hiciera.

—Perfecto. ¿Sabes? Les hablé del profesor extraño. Si siguen investigando, tendremos que implicarlo para salir limpios nosotros. Aunque él no tiene nada que ver con esto, y solo está mezclado con lo de los ingresos fraudulentos, no nos cuesta nada plantar en su casa documentos que lo incriminen sobre Beauty Dreams. Estoy seguro de que esa chica no es prima de nadie, y estoy dispuesto a averiguar quién es y qué busca.

Marlene lo miró con miedo y él lo notó.

—¿Qué te está pasando? Te siento nerviosa y no me gusta. Las personas débiles no pueden estar conmigo.

—Nada —dijo ella, tocándose el pelo y llevándolo detrás de las orejas. Era un movimiento que siempre hacía cuando algo la sobrepasaba.

En ese momento, Daven sintió unos deseos enormes de acabar con ella. En cuanto estuvieron en casa de Marlene, a diez cuadras de donde vivía Jasmine, le pidió que le permitiera usar el baño.

Apenas estuvo dentro de la casa y ella cerró la puerta, él la tomó por el cuello y la estranguló justo frente a un reloj de pared que le pareció del peor gusto. Así mató a dos pájaros de un tiro; la culparía a ella de lo de Beauty Dreams porque nadie sabía que él estaba detrás de eso, solo Lynette. Y acabaría con el riesgo de que Marlene hablara. Tarde o temprano iba a hacerlo. Él lo sabía porque era un experto en detectar las debilidades de las personas.

Luego salió de la casa de Marlene y se dirigió al número 60 de Copper Mine.

2

—BUENO, querida Jasmine. Ya es hora de que convenzas a tu amiga Rebeca Olsen, como me has dicho que se llama, de que nos cuente cosas sobre la Passkey. ¿Ves cómo uno nota cuando toca un tema sensible? Las pupilas se dilatan, y si pudiésemos medir los latidos, nos daríamos cuenta del aumento de la frecuencia de su corazón. Lo mismo pasaba cuando le decía a Lynette que haríamos realidad el sueño de su hermanita Denise… Siempre es igual. Ahora podrás hacer uso de tus antiguas prácticas sin los remilgos de la Passkey. Tengo amigos que me han confirmado que Jasmine Morris no es tu verdadero nombre, tal como te he dicho, que te llamas Penny Seymour y que apenas siendo una niña comenzaste a delinquir.

Cuando terminó de decir eso, dio un paso atrás y sonrió.

Jasmine caminó aún más cerca y se detuvo justo frente a mí. Esperé que me golpeara. Pero entonces me miró y en sus ojos pude leer otra cosa. Era una señal de que no estaba con él, sino conmigo. Estaba fingiendo.

Le devolví la mirada como intentado decirle que la había comprendido.

Ella de inmediato volteó y disparó a Daven Shild. Pero algo andaba mal con el arma.

—Claro que esperaba que no te cambies de bando tan fácilmente —dijo él al mismo tiempo que la apuntaba—. Pero me interesaba ver hasta dónde llegarías. Quería saber qué me podían ofrecer las dos. Ahora ambas saldrán despacio hacia el bosque.

Jasmine y yo salimos de la casa tal como el asesino nos ordenó. Yo permanecía atada de manos. Él venía apuntándonos a pocos metros. Yo iba caminando primero y luego venía Jasmine. Estaba oscuro. Afuera estaba el auto y no había rastros de Philip Culp.

—Continúen por ese sendero y se detendrán cuando les diga —ordenó.

Hicimos lo que decía. Entonces pensé que si alguien tenía mayores posibilidades de actuar de mejor manera en una situación como esa, era Jasmine, pero era necesario que yo diseñara la estrategia; una distracción peligrosa que podía acabar con mi vida, pero de todas maneras este asesino iba a matarnos. Para eso nos llevaba al bosque, para que, una vez que estuviésemos más adentro, nuestros cuerpos tardaran en ser encontrados. Pronto nos pediría que saliéramos del sendero, así que, cuando lo hiciera, debía dar rienda suelta a mi plan.

Confiaba en que los reflejos de Jasmine fuesen rápidos.

Caminamos unos minutos más hasta que nos dio la temida orden que yo había imaginado.

—Viren a la izquierda, despacio. Cualquier movimiento extraño, disparo —amenazó.

Entonces, me detuve y le grité a Jasmine que corriera.

Ella comprendió de inmediato. Siendo dos, y por muy hábil que fuera, primero debía acabar con una y luego con la otra. Divididas, una de las dos tendría alguna oportunidad de esconderse entre los árboles mientras el asesino disparaba a la otra. Estaba claro que, a mis ojos, Jasmine era la indicada para la huida y que yo debía ser la presa distractora. Y eso fui. Sentí un impacto en la pierna y un chorro de sangre caliente rodar en mi piel. Pero valió la pena. Jasmine había desaparecido entre los árboles. Y yo aún tenía la suficiente conciencia como para no rendirme.

Caí y rodé por una cuesta. Me hice daño en los brazos, sentí golpes y arañazos. No podía pararme, pero mientras el terreno me lo permitiera, continuaría rodando hacia abajo. Le costaría encontrarme. Al final fui a parar junto a un enorme tronco y una piedra.

Miré mi pierna. No se veía bien. La sentía dormida, y estaba mareada. Tenía que detener la hemorragia, pero no podía hacerlo porque mis manos estaban atadas aún. Debía levantarme y seguir hasta que tuviese algo de fuerza.

No tendría mucho tiempo antes de desmayarme. Si me quedaba allí, me dormiría y moriría.

Me puse de pie con dificultad. Lo siguiente pasó muy rápido. Daven Shild me apuntaba.

Vi aproximarse a Jasmine, callada, con un trozo de madera en la mano, detrás de él. Le pegó en la cabeza con precisión y también en la espalda. Daven Shild cayó.

Lo último que recuerdo fue una fragancia a pino y la voz de Jasmine diciéndome que todo iba a salir bien, que buscaría ayuda.

—No te dejaré morir, Rebeca. Me has salvado la vida, poniéndote de escudo, buscando que huyera. No te dejaré morir… —repitió convencida.

—Lo sé, Jasmine. Sé que tú también hiciste lo correcto. Tenías que seguirle la corriente. Eso nos dio una oportunidad. Si no, te hubiese matado antes.

Después de decir eso, perdí la consciencia.

4

CUANDO DESPERTÉ, me encontraba en una habitación de hospital y vi una cara conocida, era el agente Brody Wray del FBI de Westchester. Supuse que estaba allí porque, de la Passkey, era el más cercano y al que le resultaría más rápido acudir. La distancia de Sleepy Hollow a Princeton solo era de 140 kilómetros.

Se acercó a la cama y me miró, sonriente.

—Pensaba que estaría al menos cuarenta y ocho horas sin verte —me dijo.

—¿Jasmine está bien? ¿Y Philip? —pregunté, sentía la lengua pesada.

—Los han operado y están fuera de peligro. Con Philip casi no lo logramos, pero ahora evoluciona bien.

—¿Qué han dicho de mi pierna?

—Que te pondrás bien.

—¿Daven Shild? ¿Está vivo?

—Sí. Está detenido. Todo lo que concluiste era cierto. Ya Jasmine nos habló de tus tempranas conjeturas. Las chicas eran espías en las empresas; a las que mostraban escrúpulos las manipulaban con la amenaza de publicar información sensible para ellas, las llevaban al suicidio, y si no lo hacían, posiblemente las hubiesen asesinado con el cuidado de que sus muertes parecieran accidentales. Lo tenía todo planeado.

»Creo que algunos criminales son buenos planificando las acciones, pero toman malas decisiones cuando tienen que improvisar. No debió imaginarse jamás que tendrías el valor de hacer lo que hiciste; usarte a ti misma de carnada para que Jasmine pudiera escapar.

—Es verdad. Y yo soy solo una simple periodista —le respondí.

—No tienes nada de simple. Creo que hicieron una excelente pareja Jasmine y tú. Resultó una perfecta contraparte para ti.

—Shild pensaba que tenía todo bajo control y esto fue su gran error. Esa confianza exagerada hizo que «jugara» con nosotras, pero en realidad fue una oportunidad que nos dio, sin desearlo, para nosotras sobrevivir. Estaba acostumbrado a decidir sobre las acciones y la vida de los otros, basándose en los afectos de las personas y, sobre todo, en los secretos oscuros que cualquiera puede guardar.

—Sí. Ahora esperamos que nos dé los nombres de los otros implicados en el complot, en el espionaje y en el asunto del Beauty Dreams. Ya Shild ha hablado de toda la red que ha montado porque está muy orgulloso de su obra. Hasta parece encantado de poder contar sus fechorías. Así que daremos un golpe fatal a este espantoso proyecto de sumisión psicológica a las jóvenes universitarias, y de paso acabaremos con lo que aún queda de la red de corrupción para los ingresos en algunas casas de estudio. Parece que no solo abarcaban las empresas químicas, sino también algunas instituciones públicas, corporaciones de tenencias de tierras y agua, algunos medios de comunicación… Todo lo que pudiese contener información valiosa para competidores, contratistas, enemigos políticos… Así que muchas de las cosas que pensaste eran ciertas. Necesitábamos a alguien como tú en la organización.

—¿Alguien como yo? ¿Muy sensible a las incongruencias, como la de los zapatos que usaba este hombre? —le pregunté de mejor humor.

—Ya sé que lo de los zapatos te alertó. Jasmine me lo ha contado. No solo habló de tus deducciones para develar el delito, sino, sobre todo, de tu valentía. La demostraste con la operación que evitó el rapto de aquella pequeña en Copper Harbor, frente al asesino de Sleepy Hollow, y también ahora con esa maniobra en el bosque. Ya te dejo, afuera están ansiosos por saludarte Anita y un sujeto que parece muy interesado en ti… —dijo y sonrió.

—La buena de Anita. Gary, sí, es mi…

—Les diré que pasen. Lástima que no despertaste antes. Vino una «extraña enfermera» que quería convencerse de que estabas fuera de peligro. Le cubrí las espaldas para que pasara desapercibida. Ahora mismo acaba de irse. Te ha dejado esa nota sobre la mesita junto a una rosa —me interrumpió.

La tomé de inmediato. Sabía que era ella, Rose.

«Para Rebeca Marie Olsen… te pondrás bien, querida. Hasta pronto», leí.

Sonreí y unas lágrimas se desprendieron de mis ojos.

Después de todo y haciendo un recuento, era verdad lo que reconocía Brody; hay una valentía interesante dentro de mí que aparece en los momentos justos, y que antes ni siquiera sospechaba que poseía.

LOS TRAFICANTES DE LOS ÁNGELES

REBECA OLSEN Nº 6

PARTE I

1

Pipa llegó a la una de la mañana a la terminal desierta. Era la estación del metro de Hollywood/Vine, cerca del Sunset Boulevard.

Había estado en la Sweet Death, el centro nocturno de moda, con la tableta que le habían enviado a casa, anotando todo cuanto pedían; de qué color iba vestida la mayoría, qué palabras repetían, cuáles tragos ordenaban.

Luego de un encuentro hacía cuatro días que ella creía casual, le habían ofrecido participar en ese excitante estudio de mercado, y no había contado nada a su abuela ni a sus amigos de la secundaria porque le parecía más divertido mantener el secreto.

La adolescente veía arriesgado ir a un lugar como la Sweet Death porque no contaba con la edad para hacerlo, pero se decidió a asistir, ya que aparentaba más de los dieciséis años que tenía. También las otras dos chicas que aquella noche hicieron lo mismo que ella, y que había conocido en la puerta del local. Aunque creía que una de ellas sí era mayor de edad porque había permitido que le sellaran la muñeca con el logo de la disco. Eso significaba que no le importaba que supieran que había estado allí.

El hecho es que nadie se dio cuenta de que Pipa era menor de edad y no tuvo ningún problema. Fue, como le habían dicho, un trabajo sencillo.

—Solo tienes que sentarte y anotar en la tableta las respuestas a las preguntas que allí aparecen y nada más. Con ello ganarás cincuenta dólares —le dijo la mujer que la había contratado días antes.

Mientras pensaba en eso buscaba la línea roja del metro y caminaba por la avenida Argyle, cuando un anuncio publicitario en una pantalla luminosa llamó su atención. En él se veía a un niño muy pequeño gateando en un sendero sinuoso en medio de un enorme bosque. «La farmacéutica Kofart crea la vida», decía al final. Esa imagen la distrajo por un segundo.

—Tengo mis cincuenta dólares y pude hacer bien este extraño trabajo —se dijo en voz alta, como haciendo una síntesis positiva de la noche, pero en ese momento se sintió muy cansada.

No había parado en todo el día. Había tenido que correr para llegar a tiempo a la discoteca. Se le hizo tarde en casa de su amiga Alex, pero no quiso dejarla sola porque se encontraba deprimida debido a que su perro había muerto. Cuando los tíos de Alex llegaron por fin a buscarla a casa para que pasara unos días con ellos se había ido como loca a la discoteca, sin tomarse un respiro, porque llegaría tarde.

Parecía que toda la actividad del día ahora le caía como un peso muerto en el cuerpo y la hacía sentir muy agotada.

Llegó a la boca del metro y bajó las escaleras, y al hacerlo casi se cae. Pasó junto a las máquinas de venta rápida y continuó.

La terminal era de las más bonitas a su juicio. Ahora parecía un palacio desierto. Cuando cruzó el recodo del pasillo subterráneo, una vez que descendió y ya iba a llegar al andén para esperar el metro, se golpeó de frente con un chico mayor que ella —de unos dieciocho o diecinueve años—, que tenía la cara y el pelo sudoroso y desprendía un olor dulce y desagradable, como si acabara de vomitar. Lucía desorientado pero a la vez satisfecho.

Llevaba consigo un bolso amarillo y negro, de tela impermeable. Este le cayó sobre los zapatos después del impacto. El joven trastabilló y se alejó de ella, pero con andar errático. Se volteó con los ojos desorbitados y abrió la boca.

—Las luces volaban y bailaban. Te vi en la disco. Estabas allí mirando una tableta. ¿Tomaste una «Charize»? Yo sí. Son geniales. Además vi de dónde las sacaban, de la oficina de atrás, y lo tomé. ¿Qué crees? De allí —dijo señalando el bolso.

Pipa miró a sus pies.

—¡Las repartiré yo y no esos idiotas que las venden a muy alto precio...!

Comprendió que el chico estaba muy drogado y que se había robado las drogas que ella había visto consumir a varios de los asistentes a la discoteca. Se trataba de unas pastillas rosas o blancas con carita feliz. Cuando, más temprano, se dio cuenta de que en el recinto estaban consumiendo drogas de diseño sintió un escalofrío que consideró como una advertencia, más bien como una premonición de que eso era peligroso, pero no atendió a esa sensación porque ella no estaba allí para consumir y pensó que nada malo podría pasarle.

Ahora continuaba con el bolso sobre sus pies, así que lo tomó para devolvérselo, pero él se alejaba cada vez más y comenzó a bailar.

En ese momento escuchó unos pasos en la estación. Supo que al menos dos personas se acercaban corriendo por el último de los pasillos que culminaba en el andén de la línea roja.

—Guarda el bolso tú. No me vieron cogerlo. Escóndelo y, cuando se vayan, serás mi socia. Me caíste bien… —dijo moviendo la cabeza de un lado a otro. Luego se tocó con la mano izquierda el pecho y dijo que se llamaba Tony.

Insistió.

—¡Que lo escondas! —exclamó al tiempo que comenzó a correr a lo largo del andén.

Escuchó que una voz de hombre gritó con violencia:

—Quédate allí, imbécil.

Y vio que Tony se detuvo.

Pipa agarró el bolso y corrió hacia la otra entrada del andén para evitar que la vieran. Intuyó que aquella era una situación peligrosa. Se detuvo y se puso junto a la pared, en la esquina, donde estaría oculta, pero a la vez podría asomarse y mirar lo que pasaba.

Dos hombres alcanzaron a Tony y lo tumbaron al piso muy cerca de la línea de seguridad. Uno de ellos le golpeó la cabeza con el arma. El otro se encontraba parado y rozaba con la punta de los zapatos su espalda. Ella supuso que le estaban preguntando por el bolso.

Continuaron golpeándolo. Pipa sintió las manos heladas y se moría de miedo.

Uno de los sujetos agarró el extinguidor que se hallaba cerca, en una de las paredes, y comenzó a golpearlo con él de manera salvaje.

La chica se alarmó todavía más y decidió salir de allí cuanto antes, pero hacerlo de la manera más callada posible. No sabe de dónde sacó el valor para tomar la decisión de llevarse el bolso con ella. Si esos sujetos mataban al chico, el bolso serviría para rastrearlos, se dijo a sí misma, aunque con cierta duda.

Se volteó y miró la escalera, y más allá la salida de la estación. En ese momento adquirió un cariz aterrador. Rogó porque alguien viniera y la ayudara; porque otra persona se enterara de lo que hacían esos sujetos violentos, pero la estación continuaba vacía.

Le pareció que no podría subir sin hacer ruido. Podrían oír sus pasos mientras ascendía y luego la perseguirían y la atacarían de esa forma horrible.

Entonces pensó que su mejor ventaja era que ellos no sabían que ella estaba allí. Solo tenía que buscar dónde esconderse. Y allí estaba, una barrera modular de las que se usan para delimitar una zona en reparación; un separador de tres secciones de marco tubular. Este indicaba, por medio de carteles que colgaban del marco, que el paso hacia un área de la terminal estaba prohibido debido a unas obras inconclusas. Solo tenía que moverla y ocultarse tras ella. Luego, cuando todo pasara, contaría lo que había visto. Y lo más importante era que tenía la droga en sus manos. Allí debía haber algo, huellas o alguna marca de fábrica que ayudara a capturar a los responsables, se dijo.

Se desplazó en silencio hacia la barrera, dando pasos lentos, y se ocultó tras ella. Se sentó en el piso y se asomó para mirar si los hombres pasaban de largo y subían la escalera. Aunque también podrían irse por donde habían llegado, por el otro acceso al andén.

Pasaron unos segundos. No escuchaba nada.

Sintió lástima por Tony. Sabía que las cosas no iban a terminar bien para él.

Pero entonces los oyó. Los pasos y luego las voces.

—Dijo que había una chica. Que el bolso se lo llevó una chica. Una de las que tenían las tabletas. Este idiota nos está haciendo quedar como unos inútiles… —dijo uno de los hombres, iracundo.

—Ya no hará a más nadie quedar de ninguna manera —respondió el otro con ironía.

Pipa agrandó los ojos. Ni siquiera quería respirar para no hacer ruido. Los asesinos estaban muy cerca de ella.

Por entre las secciones de la barrera pudo ver algo que portaba uno de los hombres, y eso la aterró aún más. Uno de los asesinos llevaba uniforme de policía, y pudo ver su nombre y su insignia. Ahora todo cambiaba para ella porque nadie iba a creerle.

2

***

Una de las cosas más extraordinarias de este trabajo es que hay que estar siempre lista para ir a cualquier ciudad del país en todo momento. Y solo cuando ya te encuentras de camino es cuando te enteras de cuál es tu nueva misión.

Ahora me encontraba en la ciudad de Los Ángeles, a pocos metros de la Estación de Policía de Hollywood, en la avenida Wilcox. Allí iba a juntarme con el teniente Nate Owens y el sargento Vincent Burrows. Mi misión era acompañar al teniente Owens en las pesquisas sobre el caso que involucraba a la adolescente llamada Pipa Burke. La chica estaba desaparecida desde anoche, y se le acusaba de venta de drogas de diseño recién creadas y comercializadas en el mercado.

Se trataba de una organización especializada en buscar nuevas fórmulas para crear drogas de diseño cada vez más peligrosas, y hasta contaban con especialistas en *marketing* que investigaban los hábitos y las prácticas de los jóvenes para conseguir éxito en el mercado. La Passkey me quería allí porque sabían que tras esto operaba la Black Key. Creíamos que este lucrativo negocio contaba con conocedores especialistas en estudios de mercado *in situ* y georreferenciados, sobre todo para conocer el consumo en los lugares de aforos masivos. También sabíamos que en la zona de Hollywood, del Sunset Boulevard y en el centro de la ciudad era donde se concentraba su acción, sobre todo en los locales de vida nocturna.

Llegué al Departamento de Policía y me bajé del coche que conducía un agente que me había buscado en el aeropuerto de Los Ángeles hacía media hora. Mis lentes se empañaron al salir del vehículo. Los limpié con rapidez y continué mi camino.

Me dirigí a un edificio de ladrillos rojos que contaba con una sola planta, cuya puerta estaba antecedida por un corredor donde podían verse las famosas estrellas de Hollywood. A los lados de ese sendero se veían arbustos pequeños, sobre todo *fountain grass* y otros con flores púrpuras.

El estacionamiento solo contaba con un par de autos y no había nadie en las afueras del edificio. Eso me dio una sensación de tranquilidad engañosa; como si allí, en el corazón de esa ciudad, no pasara nada, cuando por debajo la Black Key gobernaba el nuevo mercado de las drogas.

Entré y me presenté ante una funcionaria que se encontraba en la recepción. Ella me condujo hasta un pasillo y me orientó hacia dónde continuar. Me dijo que el teniente Owens me estaba esperando. Atravesé una sala en donde había varios agentes uniformados trabajando frente a las computadoras.

Al llegar a la oficina que me habían indicado toqué a la puerta, pero en el momento en que lo hice esta se abrió. Un hombre muy alto, de pelo y ojos negros, me sonrió por una milésima de segundo. Luego adoptó una actitud de seriedad.

—Rebeca, ha sido usted muy puntual. La esperábamos.

Soy Nate Owens —dijo al tiempo en que se apartaba para dejarme pasar.

Sentado frente a un pequeño escritorio gris estaba otro hombre, que, supuse, era el sargento Vincent Burrows. Este era un poco más bajo y, además, pelirrojo. Su cara era bastante redonda y parecía jovial.

No sé por qué, pero tuve la impresión de que no eran cercanos. Había cierta tensión y frialdad en la atmósfera de aquella habitación.

3

—Bienvenida —continuó diciendo.

Entré y me acomodé en la silla que estaba vacía, junto al otro agente.

—Él es el sargento Vincent Burrows y está conmigo en este caso.

—Hola. Soy Rebeca —dije.

Owens caminó hasta la silla detrás del escritorio y se sentó en ella. Luego inclinó su cuerpo hacia adelante, puso los codos sobre la mesa e inspiró profundo. Pude ver varias canas que sobresalían en sus sienes.

—Me niego a creer que esa chica sea la responsable en este caso —dijo como retando a su compañero.

Comprendí que posiblemente antes de que yo llegara habían intercambiado opiniones contrarias en relación con la culpabilidad de la adolescente.

Lo que dijo Burrows a continuación me lo confirmó.

—Los hechos nos indican que la chica fue a la discoteca y que servía de «exploradora» o «informante». Esta gente es especialista en lo que hace y llevan estudios de mercado a su estilo. ¿Qué mejor que la lectura que puede hacer alguien de la misma edad, o incluso un poco menor, que aquellos potenciales consumidores y drogadictos flagrantes? Creo que entendió de qué se trataba el negocio y quiso cobrar más. Por ello se llevó el botín en un descuido de los otros. Ahora deben estar buscándola para asesinarla, si no la encontramos antes. Yo creo que está metida en esto hasta el cuello, pero eso no significa que no debamos hallarla primero antes que ellos.

—No sé. Por lo que sabemos, no es una chica problemática ni tiene antecedentes —dijo Owens intentando convencer.

—Ese es uno de los problemas, que creemos que quien participa en esto es el típico delincuente, y no es así. Podríamos estar frente a una organización que sabe captar gente que nunca antes ha delinquido. La chica, aunque antes tuviese una conducta normal, ahora debe ser una narcocomerciante. Es que con estas nuevas drogas tenemos también que cambiar los conceptos que hasta hoy manejamos —reflexionó Burrows.

—Vamos a hablar con la abuela, que está aquí. Se llama Marina Burke y es la única persona que vive con ella. La esperábamos a usted para entrevistarla —dijo Nate Owens.

Me pareció que esperarme a mí no había sido su idea, sino de su compañero. Pensé que Nate era un hombre rígido y acostumbrado a hacer las cosas a su manera.

Salimos de allí y nos dirigimos a una sala de entrevistas que quedaba al lado. Noté que Vincent Burrows fue quien se encargó de buscar a la abuela de Pipa. Cuando volvió, venía acompañado de una mujer de unos cincuenta años que hablaba sin parar.

—Les digo que ella no ha hecho nada. Se quedó en casa

de su amiga, que acaba de enterrar a su perro, y después volvería conmigo. Pipa es una muchacha tranquila que nunca ni siquiera ha probado la droga. Ella no sabría qué hacer con esas nuevas pastillas, no las necesita —dijo la mujer en tono retador.

Tenía el pelo completamente blanco, con flequillo. Su nariz era pronunciada, igual que su mentón. Transmitía una imagen de persona dominante, decidida.

Creo que lo que más me asombraba era que, antes de estar preocupada por la desaparición de su nieta, parecía molesta con nosotros, pero a la vez me dije que cada quien tenía una manera diferente de mostrarse ante las situaciones críticas.

—Su nieta tiene en su poder un bolso lleno de drogas de diseño muy peligrosas, con una fórmula de más de ciento ochenta miligramos de una sustancia psicoactiva. Muchas personas podrían morir si consumen esas pastillas. ¿Lo entiende? —preguntó el agente Nate.

—Claro que lo entiendo. Soy enfermera. Pero lo que pasó con Pipa es que de seguro estuvo en el lugar equivocado y tuvo mala suerte. Le digo que es una chica sana y no tiene ningún problema que la conduzca a consumir drogas.

—Y nosotros le creemos. Pero debemos encontrarla, porque puede estar corriendo peligro. ¿Tiene alguna idea de dónde puede estar? —quiso saber Vincent.

—Ninguna. He llamado a sus amigas más cercanas, y a Alex, y no saben nada de ella. ¡Es espantoso! Esto no debió pasar así… ¿Cómo van a acusar de tráfico de drogas a mi nieta?

—El problema es que hay una cámara en la estación del metro de Hollywood/Vine que la captó saliendo y portando un bolso que creemos está lleno de esa droga. Unos testigos que estaban en un centro nocturno, llamado Sweet Death, confirmaron que su nieta estuvo allí. Un empleado también afirmó haber visto ese bolso lleno de pastillas que los asistentes compraban esa noche. Por si fuera poco, un chico de dieciocho años llamado Anthony Tobías, que también asistió a ese lugar y que fue visto escabulléndose con el bolso, fue atropellado por un vagón del metro en la madrugada, en la misma estación de dónde salió su nieta, y murió. Su muerte está siendo investigada, pero antes de ser arrollado recibió muchos golpes. Creemos que era cómplice de Pipa y que quedaron en verse en la estación para repartirse el botín. Además, el chico iba drogado —explicó Vincent.

—Debió ser otra persona la que quedara con ese joven y quien tuvo que ver con su muerte. ¿Es que esas cámaras no captaron a nadie más? —preguntó la impaciente mujer.

—Solo a Pipa saliendo. La única cámara que funcionaba era la que cubre a una de las tres salidas que existen en la estación. Aunque es cierto que alguien pudo entrar por otra puerta, por la que da a la avenida Argyle, por donde creemos también entraron Pipa y Tony.

—¡Lo ve! —dijo la mujer, quien cada vez más daba la impresión de querer salir corriendo de allí.

En ese momento tocaron la puerta de la sala donde conversábamos.

—Han encontrado en las cercanías de la estación del metro el cuerpo de una joven cuyas características coinciden con las de Pipa Burke. Murió por sobredosis y llevaba el sello de la discoteca Sweet Death en la muñeca. Es necesario que usted haga la identificación —dijo la oficial que nos interrumpió, y que era una de las que había visto sentada antes frente a una computadora.

¡No podía ser que la Black Key hubiese asesinado a esa pobre chica antes de que nosotros la encontrásemos! Además, también había acabado con la vida de ese joven, de Tony. Me sentí inútil.

Recuerdo que en ese momento volví a centrar la atención en la oficial que nos trajo la noticia.

Se llamaba Anna Paddon.

4

—No puede ser. ¡Ella no puede estar muerta! Mi pobre nieta… —gritaba Marina Burke en un arrebato de desesperación—. He venido aquí porque recibí un llamado a casa, de usted. Y me encuentro con esto, con que dicen que era una prófuga, que querían cazarla, y ¡ahora está muerta!

¿Por qué decía eso sin comprobar si era realmente Pipa quien estaba muerta?

—Debe esperar. Tal vez no se trate de ella. Tiene que calmarse —alcancé a decir.

Ella movía la cabeza de un lado a otro. De pronto pareció entrar en razón.

Iniciamos la marcha por el mismo corredor que nos había llevado hasta allí.

Llegamos a una pequeña sala de espera de paredes grises, frente a una puerta que contaba con un anuncio prohibiendo la entrada. Esperamos unos minutos. Cuando esa puerta se abrió, Marina lanzó un grito ahogado.

Caminó con lentitud y se perdió dentro de la sala de la entrada prohibida junto con Vincent. Nate se quedó a mi lado. Instantes más tarde escuché la voz de la mujer, que sonó como un alarido.

La puerta se abrió de nuevo y salieron los dos. Marina Burke venía con cara de asombro. Sus ojos brillaban, y aquella rabia que antes había creído ver en ella volvió a aparecer.

—¡No es Pipa! ¡No es mi nieta! Es otra chica.

Entonces todavía teníamos oportunidad de salvarla y de atrapar a quienes lucraban envenenando a jóvenes desorientados, me dije.

Miré a Nate y me pareció ver un destello de preocupación en su rostro. Creo que Vincent también lo notó.

No podía apartar de mi cabeza la enseñanza de mi hermana Rose: No confíes en nadie ni des las cosas no comprobadas por hechos.

—Tengo que ir al baño. Me siento mal. Creo que la tensión de haber pensado que era mi nieta me está pasando factura. Soy así. Al principio conservo la calma, pero después me derrumbo.

En ese momento escuché voces que provenían de la parte delantera del edificio.

—¿Quiere que la acompañe al baño? —le pregunté.

—Sí… No, mejor no. Ya me sentiré mejor. Solo voy a mojarme la cara.

—Entonces déjeme al menos darle un vaso de agua. Aquí mismo está el dispensador —dije, apartándome de ella y tomando con rapidez un vaso que estaba junto al dispensador de agua. Lo llené y se lo ofrecí. Ella lo tomó a regañadientes. Cuando terminó de consumir el líquido lo tiró en una pequeña papelera que había junto.

Luego preguntó a Vincent dónde estaba el servicio. Él le indicó el camino y la vimos dirigirse al baño. Al poco tiempo salió y dijo que iría afuera a fumarse un cigarrillo y a tomar el aire. Que prefería estar sola y que luego volvería y firmaría lo que tuviese que firmar.

Todos comprendimos su solicitud. La vimos caminar por el pasillo del baño y luego continuar andando hasta una puerta posterior y salir por allí. Por lo que pude ver, esta brindaba acceso a la calle.

Transcurrieron más de quince minutos. Yo me encontraba de pie junto al dispensador de agua. Me quedé mirando el vaso que había ido a parar a la papelera. Algo no estaba bien y mi subconsciente lo sabía. Comenzó a parecerme sospechosa la actuación de esa mujer. Vincent caminaba de un lado a otro con cara de preocupación y Nate no me quitaba la vista de encima. Parecía estar sometiéndome a un examen. Después vino Anna Paddon nuevamente con cara de consternación. La acompañaba una mujer de mediana edad, bajita y de contextura gruesa.

—Teniente Owens, hay un problema. Esta señora dice ser Marina Burke, la abuela de Pipa. Debe haber un error porque…

—Yo soy Marina Burke y he venido a denunciar la desaparición de mi nieta. Me dijeron que viniera a la comisaría más cercana para hacer la denuncia formal después de pasado un tiempo, y ya no puedo seguir esperando. Hice una llamada hace horas y planteé la situación. Pipa no llegó anoche a casa y no está en ninguna de las casas de sus amigos.

5

La conducta de la falsa Marina no me parecía normal. Estaba muy apurada por irse. Era una impostora. He debido darme cuenta de que estaba más nerviosa por estar allí que triste por la posibilidad de haber perdido a su nieta. Dimos por hecho que era su abuela solo porque ella lo dijo...

Pero yo sabía cuál era el vaso que había usado hacía poco tiempo. El bote de la basura junto al dispensador de agua no contaba con tapa y podía identificar cuál era. Me había quedado mirando cuando este aterrizó junto a los otros que se encontraban en el cubo. Allí con suerte estarían sus huellas.

—Sé cuál es el vaso que usó. Sé dónde cayó en la papelera —exclamé atropellando mis palabras.

Vincent se adelantó y fue a buscarla al exterior. Nate y yo corrimos tras él.

No había ningún rastro. Pudo haber ido en cualquier dirección y ocultarse en muchas partes.

¿Por qué se habían atrevido a tanto? ¿A usurpar la identidad del familiar más cercano de la chica? En ese momento pensé que necesitaban comprobar si el cuerpo que estaba en la morgue era el de Pipa Burke. Si no era en realidad ella, ¿quién sería la muerta?

Me dije que debía haber mucho en juego y nosotros no conocíamos casi nada del funcionamiento de este negocio criminal. Vincent Burrows tenía razón. En este caso la Black Key nos llevaba ventaja y marcaba la pauta. Nosotros solo respondíamos a lo que ellos hacían, de manera lenta.

—Entremos a hablar con la verdadera abuela de Pipa. Saquemos huellas de ese vaso. Puedo pedir que varios agentes la busquen, pero no creo que la encontremos. También veré qué hay en las cámaras del Departamento. Por eso quería salir de la comisaría, para que no la descubriéramos, porque debía saber que de un momento a otro llegaría la verdadera Marina. De seguro primero quiso ir al baño pensando que a través de la ventana tendría acceso al exterior del edificio. Hablaremos con otros testigos que estuvieron en la Sweet Death a ver si pueden reconocer a esta mujer que nos ha engañado —dijo Nate, cortante.

Sabíamos que varios testigos habían visto a Pipa y a otras dos chicas escribir constantemente en unas tabletas dentro de la discoteca. A varios de los asistentes incluso les hicieron algunas preguntas sobre música, ropa, artistas preferidos y sitios a los que solían ir en la ciudad. Era un estudio de mercado, tal como había descrito Vincent. Necesitábamos saber quién las había contratado, y cómo. El problema era que desconocíamos quiénes eran las otras chicas, y no sabíamos dónde encontrarlas.

Con Pipa había sido diferente porque se contaba con su imagen al salir de la estación. Se le veía correr llevando un gran bolso. Una vez que el vagón del metro atropelló a Anthony Tobías se revisaron de inmediato las cámaras de la estación Hollywood/Vine y se captó la imagen de Pipa. Como luego hubo una denuncia de desaparición de la chica por parte de su abuela y esta había enviado una foto se pudo hacer su reconocimiento.

Además, el cuerpo de Tobías tenía signos de violencia y en su muñeca se mostraba el sello de la discoteca cercana. Por ello los agentes fueron al lugar y algunos de los empleados reconocieron a Tony Tobías y a Pipa Burke. A él lo vieron escabullirse por una puerta trasera llevando consigo un bolso, y a ella la describieron como «una de las tres chicas que observaba, hacía preguntas y anotaba las respuestas en una tableta color rosa».

El dueño del local había sido detenido y lo estaban interrogando, pero hasta ahora afirmaba no saber nada sobre ellos, y tampoco se habían encontrado rastros de droga en el lugar. Solo una pastilla en las afueras que llevaba impresa una carita feliz. Ya habían hecho un análisis preliminar y confirmado que la composición era muy tóxica.

Volvimos a entrar en el edificio. Fue cuando unas palabras de la falsa Marina volvieron a mí; «usted me llamó», dijo mirando primero a Nate e inmediatamente a Vincent, y por eso era que no sabía cuál de ellos dos era el «usted» al que se refería.

—¿Quién de ustedes llamó a la abuela de Pipa? Ella dijo que uno la llamó… —pregunté.

—Fui yo —respondió Nate—. Llamé al teléfono que aparece registrado a nombre de Marina Burke.

6

En ese momento sonó el teléfono de Vincent. Se apartó para contestarlo. Al poco tiempo volvió y dijo que habían identificado a otra de las chicas que hacían el estudio en la discoteca. Uno de los que estuvo presente en el centro nocturno la conocía.

—Se llama Alicia Erbe. ¿Vamos a su casa? —preguntó.

—Dame la dirección. Quédate con la abuela de Pipa. Nosotros iremos —ordenó Nate.

Vincent dudó un segundo, me miró y luego asintió. En ese momento nos separamos de él.

Nate me condujo hasta su coche. Cuando estuve a punto de entrar, Vincent salió de nuevo. Hizo señas levantando una mano. Esperé a que se acercara. Ya Nate había entrado en el auto y lo había encendido.

—Esta es la foto del cubo de la basura. ¿Cuál es el vaso que ella manipuló? —me preguntó con voz muy alta, mostrándome la pantalla de su celular.

Me pareció extraño su comportamiento.

Le señalé el vaso y lo miré a él. Quería decirme algo con

la mirada. Luego, Nate bajó el cristal de la ventanilla del copiloto y se asomó.

—Está bien —dijo Vincent y se fue.

Me subí y me puse el cinturón. Nate no dijo nada. Miró su celular y arrancó.

Al cabo de unos minutos, me habló.

—Sigo sin creer que esa chica estuviera metida en esto. Quiero decir, pudo ver una oportunidad de trabajo fácil, pero hay cosas que no me cuadran. ¿Por qué quedar con su supuesto cómplice en un lugar como la estación Hollywood/Vine? No tiene sentido. Por otro lado, robar algo así a delincuentes es muy osado, y tendría que poseer conocimiento de las redes de distribución para poder sacar el beneficio necesario. Por lo que sé de ella, es una chica que no se ha movido en esos círculos criminales. Esas no son habilidades que aparecen de la noche a la mañana. Claro que Tony Tobías pudo ser el de las conexiones, pero de todas maneras…

—Lo cierto es que detrás de esto hay gente muy capacitada, que podría tener conocimientos sobre cómo convencer a otros de hacer cosas —le respondí.

—La Black Key. Sé quién eres y por qué estás en esto. El jefe me lo dijo, pero me pidió discreción. Los demás solo creen que eres una especie de asesora de la Policía o algo así.

No supe qué decirle. Una creciente desconfianza se apoderaba de mí, en parte por lo que acababa de hacer su compañero. Nate Owens me parecía un hombre atormentado, y entonces recordé algo que Vincent había dicho: «Podríamos estar frente a una organización que sabe captar gente que nunca antes ha delinquido».

Había notado sus ojeras, pero en ese momento me lucieron más oscuras. Enmarcaban sus ojos negrísimos y parecían delatar un estado de desequilibrio, al menos de cansancio extremo.

Sentí deseos de preguntarle si algo lo afectaba, pero no sabía cómo hacerlo.

—Debo parar en una farmacia porque la cabeza me está explotando. Es mi hermano. Está muy enfermo. Tiene una enfermedad degenerativa y yo me encargo de él. Está dentro de un programa experimental de tratamiento que existe gracias a la farmacéutica Kofart.

Esa era la explicación de su humor y el cansancio que mostraba. Me sentí mal por haber prejuzgado al agente Owens como lo hice. Pero entonces una voz de alarma se prendió en mi cerebro. ¿Y si precisamente era su hermano el punto débil para él? ¿Y si había decidido delinquir porque la Black Key le resultaba mucho más lucrativa que su trabajo como policía? Ese tipo de programas experimentales era costoso.

Además, Vincent Burrows me había querido alertar sobre algo… y la impresión que tuve, que la falsa Marina había acordado con alguien por dónde escabullirse, volvió a atacarme. Tuvo que ser alguien de adentro, de la comisaría. Además, Nate dijo que él había llamado a Marina Burke, alegando que usó el número que figuraba en el sistema, pero eso podría ser mentira.

—¿Desde cuándo están juntos? El agente Vincent y tú —pregunté.

—Desde que iniciamos en la Academia. Lo conozco desde que teníamos ocho años. Es un buen amigo. Aunque… no, no es nada. Supongo que todos cambiamos en algún momento.

Después de decir eso, no volvió a hablar. Parece que se olvidó de la farmacia, y en unos diez minutos estuvimos en pleno corazón de Beverly Hills, en la calle Huntley. A ambos lados de la vía se mostraban quintas hermosas de techos grises, con amplios patios frontales y muros cubiertos de bellos mantos vegetales.

Nos detuvimos frente a una casa de las que no tenían verja, junto a un árbol de gran tamaño.

—Es aquí. Vamos a ver qué nos puede contar esta chica. Por lo que sea que esté metida en esto, no ha sido por dinero —me dijo.

Anduvimos un sendero curvo hecho con piedritas grises hasta llegar a una gran puerta de madera casi negra.

Me quedé mirando la ventana un segundo. Me pareció ver movimiento dentro de la casa y un aroma a pastel de manzana apareció de pronto. Eran las siete de la tarde y podría ser que ya se encontraran dispuestos a cenar.

Una mujer muy llamativa, vestida de negro, con los labios color púrpura y los párpados superiores delineados, abrió la puerta. Llevaba en la mano izquierda una copa de vino tinto.

Detrás de ella, al pie de una escalera, pude ver a una chica que se le parecía. También vestía de una manera elegante.

—Déjalos, mamá. Vienen por mí. Sabía que mis «actos» de anoche tendrían consecuencias —dijo en son de burla.

7

—Hola. Soy Oly y ella es mi hija Alicia. No sé qué hizo esta vez. Es su naturaleza complicar las cosas. Pero no podemos tratarla, ni Phil ni yo. Ambos somos psiquiatras y por eso Alicia se empeña en molestarnos… Así que adelante. Hablen con ella.

Sentí pena por la chica. Con una madre así yo también buscaría qué hacer en las noches y fuera de casa, así se tratara de algo peligroso.

Entramos.

Alicia se nos acercó y su madre se dirigió al comedor.

—Vengan conmigo al salón, o mejor a la terraza. Así no nos oirán —dijo, divertida.

Nos sentamos en torno a una mesa blanca de hierro que estaba situada en medio de una amplia terraza llena de fotos enormes de actores del Hollywood de los años cuarenta.

—Antes de que digan nada voy a confesarme. Estuve ayer en la Sweet Death. Me pareció una experiencia divertida analizar a los asistentes y aún más la conversación con esa mujer que me ofreció el trabajo. Es un trabajo de *marketing* nocturno, podríamos decir, y la verdad es que yo no siento nada excitante yendo a esos sitios, pero sí me anima hacerlo en calidad de observadora.

—¿Cómo era esa mujer? —interrumpí.

—Nunca me dijo su nombre. Lleva el pelo blanco por completo, es genial.

—Está bien —interrumpió Nate—. Continúa —le pidió.

Lo notaba impaciente.

—Me abordó en el Barnsdall Art Park. Me dijo que estaba buscando a alguien como yo. Me dejó un papelito con un código QR. Me pareció tan enigmático que investigué de una vez qué era aquello. Allí estaba todo. Era un trabajo *freelance*. Debía ir a la disco y llenar una encuesta en el sitio sobre lo que veía y escuchaba. Estaban buscando palabras y claves para vender un producto. Supuse que se trataba de una bebida, aunque a veces me parecía que era algo más; como artículos de esos que brillan en la oscuridad. No lo sé ni quise saberlo.

—¿No se te ocurrió pensar que se trataba de drogas? —pregunté.

—No. Claro que no. Es decir, en ese lugar todos estaban consumiendo, pero para qué iban a querer hacer un estudio de esa naturaleza. La verdad es que no lo pensé.

—Está bien, continúa —pidió Nate.

—Llegué allí y me dieron una tableta con las preguntas. Solo tenía que rellenar de acuerdo con lo que veía. Me dieron una identificación falsa antes de entrar que indicaba que tenía veintiún años. También había dos chicas más en la misma situación. Hablé con una que se llamaba Pipa. Me cayó bien. De hecho, intercambiamos nuestros números de teléfono. Luego entramos y trabajamos hasta casi la una.

—¿No viste nada raro luego de eso?

—La verdad es que no. Quiero decir, toda la gente que

disfruta esa música, y ese lugar tan atestado, me parece rara, pero, más allá de eso, no. Sí que había varios chicos que se pusieron eufóricos. Por su puesto, estaban drogados, y hablaban de algo llamado «la Charlize» blanca y rosa. Y después pasó algo muy raro.

—¿Qué? —preguntamos a la vez.

—Recibí un mensaje de Pipa en mi teléfono. Ya yo estaba en casa. Eran números. Aún lo tengo. Lo buscaré. Lo más raro fue que me dijo que lo llevara a la policía. Que diera esos números a la policía. Por supuesto que no lo hice. Pensé que Pipa tal vez se había drogado también, como la otra chica que salió dando tumbos a la calle.

8

«69367-37-86-2737466-56-84».

—¿Qué significan estos números? —pregunté a Owens.

—No lo sé. ¿Una clave de ingreso a algún documento? —aventuró él.

La chica nos miraba.

—Cuéntanos qué hiciste cuando terminaste la encuesta que registrabas en la tableta. Después deberás hacer una declaración dando detalles de todo lo que recuerdes de eso.

—Devolvimos las tabletas en la entrada del local a un sujeto de mal aspecto. Y él nos pagó a cada una.

—¿Cómo les pagó?

—En efectivo.

—¿Tienes los billetes?

—Sí. Pero ese sujeto tenía unos espantosos guantes negros puestos…

—No importa. Debemos llevarnos esos billetes, Alicia. Podrían ayudarnos, por si hay algunas huellas que tengan relación con este caso. Has salido con suerte de ese lugar. Fuiste una pieza de un estudio que llamamos «narcomarketing». Anoche en la discoteca se vendieron y consumieron pastillas peligrosas. Constantemente están produciendo nuevas fórmulas y también maneras novedosas de llamarlas, presentarlas y venderlas. No tienes por qué pasar por esos riesgos —dijo Nate muy serio.

Alicia por primera vez nos miraba asombrada, como si solo entonces tomara conciencia de lo que había hecho, o como si desde hace mucho tiempo alguien no le hablara así, preocupado por su bienestar.

—Una cosa más. Si te recibieron en la entrada de la discoteca con una identificación falsa, debiste haber enviado la tuya, una foto de tu identificación a alguna parte, tal vez a una dirección electrónica, antes. ¿Fue así? —pregunté.

—Sí. ¿Cómo lo ha sabido? —me respondió.

—Necesitamos llevarnos tu computadora —concluyó Nate.

—¿Un criptograma? —pregunté para mí misma, pero él me escuchó.

—¿Qué has dicho?

—Que si esta chica quería que la policía conociera esta secuencia de números es porque esta significa otra cosa. Algo que si se presentara en su verdadero significado podría no ser tomado en cuenta o, al contrario, ser muy peligroso. En cambio, de esta manera, sin revelar el verdadero mensaje oculto, a menos que se cuente con la clave para develarlo, puede llegar más lejos. Justo donde la chica quería que estuviera. Creo que ella sabe algo peligroso y que por eso se oculta. A menos que ya esté…

—Muerta —completó él.

—¿Muerta? —preguntó Alicia espantada, quien ya había perdido por completo la actitud de sorna que tenía al principio.

—Debió ver algo en la estación del metro. Quiero ir allá a

la misma hora en que Pipa fue —dije con determinación.

9

Salimos de la casa de los Erbe, luego de indicarle a Alicia que vendrían unos técnicos forenses a llevarse su computadora.

Todavía faltaban cuatro horas para la una de la mañana. Quería estar en ese lugar y verlo a través de los ojos de Pipa. Esa chica era inteligente. Lo del criptograma, si es que era eso, había sido un buen truco. Creo que desde ese momento me pareció una persona confiable aunque ni siquiera la conocía. Ahora el asunto era poder traducir ese mensaje que había querido enviar.

Recordé a mi hermana Rose cuando yo tenía seis años, y cómo se interesaba por hacerme pensar, por lograr que interpretara las señales. Lo que soy ahora tiene mucho que ver con ese pasado. Tal vez por eso estaba convencida de que Pipa nos había enviado un mensaje.

—Me he comunicado con Vincent. Las huellas del vaso no están registradas en ninguna de nuestras bases de datos. Contamos con un programa de reconocimiento facial y hemos tomado la captura del momento cuando la mujer impostora llegó a la comisaría. Vincent se está encargando, pero hasta ahora no hay resultados. La abuela de Pipa no sabe nada de lo que estaba haciendo la chica.

—¡Ahora es cuando me doy cuenta de algo! ¿Cómo sabía esa mujer que se hizo pasar por Marina lo que había hecho Pipa? Dijo que había estado en casa de una amiga llamada Alex, por lo de la muerte de un perro. ¿La estarían siguiendo desde antes? No lo creo —exclamé.

—Eso es verdad. Hay muchas zonas oscuras en este caso. Es como si ellos contaran con la misma información que nosotros… al mismo tiempo. Como si también conocieran la denuncia de desaparición que la verdadera Marina hizo.

Era lo mismo que yo pensaba, y un velo de inquietud apareció en mi mente. Una de las mayores fortalezas de la Black Key era su capacidad de permear las instituciones, incluyendo las policiales.

—¿Podemos ir a algún lugar tranquilo para que repasemos lo de los números, hasta que sea la hora de ir a la estación del metro? —le propuse.

La desconfianza que el agente me había inspirado al principio se fue desvaneciendo. Hasta pensé que lo que había visto en Vincent, aquella intención de alertarme antes de subir al auto, eran invenciones mías.

—Podemos ir a casa. Allí trabajaríamos tranquilos. Además, debo administrar a Leonard la dosis de la noche.

Estuve de acuerdo. Escribí un mensaje a Gary. Le dije que le pidiera a la organización que estudiara el historial de los agentes de policía del Departamento de Hollywood. Estaba segura de que allí había un cómplice de la Black Key que estaba operando a favor de la producción y venta de las drogas. El hecho que respaldaba mi teoría era que la falsa Marina conocía los últimos pasos de Pipa, por lo tanto, un cómplice de ella tuvo que estar al tanto de la comunicación entre Marina Burke y el número de emergencia. No quería decirlo a Owens por el momento, hasta no tener algo más concreto.

—¿Por qué crees que se habrán arriesgado a ir a la comisaría? —pregunté.

—Porque, como ya habrás deducido, esa mujer que contrató a Alicia debe ser la misma persona que fue a la comisaría. Y debe ser una de las pocas de la organización que ha conocido a Pipa. Por lo tanto, necesitaban que ella hiciera el reconocimiento para saber si la chica muerta era Pipa. Supongo que prefieren que esté viva y les urge encontrarla para recobrar la droga. Estoy convencido de que las chicas no tienen nada que ver más allá de haber hecho el estudio en la discoteca. Lo que debió pasar es que, por alguna razón, Pipa contactó con Tony en la estación y eso complicó las cosas. Tal como yo lo veo, el chico se robó el bolso con las pastillas, salió y fue a parar a esa estación del metro. Enseguida fueron a buscarlo y lo atacaron. Pipa estaba allí y lo vio todo.

—¿Por qué se llevó el bolso?

—No lo sé. Y ellos tampoco deben saberlo.

—¿Qué más da si pierden ese lote de pastillas?

—No quieren perderlo o hay algo en ese bolso que nos puede conducir directamente a ellos —concluyó Nate.

—¿Y entonces el cuerpo que encontraron cerca de la discoteca pudiera pertenecer a la tercera chica que captaron? —sugerí.

—Podría ser. Y por ello, cuando se enteraron de que había aparecido el cuerpo de una mujer joven cerca de la Sweet Death, entraron en acción y enviaron a la falsa Marina a comprobar si se trataba de Pipa. Lo que pasó fue que el tiempo de actuación se les hizo corto porque yo propuse que te esperáramos para hablar con la supuesta abuela. Pero también podría tratarse solo de una joven que fue a la discoteca y murió por culpa de esas malditas pastillas. No lo sabemos aún.

Permanecimos callados unos minutos después de haber sostenido esa conversación, y luego llegamos a su casa.

Nos bajamos del auto y, cuando comenzamos a caminar por el breve sendero que conducía a la puerta, escuchamos un auto que frenó de súbito. Los dos intuimos que había peligro. Nate desenfundó el arma y extendió el brazo derecho, como apartándome.

—¡Lánzate al suelo! —gritó.

Obedecí.

Escuché disparos, una ráfaga. Nate también disparó varias veces. Luego me dijo que me levantara y corriera hasta detrás de un robusto pino de corteza blanca y ramas frondosas que estaba cerca.

La ráfaga de disparos cesó. Hubo unos segundos de silencio, pero luego volvió. Nate continuaba disparando. De pronto el auto comenzó a dar marcha, pero el agente Owens corrió hacia él y disparó hasta que lo perdió de vista. Alertó a la comisaría para que lo siguieran de inmediato.

Había memorizado la matrícula de manera parcial; tres números y dos letras.

Me dirigí hacia donde él estaba parado mirando la calle que los atacantes tomaron antes de esfumarse.

—¿Estás bien? —me preguntó.

—Sí. No tengo nada. Solo unos rasguños en los codos y se me han roto los lentes. Pero estoy bien.

—Aquí hay mucho dinero de por medio. No quieren permitir que lleguemos al fondo del asunto, pero vamos a hacerlo. Entremos a la casa. Creo que por ahora nos dejarán tranquilos. He pedido a los muchachos que hagan vigilancia. No pretendían matarnos, sino asustarnos.

Ya había pensado en eso. Lo que acababa de pasar había sido solo una advertencia. Más bien, había parecido el rodaje de una película de acción, de los que se llevan a cabo no muy lejos de allí.

10

Pasamos varias horas dando vueltas al mensaje de Pipa. Lo primero que pensé fue que se trataba de un cifrado de sustitución de números por letras, algo como el cifrado Vigenère. Pero me pareció muy elaborado, por muy inteligente que fuera la chica.

Nos hallábamos en un estudio que Nate Owens había dispuesto en su casa. Esperé mientras atendía a su hermano. Él subió la escalera, estuvo arriba por espacio de veinte minutos y luego bajó para continuar trabajando conmigo.

En una oportunidad habló con Vincent y este le informó que no había sacado nada del administrador de la discoteca Sweet Death. Le habían pagado para que dejara entrar y actuar en el local a un grupo que se hacía llamar «Proyecto Ibey». Se suponía que era un estudio de mercado, pero detrás estaba la venta de drogas. El sujeto no era fácil de doblegar y contaba con abogados conocidos por defender de manera efectiva a los criminales. Nadie había reconocido a la falsa Marina, pero sí se confirmó que la chica muerta era la tercera muchacha que tomaba registros con la tableta rosa.

Gary tampoco había tenido suerte en la pesquisa. Sentía que estábamos dando vueltas en círculos.

Salimos de la casa de Nate cerca de la una de la madrugada y nos dirigimos a la Hollywood/Vine. Le pedí al teniente que estacionara cerca de la discoteca y que nos dirigiéramos a la estación del metro a pie, para repetir los últimos pasos de Pipa. Caminamos siete minutos por la avenida Argyle. Miré un anuncio publicitario muy llamativo de la farmacéutica Kofart. Recordé que esa era la empresa que gestionaba el tratamiento experimental del hermano del teniente. Un par de minutos después vi al camión recolector de envases de vidrio que volcaba los contenedores y hacía un ruido estruendoso.

Entonces se me ocurrió hablar con los operarios. Corrí hasta donde estaban. Eran dos hombres.

—Disculpen, somos de la policía. ¿Ustedes estuvieron aquí anoche?

—Sí. Como todas las noches. Esta zona hay que limpiarla a diario.

Eso me respondió uno de ellos.

—¿A esta misma hora? ¿No vieron a una chica entrando o saliendo de la boca del metro?

—No. Anoche vinimos un poco más tarde. Unos minutos más tarde. Yo no vi a nadie —respondió el hombre.

—Yo tampoco. A esta hora la zona está bastante sola a menos que sea fin de semana —dijo el otro.

Nos despedimos.

—Era una buena idea —me dijo Nate y lo vi reír por primera vez. Me recordaba a Wray, el agente del FBI de Sleepy Hollow. Tenía esa apariencia de quien poco a poco ha ido perdiendo la alegría, pero que en algunos instantes vuelve a mostrar algo de ella en su rostro.

Continuamos caminando y bajando unas escaleras para

entrar en la estación del metro. La misma tenía apariencia de antesala de teatro, o de cine. Era colorida y contaba con decorados en las paredes y palmeras artificiales. Reinaba el color marrón, marfil y azul. Estaba desolada. Aunque había unos chicos vociferando cerca de donde murió Tobías. Creo que se estaban tomando fotos. Supuse que la estación había estado cerrada hasta cierto momento del día, mientras levantaban el cadáver y hacían las pesquisas.

Entonces me fijé en una barrera de señalización que estaba cerca de una de las escaleras, al final del andén, de esas que ponen cuando están haciendo obras, y me dije que era un buen lugar para esconderse.

La aparté y busqué algo, cualquier cosa: no sabía lo que hacía allí, pero creo que muchas veces uno no tiene claro lo que busca hasta que lo encuentra.

Sin embargo, no hallé nada. Nate me esperaba afuera de la barrera. En ese momento se movió y pude ver entre la separación de dos de los paneles parte de un anuncio en uno de los carteles frente al andén. Era un anuncio sobre un iPhone 11. En el mismo podía observarse la pantalla del teléfono en modo teclado. Y fue cuando se me ocurrió la idea. Era solo una idea y tal vez no fuera nada, pero valía la pena probar.

¿Y si eso era lo mismo que había visto la chica en ese momento? ¿Y si fue cuando se le ocurrió crear el criptograma? Rose me dijo una vez que los criptogramas eran como una botella lanzada al mar. Que lo que importaba era que dos personas podían comunicarse a través de la participación de otras que no tenían idea del significado del mensaje. Ahora esa idea que no comprendí del todo se revelaba ante mí con suma claridad. Pipa quería que ese mensaje llegara a la policía para que un oficial que no estuviese mezclado en lo que fuera que ella había visto se enterara de algo. Pero no podía decirlo claro porque, si no, el mensaje no llegaría. Eso significaba que había un policía implicado. Eso fue lo que debió haber visto. Un policía haciendo algo terrible; golpeando a Anthony Tobías.

Yo me había aprendido la secuencia numérica del mensaje. Salí de detrás de la barrera y tomé mi teléfono. Probé la idea que tenía y descifré el mensaje con alguna dificultad porque uno de los cristales de mis lentes estaba roto.

Solo había que sustituir los números por letras. Me refiero a una de las tres letras que cada número del teclado muestra debajo del dígito en los teléfonos celulares. Era tan sencillo que se me pasó por delante y no lo logré ver antes.

El mensaje descifrado era escalofriante y significaba un peligro mortal para mí en ese preciso momento.

11

—¿QUÉ te pasa, Rebeca? —me preguntó Owens.

Debía notarse en mi cara el miedo que sentía. Creo que lo mismo le pasó a Pipa en ese lugar. Tenía que salir de allí de inmediato.

—Vámonos de aquí. No hay nada. Creo que estamos perdiendo el tiempo —le dije.

—Está bien —me respondió, pero sé que no me creyó.

Cuando salimos a la boca del metro, ya los hombres que recogían los envases de vidrio habían desaparecido. La calle estaba desierta.

En ese momento vi a un sujeto caminar hacia nosotros y me pareció conocido. Era Vincent Burrows.

—Hola. No hemos encontrado nada aquí —exclamé de forma que lució apresurada.

—Hemos dado con algo en relación con la falsa Marina. Creemos que es una ciudadana holandesa que ha venido a traficar con drogas que está produciendo un laboratorio en ese país.

—Vamos a la comisaría. Allá nos contarás mejor. Luego descansaremos un poco — dijo Owens.

—Perdona, Vincent. No he anotado tu número de celular. Podrías dármelo —dije intentando que no sonara tan extraña e inoportuna mi petición.

El sargento me miró, extrañado, pero creo que me comprendió. Me dio su número. Enseguida le escribí un mensaje mientras caminábamos los tres hacia el auto.

«Pipa envió un mensaje encriptado a Alicia y este dice: "Owens es un asesino. Lo vi"».

PARTE II

1

Pipa leyó el nombre en el pequeño recuadro del uniforme del hombre que hablaba, este estaba justo delante de la barrera y de ella. Era un agente y se llamaba Nate Owens. Por eso se sintió atrapada y supo que debía salir de allí y ocultarse. Tampoco podría volver a su casa porque los policías tenían registros de los lugares de la residencia de las personas, se dijo. Ellos lo sabían todo.

Esperó muy quieta a que el hombre se fuera junto con su acompañante, cuya voz le pareció la misma del sujeto que le dio entrada en la discoteca. No pudo verles las caras.

Ellos salieron corriendo, buscándola. Entonces vio entre las dos secciones del separador que le servía de escondite la publicidad de un iPhone 11, con el teclado expuesto, y se le ocurrió la idea de la sustitución de letras por números. Envió el mensaje a Alicia Erbe. Cuando supuso que habían abandonado la estación, se armó de valor y se dirigió a la salida, pero no a la misma por donde entró antes, sino a una que daba acceso a una calle paralela a la avenida Argyle. Entonces la llamó y le dijo que enviara esos números a la policía.

Llevaba el bolso con ella. En ese momento, cuando se sintió a salvo, una vez que se encontraba caminando lejos de la estación del metro, fue que recordó al chico. Tuvo la intención de regresar, pero sintió pánico. Su vida también estaba en peligro. Sin embargo, después de varios momentos de enfrentamiento consigo misma, decidió volver e intentar saber algo de él, ayudarle. Pero en ese momento vio seis patrullas dirigirse hacia la estación del metro. Ya era demasiado tarde. Lo que fuera que le hubiesen hecho al chico ya había sucedido.

—¿A dónde iría? —se preguntaba una y otra vez.

Decidió caminar por la avenida Selma porque desconfiaba de la policía y no quería ser vista. Cuando la cruzaba, asustada y helada, se le ocurrió a dónde ir porque escuchó el ladrido de un perro a lo lejos.

Vance, el *husky* siberiano de Alex, su amiga, había muerto y él tenía una casita un tanto apartada en el patio de su dueña. Además, había un trastero justo al lado. Podría pasar la noche allí, en la casa del perro, porque el espacio permitía que pudiera entrar sin problemas. Alex había terminado yéndose con sus tíos al otro lado de la ciudad. A nadie se le ocurriría buscarla en ese lugar por lo menos durante aquella noche. Y, aunque lo hicieran, llegarían solo hasta la casa principal y la verían vacía. No avanzarían hasta la casa de Vance, que estaba oculta. Esperaba que Alicia hubiese enviado el mensaje y que este hubiese servido. Sería difícil, pero era su única esperanza.

No podía creer lo que le estaba sucediendo. Apenas hacía unas horas estaba muy tranquila con su vida y ahora estaba en peligro de muerte solo por haber accedido a participar en ese trabajo nocturno. Pero esa mujer le había causado buena impresión, parecía saber de *marketing*, y eso era lo que Pipa quería estudiar en la universidad.

—Me dejé engañar como una niña —dijo en voz alta mientras caminaba.

También pensó que al otro día vería las cosas no tan terribles. Podría contarle todo a Alex para ver qué se le ocurría. Alguno de sus amigos debía conocer a alguien confiable, algún abogado o tal vez un policía que no fuera corrupto.

A los veinte minutos llegó a la casa vacía de Alex. Ella sabía colarse dentro de ella, porque más de una vez lo había hecho. Fue a la parte posterior de la edificación y buscó la casa de Vance. Allí puso el bolso y lo abrió. Era lo que sospechaba; centenas de pastillas marcadas con caras risueñas. Volvió a cerrar.

Suspiró. No sabía si valía la pena el riesgo que estaba tomando, pero ya no había marcha atrás.

2

—Voy a acompañarlos —dijo Vincent en un último momento, cuando ya Nate se había puesto al volante y yo abría la puerta del auto.

Sentí un alivio. No me gustaba la idea de permanecer a solas con Owens.

Subimos al auto. Yo me senté en el asiento del copiloto y Vincent lo hizo detrás. Apenas comenzamos a rodar le escribí a Gary. Debía informar a la Passkey sobre el mensaje que había descifrado. Era cierto que yo ni siquiera conocía a Pipa Burke y que estaba implicando en algo muy serio al teniente Owens, pero mis sospechas de que la falsa Marina había tenido apoyo interno de la comisaria me revelaban que su mensaje era cierto.

Nate empezó a hablar. Estaba serio, mirando con atención al frente.

—Si las farmacéuticas tienen un sello que las identifica, y si contamos con cientos de pastillas, podremos seguir la huella del laboratorio que las creó. Y eso debe ser lo que ellos temen a tal punto de arriesgarse tanto, y de intentar intimidarnos. En la comisaría hay dos tesis…

—Una es la mía —intervino Vincent—, pienso que se trata de un laboratorio clandestino holandés que está inundando la ciudad de Los Ángeles de estas drogas…

—Y la mía —interrumpió Nate, con cierta tensión—, que se trata de un laboratorio farmacéutico nacional y «legal». Es muy fácil contar con un sospechoso habitual a quien culpar, como sería en este caso el espejismo del laboratorio holandés, solo porque en Europa la mayoría de las drogas de diseño son producidas en ese país. Si estudiamos las trazas que podrían hallarse en las pastillas y si establecemos el patrón de aparición de esas trazas, podremos compararlo con el que existe en los medicamentos legales que producen los laboratorios y buscar la similitud. Solo tenemos que encontrar el patrón estudiando las centenas de pastillas que están en ese bolso…

Yo estaba sentada a su lado y lo miré. De reojo veía la silueta de Vincent detrás, en el asiento. Vi que hizo un movimiento, como si fuese a sacar su arma. Eso fue en efecto lo que hizo y apuntó a Nate.

—Está bien, Nate. No dejes de conducir. Ahora vas a hacer lo que te digo porque estoy dispuesto a dispararte —dijo mientras acercaba la boca del arma a su cuello.

—¿Qué estás haciendo, Vincent? —preguntó Nate sin más.

—La chica te vio. Dice que eres un asesino. Debió haberte visto anoche. Por algo lo dice, y no creemos que lo esté inventando. Pagas un tratamiento que debe significar un gasto exorbitante y, te conozco, sé que no tendrías cómo pagarlo. Desde hace un tiempo he sospechado de ti. Además, no hay ninguna razón para que una chica invente algo así. ¿Por qué lo haría? Tal vez si contamos con suerte, logremos una identificación más, la de los empleados de limpieza que recogían el vidrio reciclado, y si no, de todas formas estará la palabra de la chica, y si es cierto lo que tú mismo has dicho, sabremos quiénes son los peces gordos; quiénes están detrás de estas malditas drogas que están inundando las calles y matando chicos. ¿Qué fue lo que pasó? ¿Te compraron con dinero? —increpó Vincent.

Algo de lo que había dicho Vincent estaba mal. ¿Cómo sabía de los vidrios? A menos que hubiese ido luego, que estuviera por la zona. ¿Y por qué estaría por ahí?

—¿Rebeca, ya avisaste a alguien que Nate es culpable?

—Sí —le respondí.

Mi teléfono comenzó a vibrar. Era una llamada de Rose. Cuando iba a contestar, Vincent Burrows me lo impidió.

—Si ya avisaste a alguien, entonces todo va bien, pero ahora no te dejaré responder. Lo que los otros sabrán es que Nate te matará a ti y yo lo mataré a él. Así cuando la chica aparezca, porque en algún momento va a aparecer, dirá que era Nate el implicado porque vio su nombre. Es fácil superponer el recuadro de identificación de un nombre sobre otro. Sobre todo si mis amigos han incluido a su hermano en un proyecto experimental muy costoso, y no le cobran nada. Así todos comprenderán que el bueno de Nate haya incursionado en el mercado de las drogas para poder hacerse con varios miles de dólares. Mi mejor disfraz ha sido llamarme como él. Ni siquiera importa que no nos parezcamos. La gente ve el uniforme y se fija en la insignia, nada más.

—«Sus amigos» —me dije mentalmente y lo comprendí todo. Era la farmacéutica Kofart la que estaba detrás del negocio. Era Vincent el corrupto y asesino, y era cierto que el bolso lleno de pastillas podría probarlo, por lo que había razonado hacía unos instantes Nate Owens.

Por eso Vincent sabía lo de los empleados de limpieza. Porque había estado en el lugar unos minutos después de que entrara Pipa a la estación. Porque la había estado buscando y era él quien los vio a ellos.

Él mismo se había incriminado por hablar de más y ahora sabía quién era miembro de la Black Key.

—Ahora lo entiendo. Fuiste tú quien me dio el número de la supuesta Marina Burke, tu socia —dijo Nate.

Vincent Burrows nos tenía por completo bajo su dominio.

—Vas a quitarle el arma a mi amigo y vas a dármela, Rebeca. Y ya les diré a dónde nos dirigimos —me ordenó.

Estuve repasando de manera fugaz mis opciones. Lo mejor era hacer lo que decía en ese momento.

Saqué el arma de la funda que Nate llevaba, y cuando se la iba a pasar a Vincent sentí una fuerza que me lanzó contra el cristal. Nate había desviado la dirección del auto, buscando que el movimiento generado descontrolara a Vincent. Nos salimos de la vía. Yo aún cargaba el arma en la mano y escuché un disparo. En segundos, me di cuenta de que no me había herido ni a Nate tampoco. La bala había dado en el techo del vehículo. Ahora Nate perdía por completo el control del volante. Sentí un golpe en el cuello y en la frente. El auto dio vueltas. Recuerdo un fuerte impacto en el tabique nasal, pero mi preocupación principal era que Vincent nos disparara.

Después de varios segundos interminables para mí, el auto se detuvo. Quedó de lado, descansando sobre la parte izquierda. Escuché las sirenas a lo lejos. Me dolían las costillas.

Vincent no estaba dentro. Nate estaba inconsciente o muerto. Me moví como pude e intenté conseguir el arma. No sé cómo hice, pero lo logré. Entonces busqué el pulso de Nate en el cuello. Lo tenía.

Estaba atrapada. No podía salir del auto. Intenté, con las pocas fuerzas que tenía, abrir la puerta, pero fue inútil. Entonces lo vi, a Vincent Burrows con la cara llena de sangre y sonriendo. Nadie me había mirado de esa manera jamás. Me apuntó a la cabeza, pero Gary ya me había enseñado a disparar y fue la primera vez que lo hice. Fui más rápida que él porque no se esperaba que lo fuera. Como dice Rose, no podemos dar por sentadas las cosas.

Disparé y lo vi caer hacia atrás. Después escuché voces.

—Es el sargento Burrows. Está muerto…

—El teniente Owens está adentro… —dijo alguien más.

—Está vivo. Sáquennos de aquí —alcancé a decir antes de desmayarme.

4

—Pipa Burke ha ido a la oficina del FBI y ha declarado. Además, ha entregado el bolso con las drogas. Gracias a ello se están realizando las pruebas para sacar el rastro de excipientes y los trazos de sustancias que nos conducirán al laboratorio que las produce. Así atraparemos a los químicos que las crean y a quienes hacen estudios de mercado para posicionar estas nuevas drogas en los centros nocturnos. Creemos que detrás hay también una «prestigiosa» agencia publicitaria, y la falsa Marina es una de sus piezas centrales —dijo Nate Owens a Rose, la hermana de Rebeca.

Ella lo llamó a su teléfono aquella mañana, unas horas después de los sucesos en la calle Selma de la ciudad de Los Ángeles, donde el agente Vincent Burrows perdió la vida.

Rebeca se encontraba fuera de peligro. Contaba con varias costillas fracturadas y debía usar collarín por varias semanas.

Nate había corrido con más suerte. Un golpe en la cabeza lo dejó inconsciente, pero este no había tenido consecuencias.

Ahora se hallaba fuera de la clínica, fumando un cigarro.

Volvería a ingresar al edificio en cuanto terminara de hablar con Rose Olsen.

—Cuando Rebeca le escribió a Gary diciendo que eras un asesino, la llamé de inmediato porque sabía que estaba en un error. La Passkey cree que eres uno de los oficiales de policía más honestos de Los Ángeles.

—Entiendo. La verdad es que todavía no puedo creer que Vincent estuviera mezclado en eso. Lo conocía desde que éramos niños… —se lamentó.

—Es muy duro cuando alguien nos defrauda —respondió Rose, como si hablara de una experiencia propia.

—Así es. Ahora nos queda atar los cabos de manera eficiente para que Kofart pague. Una de las cosas que nos dijo Vincent fue que ellos eran sus «amigos».

—Lo haremos, Nate, no lo dudes. Por lo pronto, acabamos de atrapar al sujeto que estaba con Burrows en la estación del metro. La chica, Alicia Erbe, lo reconoció de entre el registro de sujetos con antecedentes. Además, el bolso tiene sus huellas. Estoy segura de que hablará porque su carta de seguridad era Burrows, y ya él no está. Pagará por la muerte de Tobías y también de manera indirecta por la de Melanie Morgan, la chica que murió en la calle. Él estaba en la Sweet Death vendiendo la droga.

Mientras esta conversación tenía lugar en las afueras del Hospital Southern California, dentro, en la habitación número 421, dormía Rebeca Olsen.

Una mujer joven se acercó a la cama. Lo hizo con pasos rápidos, de vez en cuando volteando hacia la puerta para vigilar que nadie entrara y la viera.

Cuando estuvo junto a ella sacó de uno de los bolsillos de su disfraz de enfermera un cuchillo afilado y pequeño.

Rebeca abrió los ojos en ese momento, como si algo le hubiese alertado que su vida peligraba.

No conocía a aquella mujer, aunque un rasgo en su cara le resultaba familiar. Recordó unas imágenes borrosas que había descubierto en el apartamento de Rose donde guardaba aquellos expedientes…

La extraña puso una mano sobre su boca y con la otra levantó el cuchillo y lo condujo justo hacia el medio de su pecho.

—Tu hermana me quitó a la mía y ahora yo le devuelvo el golpe.

Rebeca pensó en Rose y lo hizo como casi siempre lo hacía: metida en aquella imagen del pasado, junto con ella en el patio de las abejas…

NOTAS DEL AUTOR

Espero hayas disfrutado la lectura de esta colección.

Si te gustó mi obra, por favor déjame una opinión en la tienda donde adquiriste esta obra. Las críticas amables son buenas para los autores y los lectores... y un estudio reciente (realizado por mi persona) también indica que escribir una opinión positiva es bueno para el alma ;)

Si deseas leer otra de mis obras de manera gratuita, puedes suscribirte a mi lista de correo y recibirás una copia digital de mi relato *Los desaparecidos*. Así mismo te mantendré al tanto de mis novedades y futuras publicaciones. Suscríbete en este enlace:
https://raulgarbantes.com/losdesaparecidos

Finalmente, si deseas contactarte conmigo puedes escribirme directamente a raul@raulgarbantes.com.

Mis mejores deseos,
Raúl Garbantes

goodreads.com/raulgarbantes

instagram.com/raulgarbantes

facebook.com/autorraulgarbantes

twitter.com/rgarbantes